Nelli Novell

Diamanten Fluch

Thriller

AF139670

FSC
www.fsc.org
MIX
Papier aus ver-
antwortungsvollen
Quellen
Paper from
responsible sources
FSC® C105338

Dieses Buch ist ein Roman. Alle beschriebenen Personen, Begebenheiten und Gedanken sowie Dialoge sind Fiktion. Ähnlichkeiten mit lebenden oder verstorbenen Personen oder Begebenheiten sind rein zufällig und nicht beabsichtigt.

Bibliografische Information der Deutschen Nationalbibliothek: Die Deutsche Nationalbibliothek verzeichnet diese Publikation in der Deutschen Nationalbibliografie; detaillierte bibliografische Daten sind im Internet über dnb.dnb.de abrufbar.

TWENTYSIX – Der Self-Publishing-Verlag

2. Auflage 2016
Copyright © 2014 Nelli Novell

Umschlaggestaltung:
Katja Delago, Daniel Freiwald; www.freiwald.de

Herstellung und Verlag:
BoD – Books on Demand, Norderstedt

Printed in Germany
ISBN 978-3-7407-2664-5

Für
Nina und Julia

Prolog

Caroline und Natalie waren gerade erst aus ihrer Betäubung aufgewacht. Sie lagen ganz ruhig da, weil sie nicht wussten, wo sie waren. Es war stockdunkel. Als sie Schritte hörten, richteten sie sich auf. Caroline tastete vorsichtig nach Natalies Hand. Natalie drückte ihre Hand fest und flüsterte: „Hab keine Angst. alles wird gut."

Die Tür wurde aufgestoßen und es fiel ein Lichtstrahl in den Raum. Er blendete sie so, dass sie sich die Augen zuhalten mussten. Nur langsam gewöhnten sie sich an die Helligkeit.

José ging zögernd auf sie zu. Er hasste diesen Job.

„Geht es euch gut?", fragte er freundlich.

Es entstand eine längere Pause. Natalie und Caroline waren verwirrt. Wer war dieser Mann? Warum fragte er, wie es ihnen ging?

„Es würde uns besser gehen, wenn wir nicht hier wären. Was soll das ganze eigentlich?", fragte Natalie mutig.

Caroline fing unwillkürlich an zu zittern. Sie hatte Angst. Sie wollte nicht weinen, aber die Tränen liefen ihr einfach über die Wangen und tropften auf ihr T-Shirt. Natalie nahm sie in den Arm und drückte sie.

José schaute zu Caroline und sagte mit einem hilflosen Schulterzucken: „Wir führen nur einen Auftrag aus. Unser Chef sucht eine Filmdose, die in dem Haus der von Minnehagens sein sollte. Leider haben wir sie nicht gefunden. Entweder hat sie der Schwarze da oder aber ihr habt sie."

Als José mit der Hand auf Moarito zeigte, schauten Caroline und Natalie erstaunt in die gegenüberliegende Ecke des schmuddeligen Raums. Dort lag ein magerer schwarzhäutiger Mann auf einer Matratze und schaute sie mit großen Augen traurig an.

1. Südafrika, Kimberley

Rando und Moarito saßen auf einer Anhöhe am Rande ihres Dorfes und rauchten ihre selbstgeschnitzten Pfeifen.

„So kann es nicht weitergehen", unterbrach Rando die Stille. „Wir können uns diese Gemeinheiten nicht länger bieten lassen. Wir sind nicht dümmer als die Weißen, werden aber bei den wenigen lukrativen Posten nie berücksichtigt. Weißt Du, wer der neue Oberaufseher geworden ist? Natürlich ein Weißer. Uns wurde noch nicht einmal mitgeteilt, dass der Posten neu besetzt wird. Wenn wir es nicht wagen, einen Aufstand anzuzetteln, wird sich nie etwas für uns verbessern."

Wütend und enttäuscht stieß er mit seinem Fuß gegen die Steine am Boden und sah ihnen nach, wie sie die Anhöhe hinunterrollten.

Moarito konnte den Ärger von Rando nicht so ganz nachempfinden, obwohl er natürlich auch mehr Geld gebrauchen könnte. Von seiner einzigen Frau Safira hatte er vier Kinder, drei Mädchen und einen Jungen.

Ramoto, sein einziger Sohn, würde sich schon durchschlagen, aber seinen Töchtern Naomi, Selina und Namira wollte er gerne eine gute Schulbildung zukommen lassen, denn er könnte es nicht ertragen, wenn sie mit dreizehn Jahren heiraten und kurz darauf Kinder bekommen würden.

Er selbst konnte weder lesen noch schreiben und sah dadurch keine Chancen für sich, irgendwann einen besseren Posten zu bekommen.

Moarito war Rando sehr dankbar, weil er es irgendwie geschafft hatte, ihn vom Diamantenabbau zum Sortieren der Steine befördern zu lassen. Es war kein Traumjob, aber es war der beste Job, den er hatte bekommen können. Seitdem bewunderte er Rando und tat alles, um sich erkenntlich zu zeigen.

Rando war gebildeter. Er konnte lesen und schreiben und ließ keine Möglichkeit aus, sich weiter zu bilden. Wie er das schaffte, war Moarito schleierhaft, aber Rando lernte immer wieder jemanden kennen, der mit ihm über die Politik diskutierte und ihn auf neue Ideen brachte.

„Aufstand ist gut. Aber noch besser wäre, wir würden ein paar Steine mitgehen lassen. Das kann doch nicht so schwer sein", murmelte Rando.

„Bist Du verrückt?", rief Moarito entsetzt. In seinen Augen standen Angst und das blanke Entsetzen.

„Psssst. Schrei doch nicht so. Du könntest doch auch ein bisschen Geld gebrauchen. Wenn Deine Rückenschmerzen schlimmer werden, kannst Du bald auch keine Steine mehr sortieren. Was wird dann aus Safira und den Kindern? Stell Dir vor, wir könnten in eine Großstadt ziehen und die Kinder bekommen alle eine anständige Schulbildung. Und ich könnte meine Schwester zu mir holen und ihr ein angenehmes Leben ermöglichen."

Moarito war zu entsetzt, um zu antworten, aber Rando sah das kurze Flackern in Moaritos Augen, das ausdrückte, dass er vielleicht doch nicht so abgeneigt wäre.

Rando klopfte ihm auf die Schulter und sagte leise: „Lass es Dir noch einmal durch den Kopf gehen. Aber zu niemandem ein Wort. Auch nicht zu Safira. Versprich es mir."

„Nein, natürlich nicht. Ich bin ja nicht lebensmüde."

Rando lachte und lief den Berg hinunter. Moarito blieb noch lange sitzen und dachte nach.

* * *

Safira fegte die letzten Krümel aus der Hütte. Sie holte sich ihr Tragetuch und band sich gekonnt ihr jüngstes Mädchen Namira an die Brust. Namira konnte mit ihren eineinhalb Jahren zwar schon laufen, aber der Weg zu Safiras Oma war so beschwerlich, dass sie Namira doch lieber gleich ins Tuch nahm.

Sie verließ die dunkle Hütte und hielt nach ihrer zweitjüngsten Tochter Ausschau. „Selina!", rief sie laut, konnte sie jedoch nirgendwo entdecken.

Sie ging zu dem nahegelegenen Bach, da sie wusste, dass ihre älteren Kinder Ramoto und Naomi dort gern mit ihren Freunden spielten. Tatsächlich stand Selina mitten im Bach und spritzte die anderen Kinder nass, die am Ufer mit den Steinen spielten.

„Selina!", rief Safira empört. „Ich habe Dir doch schon hundertmal gesagt, dass Du nicht zum Bach darfst. Komm sofort aus dem Bach heraus."

„Warum denn?", fragte Selina mit einem frechen Lachen.

„Weil es erstens viel zu gefährlich für Dich ist und...", setzte Safira an.

„Und zweitens?", fragte die dreieinhalb Jahre alte Selina, die sich mit vor der Brust verschränkten Armen nicht von der Stelle bewegte. Sie lachte immer noch, als ihr fünfjähriger Bruder Ramoto sie packte und aus dem Bach zerrte.

„Danke, Ramoto, aber ich habe Dich doch gebeten, Selina nicht mit hierher zu nehmen", sagte Safira tadelnd.

Als ihr Sohn jedoch den Kopf hängen ließ, zerzauste sie ihm zärtlich die Haare. Sie wusste, dass Selina gerne einfach das tat, was ihr gerade einfiel und sich nicht danach richtete, was ihr jemand aus der Familie sagte.

„Ich gehe jetzt zur Oma, möchtest Du mitkommen?", fragte sie Ramoto. Doch der schüttelte nur den Kopf. „Nein, ich möchte lieber mit Jamon weiter an dem Damm bauen." Auch Naomi ließ sich nicht dafür begeistern.

„Oh, fein. Wir gehen zur Oma", jubelte Selina.

„Ja, aber wir müssen Dir erst trockene Sachen anziehen. Also komm", sagte Safira. Es freute sie, dass Selina ihre Uroma so gern hatte.

Safiras Oma weigerte sich, zu ihnen ins Dorf zu ziehen. „Ich brauche meine Ruhe, das weißt Du doch", sagte sie ihr immer, wenn Safira sie bat, zu ihnen zu ziehen.

Niemand, nicht mal Safira wusste, wie alt Oma Naomi war. Sie lebte schon seit ewigen Zeiten in ihrer Hütte, die tief im Wald verborgen war.

Safira schaute so oft es ging bei ihr vorbei, weil sie das Gefühl hatte, ihre geliebte Oma hatte Schmerzen. Wenn sie sie jedoch danach fragte, wollte ihre Oma nicht antworten. Sie schüttelte dann immer nur verärgert ihren Kopf.

Der Weg zu Oma Naomis Hütte war sehr beschwerlich. Safira fühlte, wie ihr der Schweiß den Rücken hinunterlief. So schlapp hatte sie sich schon lange nicht mehr gefühlt.

„Namira, Du wirst auch immer schwerer. Ich fürchte, bald musst Du diesen Weg selbst laufen", stöhnte Safira. Selina hüpfte dagegen leichtfüßig über jeden Stamm, der ihr in die Quere kam.

* * *

Oma Naomi saß auf einem Baumstumpf vor ihrer Hütte und sortierte Kräuter. Als sie ihre Enkelin und ihre Urenkel sah, strahlte sie.

„Safira, Namira, Selina! Schön, dass ihr mich besucht", sagte sie glücklich. Als sie ihr jedoch in die Augen sah, setzte sie besorgt hinzu: „Aber in Deinem Zustand solltest Du Dich mehr schonen. Komm setz Dich zu mir, ich hol Dir einen Tee. Der wird Dir gut tun", und verschwand im Haus.

„In welchem Zustand? Ich bin heute einfach nur müde, weil ich letzte Nacht kaum geschlafen habe." Doch noch während Safira redete, wurden ihr alle Anzeichen einer Schwangerschaft bewusst, die sie in der letzten Zeit verdrängt hatte. Sie schaute auf und sah in das lächelnde Gesicht ihrer Oma.

„Oh nein. Wie sollen wir das nur schaffen", sagte sie geschockt. „Moarito hat so große Rückenschmerzen, dass er morgens kaum aus dem Bett kommt. Wie sollen wir noch ein fünftes Kind durchbringen, wenn er seine Arbeit verliert."

Oma Naomi streichelte ihr beruhigend über den Kopf. „Moarito soll keine Dummheiten machen. Mach ihm immer wieder bewusst, dass er eine große Verantwortung für seine Familie hat."

„Aber er ist doch schon so verantwortungsbewusst. Er will keine zweite Frau. Er sagt, dass er nur mich liebt. Er ist immer für die Kinder da und arbeitet mehr, als für seinen Rücken gut ist. Es gibt keinen besseren Mann als ihn, Oma", erwiderte Safira.

Oma Naomi ging kopfschüttelnd in ihre Hütte. „Mehr als warnen kann ich nicht", murmelte sie vor sich hin.

Safira setzte sich auf die weiche Erde und lehnte sich an einen Baumstamm. Der Tee tat ihr so gut. Sie fühlte sich entspannt und schläfrig.

Als sie wieder aufwachte, war es schon spät am Nachmittag. Erschrocken über ihren langen Schlaf suchte sie ihre Oma und die Kinder.

Oma Naomi zeigte Selina und Namira gerade verschiedene Kräuter und erklärte ihnen, wofür die Kräuter gut waren. Selina war erstaunlich aufmerksam.

„Jetzt habe ich fast den ganzen Nachmittag geschlafen. Warum habt ihr mich denn nicht geweckt?", fragte Safira.

„Weil Du diesen Schlaf dringend nötig hattest", sagte Oma Naomi bestimmt. Sie reichte Safira einen Topf. „Mit dieser Salbe massierst Du Moarito jeden Abend den Rücken ein. Es wird seine Schmerzen lindern. Und sag meinen anderen zwei Urenkeln schöne Grüße. Es würde mich freuen, auch sie wieder einmal zu sehen." Sie küsste alle zum Abschied und winkte ihnen nach.

2. London

„Diesmal musst Du Dir wirklich einen anderen suchen." Seufzend ließ sich Henry Hayes in den abgewetzten Ledersessel fallen. „Ich kann Maggy zurzeit nicht allein lassen. Sie ist im achten Monat schwanger und hat wahnsinnige Angst vor der Geburt."

Hilflos hob er seine Schultern. „Obwohl mich die Unruhen in Südafrika schon immer interessiert haben." Resigniert starrte er auf den Perserteppich, der seine besten Tage bereits hinter sich hatte.

Richard Piquet ging ruhelos im Zimmer auf und ab. „Und wenn Helen sich solange um Maggy kümmert, bis Du wieder zurück bist? Du weißt, sie ist eine hervorragende Krankenschwester. Maggy könnte in unserem Gästeapartement wohnen und sich von Helen rundum verwöhnen lassen. Damit würden wir gleich zwei Fliegen mit einer Klappe schlagen, weil Helen sich ohnehin zu Hause tödlich langweilt."

Als Richard Henrys zweifelnde Mine sah, versuchte er ihm den Auftrag noch einmal auf eine andere Art schmackhaft zu machen. „Stell Dir vor, wenn wir von der „The Times" den Artikel als Erste bringen. Seit Beendigung des Burenkrieges brodelt es dort schlimmer als je zuvor. Die Politiker wollen uns weismachen, dass seit der Einigung zwischen den burischen Generälen und den britischen Militärführern Friede, Freude, Eierkuchen herrscht."

Richard blieb stehen und lachte freudlos auf. „Pahh, nichts davon ist wahr!", rief er aufgeregt. Hektische rote Flecken breiteten sich in rasender Geschwindigkeit auf seinem Gesicht und Hals aus. Als er sich mit einem Seitenblick Henrys Aufmerksamkeit versichert hatte, durchquerte er noch ruheloser als zuvor den Raum.

Henry wusste, dass dieses Thema Richards Blut in Wallung brachte, da er kurz vor der Beendigung des Burenkrieges von einem Querschläger schwer verletzt und außer Landes gebracht worden war. „Mit den Fotos und Deinen Berichten über die Diamantenmine und die Anführer, die den Aufstand planen, werden wir beweisen, dass dort kein Friede herrscht. Gabrielle ist sich sicher, dass es nicht mehr lange dauern kann. Danach wird es dort von Reportern nur so wimmeln und Du hast bis dahin schon alles im Kasten.

Wenn einer es hinbekommt, das Vertrauen der Schwarzafrikaner zu gewinnen, dann bist Du das. Du schaffst es sicher, dass sie uns Fotos von sich und ihren wahren Lebensbedingungen machen lassen. Wir brauchen eine Fotoreportage, die die persönlichen Umstände der Familien zeigt. Damit können wir den Aufstand so richtig dramatisch mit den Schicksalen der Schwarzen in Südafrika begleiten. Niemand kann die Geschichte sensibler und erfolgreicher aufziehen als Du."

An dem Glanz in Henrys Augen konnte Richard sehen, dass er Feuer gefangen hatte. Richard hatte sein Ziel fast erreicht.

„Die Kollegen von der „Diamant Fields News" in Kimberley würden sich natürlich gar nicht freuen, wenn wir aus London schneller sind als sie selbst, obwohl es direkt vor ihrer Haustür passiert", setzte Richard böse grinsend hinzu.

„Wer ist eigentlich Gabrielle?" Henry beobachtete Richard neugierig.

Richard lachte erneut laut auf. „Ein Kontakt, der mir förmlich in die Arme gelaufen ist." Mit einem Augenzwinkern setzte er bedeutungsschwanger hinzu: „Mehr darf ich nicht verraten, aber glaube mir eines, wenn sich jemand vor Ort auskennt, dann sie."

„Ich muss erst einmal sehen, was Maggy dazu sagt", antwortete Henry, während er sich aus dem Ledersessel schwang. Mit einem kurzen Gruß in Richards Richtung verließ er das Büro. Er hasste Richards Heimlichkeiten. Wer ist diese ominöse Gabrielle? Hatte er mit ihr eine Affäre? Eigentlich war Richard kein Schwerenöter, aber wenn es zu seinem Vorteil war, konnte er gelegentlich schon auf Tuchfühlung gehen. Nun ja, beruhigte er sich, er würde es schon noch herausfinden.

* * *

„Oh nein! Du hast mir versprochen, dass Du nicht mehr so weit wegfliegst, bis unser Baby da ist." Maggy weinte vor Enttäuschung.

Henry nahm sie behutsam in seine Arme, doch Maggy stieß ihn ärgerlich von sich.

„Aber bis zur Geburt ist es doch noch mindestens einen Monat hin. Die Ärztin ist überzeugt, dass unsere Stefanie eher nach als vor dem errechneten Termin kommt. Ich brauche allerhöchstens drei Wochen, dann bin ich für euch zwei da. Richard hat mir versprochen, dass ich im Anschluss an diese Sache meinen gesamten Resturlaub nehmen kann."

„Ach ja, was Richard Dir immer so verspricht. Ich will Dich in meiner Nähe haben. Du wolltest doch unbedingt bei der Geburt dabei sein. Und jetzt sind plötzlich irgendwelche Wilde in Südafrika wichtiger für Dich als die Geburt Deines ersten Kindes." Maggy verzog schmollend ihren kleinen Mund.

„Du weißt genau, dass es nicht irgendwelche Wilde sind. Es sind Menschen, die in ihrem eigenen Land als Arbeitskräfte ausgenutzt, gequält und verachtet werden. Sie schuften wie Sklaven für Hungerlöhne in den Minen und gefährliche Sprengungen kosten täglich viele Arbeiter das Leben. Sie sind dort einfach nichts wert und wenn sie sich gegen die Ungleichbehandlung auflehnen, sind sie ihren Job los. Und wenn sie ihren Job los sind, können sie ihre Familien nicht mehr ernähren. Die kleinen Kinder und die Alten sterben zuerst. Dort gibt es kein soziales Auffangnetz."

„Aber was kannst Du schon mit ein paar Fotos an der Lage der Armen ändern?", fragte Maggy leise.

„Ich kann den Menschen hier das Leid in Südafrika zeigen und sie dafür interessieren. Je mehr ich von den Einheimischen dort privat fotografieren und berichten kann, desto mehr Chancen haben wir, dass sich unsere Politiker über den Aufstand Gedanken machen und die Engländer viel Geld spenden. Das könnte das Leben einiger Kinder retten und für Veränderungen im Land sorgen."

„Du bist gemein. Du weißt genau, dass ich in meinem jetzigen Zustand nichts über sterbende Kinder hören mag", sagte Maggy noch leicht verärgert. Aber Henry sah, dass Maggy ihn fliegen lassen würde.

„Außerdem würde es nicht schaden, wenn diese Berichterstattung meine Karriere vorantreiben würde und ich eine Gehaltserhöhung bekomme, oder?"

„Aha, da liegt der Hund also begraben", erwiderte Maggy besänftigt. Da sie nun wusste, dass auch sie Nutznießer dieser Aktion werden würde, fiel es ihr gleich viel leichter großzügig zu sein. Schließlich hatten sie demnächst mit dem Kind höhere Ausgaben und ihr Gehalt würde in den nächsten Jahren ausfallen.

„Ich werde die Zeit ohne Dich schon durchstehen."

Er nahm sie in den Arm und küsste sie dankbar. „Jetzt gehen wir etwas essen. Ich will ja nicht, dass unsere Stefanie hungern muss."

Zärtlich streichelte er ihr über den schon beachtlichen Bauch. Als hätte ihn Stefanie gehört, boxte sie gegen Henrys Hand.

3. Südafrika

Henrys Flieger landete bei Sonnenaufgang in Kimberley. Trotz des frühen Morgens schlug ihm die angenehm milde Luft beim Aussteigen entgegen. Das kalte und verregnete März-Klima in London war eine Zumutung, dachte er. Gutgelaunt und motiviert zog er sein Jacket aus und krempelte die Ärmel seines weißen Leinenhemdes hoch.

Nach einer kurzen Taxifahrt kam er im Holiday Inn Garden Court in der Du Toitspan Road an, in dem Richards Sekretärin ihm ein Zimmer reserviert hatte.

Er war überwältigt vom freundlichen Service im Hotel. Dafür sensibilisiert, fiel ihm jedoch auf, dass das Personal an der Rezeption ausschließlich weißhäutig und nur die Kofferträger Schwarzafrikaner waren.

Henry entließ den Kofferträger mit einem großzügigen Trinkgeld und erntete ein breites Grinsen und eine tiefe Verbeugung als Dank.

Er wollte keine Zeit verlieren und sich gleich heute noch auf den Weg zur Diamantenmine machen. Doch zuerst musste er diese Gabrielle anrufen, um zu erfahren, wo Rando und Moarito wohnten und vielleicht konnte er ebenfalls in Erfahrung bringen, wie Richard sie kennen gelernt hatte.

Er hob den Telefonhörer von der Gabel und wählte die Nummer, die Richard Piquet ihm für den Notfall gegeben hatte.

„Hallo!", ertönte eine weibliche, etwas genervte Stimme.

„Guten Morgen, mein Name ist Henry Hayes. Ich bin Reporter der ..." „Verdammt!", unterbrach Gabrielle ihn. „Hat Ihnen Richard nicht gesagt, dass Sie hier nur im Notfall anrufen dürfen? Sie glauben gar nicht, was los ist, wenn mein Mann erfährt, dass ich da mit drinstecke!"

„Ich muss nur wissen, wo ich Rando und Moarito treffen kann." Henry zügelte seine Ungeduld und versuchte wie immer freundlich zu bleiben. Er hasste zickige Frauen, aber in diesem Fall war er auf sie angewiesen.

"Also gut", fuhr sie nach einer kleinen Pause etwas ruhiger fort. „Ich sage Ihnen, wo Sie Rando finden, aber rufen Sie mich nur noch im absoluten Notfall an. Ich darf mit dieser Sache auf keinen Fall in Zusammenhang gebracht werden."

Nachdem Gabrielle ihm den Weg so genau wie möglich erklärt hatte, legte sie grußlos auf.

* * *

Als Rando am Abend nach Hause kam, sah er einen weißen Mann vor seiner Hütte sitzen. Der fremde Mann stand auf und reichte ihm die Hand. Rando war auf der Hut, aber das Lächeln des fremden Mannes sah ehrlich aus, daher gab er ihm die Hand.

„Mein Name ist Henry Hayes. Ich bin Reporter aus London und möchte über das Leben der Schwarzafrikaner in Kimberley berichten. Eine gewisse Gabrielle hat mich zu Dir geschickt. Sie meinte, Du könntest mir weiterhelfen."

Rando stand erst einmal nur da und beobachtete Henry misstrauisch. Warum wollte plötzlich jemand über sie berichten? Und warum sollte sich ein Weißer für die Armut eines Schwarzen interessieren? Das konnte doch nur gelogen sein.

„Gabrielle hat mir nichts gesagt. Warum sollte ich Ihnen trauen?"

„Ich weiß, ich komme ein wenig überraschend. Gabrielle war auch nicht darauf vorbereitet. Ich dachte, ich stelle mich erst einmal vor und komme in den nächsten Tagen noch einmal wieder", sagte Henry, gab Rando zum Abschied die Hand und machte sich wieder auf den Weg zu seinem Hotel.

Rando sah ihm nachdenklich hinterher. Wenn sich die internationale Presse wirklich für ihre Situation und ihre Lebensumstände interessierte, dann wäre das vielleicht eine Chance. Denn wenn sie erst einmal die Aufmerksamkeit der Presse hätten, könnten sie auch einen Aufstand wagen. Die Eigentümer der Mine würden ihren Aufstand nicht einfach gewaltsam und brutal unterdrücken können, wenn die Presse alles an die Öffentlichkeit bringt.

Eigentlich wäre dies der perfekte Zeitpunkt für einen Aufstand, aber zuerst musste er die andere Sache über die Bühne bringen. Nach dem Aufstand könnte es gut möglich sein, dass er keine Arbeit mehr hatte. Hoffentlich entschied sich Moarito, bei dem Diamantenraub mitzumachen. Alleine würde er das niemals schaffen.

4. Spanien, Busot

Frederic von Minnehagen hasste die angespannte Atmosphäre, wenn er während des Urlaubs beruflich verreisen musste. Seine Frau lief nun schon den ganzen Morgen mit dieser anklagenden Mine herum. Frederic konnte sich nicht erklären, warum seine Frau Südafrika nicht mochte. Es war damals ihre gemeinsame Entscheidung gewesen, nach Südafrika zu ziehen.

Er hatte alles versucht, sich diesmal vor dem Flug nach Südafrika zu drücken, schon allein seiner Frau zuliebe. Aber er war nun mal Botschafter und bei so wichtigen Angelegenheiten musste ihr gemeinsamer Urlaub in ihrem Ferienhaus in Busot eben für kurze Zeit unterbrochen werden.

„Bitte, Cecile. Mach es mir nicht schwerer, als es ohnehin schon ist. Ich wäre doch wirklich gern bei Dir geblieben." Er breitete einladend seine Arme aus, doch als Cecile ihn anschaute, ließ er sie traurig wieder sinken.

„Es ist jedes Mal dieselbe Ausrede. Leider werde ich hier gebraucht und leider werde ich dort gebraucht. Aber dass ich Dich hier brauche, scheint Dich nicht zu interessieren. Südafrika, wenn ich das schon höre. Du wirst da ganz sicher nichts ausrichten können. Aber die Hauptsache ist ja, dass ein deutscher Botschafter auch da war, wenn die Kameras an sind."

Traurig beobachtete Frederic von Minnehagen, wie sich das schöne Gesicht seiner Cecile bei ihren Zornesausbrüchen zu einer hässlichen Maske verzerrte.

„Du hast doch Freunde hier, mit denen Du Dich verabreden und auf Partys gehen kannst. In einer Woche bin ich wieder da und dann können wir noch ein paar ruhige Tage gemeinsam hier genießen."

„Mach, was Du nicht lassen kannst, aber ich weiß nicht, ob ich noch da bin, wenn Du wiederkommst." Wütend schlug sie die Tür hinter sich zu und verschwand in den Garten.

5. Südafrika, Kimberley

Bei Einbruch der Dunkelheit machte sich Moarito auf den Weg nach Hause. Er wusste nicht, was er machen sollte. Natürlich konnte er das Geld gut gebrauchen, das sie mit dem Verkauf der gestohlenen Steine bekommen würden. Aber was würde mit seiner Familie geschehen, wenn die Aufseher in der Diamantenmine ihn beim Diebstahl erwischen?

Er erreichte die Hütte, als Safira mit Namira und Selina gerade aus dem Wald kamen. Moarito lief seiner Frau entgegen und nahm ihr Namira aus dem Tragetuch.

„Warum bist Du denn um diese Uhrzeit noch unterwegs? Du bist ja ganz erschöpft." Besorgt nahm er seine Frau in den Arm. Ihr Gesicht war schweißnass. Er führte sie zur Hütte.

„Komm, setz Dich erst einmal auf die Bank. Ich hole Dir schnell ein Glas Wasser."

Naomi, ihre älteste Tochter, kam aus der Hütte gerannt. „Mama, Mama, was ist denn los", rief sie ängstlich. Safira lächelte matt. „Nichts Schlimmes, mein Schatz. Ich habe mir nur ein wenig zu viel zugemutet. Es ist gleich wieder besser."

Moarito kam mit einem Glas Wasser und hielt es Safira an die Lippen. So hatte er seine tapfere Frau noch nie erlebt. Safira sah Moarito traurig lächelnd an und strich sich über ihren Bauch. Verwirrt starrte er auf ihren Bauch und dann wieder in ihre traurig blickenden Augen.

Als ihm klar wurde, was Safira ihm sagen wollte, sackte er innerlich zusammen. Eigentlich bräuchte sie jetzt einen Arzt, dachte er sich. Aber woher sollte er das Geld nehmen? Und wie sollte er noch ein Kind ernähren? In diesem Moment wusste er, wie seine Antwort auf Randos Frage ausfallen würde.

* * *

Am nächsten Morgen nickte er mit ernstem Gesicht, als er Randos fragendem Blick begegnete. Stillschweigend wussten beide, dass es nun besser war, nicht zusammen gesehen zu werden und vor den anderen nicht miteinander zu reden. Wenn Moarito Zweifel über seine Entscheidung kamen, redete er sich selbst ein, dass er keine andere Wahl hatte. Seine Frau und seine Kinder gehörten in ein anständiges Haus und nicht in die dunkle Hütte.

An diesem Abend beeilte er sich so schnell er konnte, um zu dem Treffpunkt zu gelangen. Er hielt die Anspannung kaum aus und war froh, als er Rando bereits auf der Anhöhe sitzen sah. Außer Atem setzte er sich neben ihn und sie saßen schweigsam nebeneinander, bis sich sein Atemrhythmus wieder normalisiert hatte.

„Ich habe mir einen Plan ausgedacht. Allerdings brauchen wir dafür einen dritten Mann", sagte Rando leise. „Es wird uns nichts anderes übrig bleiben, als meinen Onkel Kalakua zu fragen."

„Nein, nicht Kalakua. Dem traue ich keinen Meter. Er hat so etwas Verschlagenes in seinem Blick. Nein Rando, nicht den!", widersprach Moarito energisch.

Rando sah ihn erstaunt an. „Was meinst Du wohl, wem Du Deine Beförderung zum Steinesortierer zu verdanken hast? Ohne ihn wärst Du jetzt am Ende Deiner Kräfte. Vielleicht lägst Du ohne meinen Onkel schon unter der Erde. Das letzte Grubenunglück hat niemand überlebt."

Fassungslos sah Moarito zu Rando. „Warum hätte er mir helfen sollen?"

„Weil ich ihn darum gebeten habe. Er hat es sogar ohne jede Gegenleistung getan."

„Also gut. Du müsstest ihn inzwischen gut genug kennen, um zu wissen, ob wir ihm trauen können, aber irgendwie stört es mich, dass wir dann zu dritt sind", sagte Moarito mit einem flauen Gefühl im Magen.

„Es wird schon glatt gehen, also pass auf....."

* * *

Rando ging langsam den Weg entlang des Baches zur Hütte seines Onkels. Er war sich nicht sicher, wie er seinen Onkel einschätzen sollte. Irgendwie musste er Moarito Recht geben. Auch er hatte gewisse Bedenken, aber er sah keine andere Möglichkeit, diesen Deal zu drehen.

„Hallo Rando, komm herein, mein Junge. Was führt Dich zu uns?", begrüßte ihn sein Onkel freudestrahlend. In diesem Moment waren Randos Zweifel verflogen.

„Onkel Kalakua, ich würde gern mit Dir unter vier Augen sprechen. Es ist etwas Wichtiges."

Kalakua ließ sich von seiner Frau eine Decke reichen, dann gingen sie auf die nächstliegende Steppe und setzten sich auf die Decke.

„Onkel Kalakua, Du weißt, wie es mir finanziell geht. Ich muss immer noch den größten Teil meines Gehalts an meinen Vater abgeben. Ich tue es nur meiner Schwester zuliebe, weil er droht, sie sonst auf die Straße zu setzen. In meine kleine Hütte kann ich sie nicht holen, weil ich an ihren Ruf denken muss. Außerdem wäre es an der Zeit, dass auch ich einmal ans Heiraten denke. Nun ja, diese ganzen Umstände haben mich auf den Gedanken gebracht, ein paar Steine mitgehen zu lassen." Rando wurde immer leiser.

„Das kannst Du Dir aus dem Kopf schlagen, mein Junge. Es ist nicht so, dass ich nicht selbst schon einmal daran gedacht hätte, aber es gibt keine Chance, diese Steinchen da herauszubringen." Sie blickten sich lange an und schwiegen. Er sah die Entschlossenheit in Randos Augen. „Also, schieß los. Ich bin gespannt, ob Du ein klügeres Köpfchen als dein Onkel Kalakua bist!"

* * *

Zwei Tage später saß Henry Hayes wieder vor der Hütte, als Rando nach Hause kam. Diesmal grüßte Rando ihn freundlich und ließ ihn in seine kleine dunkle Hütte treten. Alte Holzkisten dienten als Tisch und Stühle. Aufgeschüttetes Stroh mit einer Decke darauf, war Randos Bett.

„Das ist mein Reich. Es ist zwar ein bisschen klein, aber dafür muss ich die Hütte nicht mit zehn Geschwistern, einem ständig besoffenen Vater und einer bösen Stiefmutter teilen." Als er Henrys ehrlich interessierten Gesichtsausdruck sah, fing er von vorne an:

„Meine Mutter starb bei der Geburt meiner Schwester Janina. Mein Vater holte seine Zweitfrau in unser Haus und bat sie, Janina und mich mit großzuziehen. Mein Vater griff immer mehr zur Flasche und merkte nicht, wie kalt und herzlos seine Zweitfrau zu uns beiden war.

Als sie Janina wieder einmal den ganzen Haushalt machen ließ, während sie und ihre Kinder faul herumsaßen, platzte mir der Kragen. Ich beschwerte mich bei meinem Vater, in der Hoffnung, dass er seinem ältesten Sohn glauben und seiner Zweitfrau einmal auf die Finger sehen würde.

Stattdessen jagte er mich aus dem Haus und drohte mir meine Schwester auch vor die Tür zu setzen, falls ich die Weitergabe meines Lohnes von der Diamantenmine an ihn einstellen würde. Tja, jetzt sitze ich hier und überlege, wie ich an mehr Geld komme, um meine Schwester aus ihrem Elend zu befreien."

Henry und Rando saßen schweigend auf den Kisten und starrten auf den Boden. Henry wollte nach dieser Lebensgeschichte nichts Belangloses sagen. Wie konnte er ihm helfen?

„Leider haben wir in der Diamantenmine auch keine Chance auf Weiterbildung. Alle Stellen, die besseres Ansehen und höheres Einkommen bedeuten könnten, werden ausschließlich mit Weißen besetzt."

„Aber ihr könnt euch doch dagegen auflehnen. Ihr dürft es nicht als gegeben akzeptieren", wandte Henry ein.

„Natürlich könnten wir uns dagegen auflehnen. Ich habe mit meinem Freund Moarito bereits ein paar Versuche gestartet. Wenn wir allerdings verlieren, dann haben wir keine Arbeit mehr. Ich bin allein und könnte mich durchschlagen, aber was sollen die Schwarzafrikaner machen, die Familien ernähren müssen? Die Kinder würden sich so lange von irgendwelchen Abfällen ernähren, bis sie krank werden und dann doch verhungern.

Ein Vater überlegt genau, bevor er seine Familie dem Hungertod überlässt."

„Das wissen die Minenbesitzer natürlich ganz genau und nutzen eure Angst aus", warf Henry ein. „Wenn ihr um eure Rechte kämpfen wollt, müssten wir einen genauen Plan erstellen. Und wir müssen vorher mindestens achtzig Prozent der Schwarzafrikaner auf unserer Seite haben. Wenn alle gleichzeitig die Arbeit niederlegen, müssen die Minenbesitzer euch zuhören. Ich werde alles filmen und kommentieren. Ich kann dafür sorgen, dass die ganze Welt von dieser Ungerechtigkeit erfährt. Schon allein deshalb müssen sie euch zuhören."

„Es muss sich endlich etwas ändern", erwiderte Rando erbost. Er würde so gern einen Aufstand anzetteln. Eigentlich musste er nur Arende überzeugen. Er war so etwas wie ein Stammesältester, dem die meisten Schwarzafrikaner im Umkreis vertrauten. Zu ihm kamen sie, wenn sie einen weisen Rat brauchten. Arende hatte immer den Überblick, so wie sein Name schon sagte: Arende, der Adler. Wenn Arende den Aufstand guthieß, würde sich kaum jemand trauen, sich dagegen auszusprechen.

„Vor allem müssen die im Abbau Tätigen mehr abgesichert werden und mehr maschinelle Hilfen bekommen. Wenn sie nicht durch ungenügende Stollenabsicherungen verschüttet werden, sind sie spätestens nach fünf Jahren im Abbau nicht mehr in der Lage aufrecht zu stehen."

Henry schrieb alle Punkte zu dem geplanten Aufstand auf und ging sie mit Rando so oft durch, bis Rando sie auswendig konnte. Rando vertraute Henry voll und war ihm dankbar, dass er sich offenbar schon viele Gedanken über das Leben der Schwarzafrikaner gemacht hatte.

Rando versprach, sich sofort auf den Weg zu machen, um die anderen Schwarzen zu einem Aufstand aufzustacheln.

* * *

Der deutsche Botschafter Frederic von Minnehagen wurde standesgemäß am Flughafen in Johannesburg begrüßt. Eine klimatisierte Luxuslimousine fuhr ihn zu der Residenz des südafrikanischen Präsidenten Dr. Louis Blyed in Pretoria. Wie immer war auch seine Frau Gabrielle an seiner Seite, was Frederic von Minnehagen einen Stich versetzte. Wie gern hätte er Cecile auch an seiner Seite.

Normalerweise tagte das südafrikanische Parlament in der ersten Jahreshälfte in Kapstadt. Aber Dr. Blyed ordnete Parlamentssitzungen immer wieder einmal in Pretoria an, wenn es besser in seinen Terminkalender passte. Daher hatte auch der deutsche Botschafter zwei Residenzen in Südafrika. Für die erste Jahreshälfte eine in Kapstadt und für die zweite Jahreshälfte eine in Pretoria.

Nach einem Abend anstrengender Konversation über die Situation in Südafrika wurde Frederic von Minnehagen zu seinem Haus in Pretoria gebracht. Da sein Hauspersonal in der ersten Jahreshälfte in seinem Anwesen in Kapstadt war, wollte er sich ausnahmsweise selbst versorgen.

Er sank in sein Bett und versuchte seine Frau in ihrem Feriendomizil in Spanien zu erreichen. Cecile ging jedoch nicht ans Telefon. Seufzend legte er wieder auf. Sein

Aufenthalt würde sich wahrscheinlich in die Länge ziehen, da er vom südafrikanischen Präsidenten keine ausreichenden Informationen erhalten hatte.

Der Abend bei Dr. Louis Blyed war für ihn äußerst unbefriedigend verlaufen. Es wäre alles in Ordnung. Momentan gäbe es keine Aufstände in Südafrika, usw., usw... Das übliche Bla Bla, dachte er sich enttäuscht.

Am nächsten Morgen würde er sich von einem Taxi zum Flughafen fahren lassen und die nächste Maschine nach Kimberley nehmen. Jetzt wollte er sich selbst vor Ort ein Bild machen. Sein Sekretär in Berlin konnte sich doch nicht geirrt habe, als er behauptet hatte, in Kimberley gäbe es Unruhen.

* * *

Rando lief zuerst zu Arendes Hütte und erklärte ihm, wie der Aufstand wirklich funktionieren könnte. Er war erstaunt und begeistert zugleich, wie gut sein Plan bei Arende ankam. Arende war stolz auf ihn, das spürte er sehr deutlich, daher machte er sich sofort daran, von Hütte zu Hütte zu laufen und alle anderen auch dafür zu begeistern. Zuerst waren seine Leidensgenossen zurückhaltend, aber als sie merkten, dass der Plan diesmal wirklich gut durchdacht war und Arende ihn unterstützte, machten sie ihrem aufgestauten Ärger Luft.

Manche Schwarze waren gar nicht mehr zu bremsen und begleiteten Rando. Immer mehr Männer schlossen sich ihm an und gerieten außer Kontrolle, wenn jemand Einwände vorbrachte.

„Wir wollen eine gerechte Aufteilung der Arbeitsplätze!"

„Wir wollen bessere Löhne!"

„Wir wollen mehr Sicherheit!", schrieen alle durcheinander. Jeder rief die für ihn persönlich wichtigste Forderung so laut er konnte.

Irgendwann stellte sich Rando auf einen Baumstumpf und rief:

„Seid leise, meine Brüder. Niemand hat etwas davon, wenn die Minenbesitzer vorzeitig erfahren, was wir vorhaben. Also bewahrt bitte Ruhe bis übermorgen. Übermorgen ist unser großer Tag. Geht nach Hause und schlaft euch aus. Morgen arbeiten alle ganz normal, als wäre heute nichts passiert. Übermorgen treffen wir uns dann um sechs Uhr morgens vor dem großen Tor und verlangen die Minenbesitzer selbst zu sprechen. Aber jetzt müsst ihr euch beruhigen, sonst war alles umsonst."

„Warum denn erst übermorgen?", riefen einige Schwarze, die es jetzt besonders eilig hatten.

Rando überlegte kurz, bevor er antwortete: „Wir müssen morgen noch die anderen zum Mitmachen überzeugen. Es bringt uns nur etwas, wenn alle dabei sind."

Er konnte ja schlecht sagen, dass er für morgen etwas anderes, noch viel Größeres geplant hatte.

Endlich beruhigte sich die aufgebrachte Menge und verzog sich langsam in ihre ärmlichen Hütten. Rando saß da und konnte seinen Erfolg kaum glauben.

Wenn es nur morgen auch so gut klappen würde. Er war allein bei dem Gedanken daran schon total aufgeregt.

* * *

Ein lautes Klopfen weckte Rando, der erst im Morgengrauen eingeschlafen war.

„Guten Morgen, ich hoffe Du hast unsere Verabredung nicht vergessen?", fragte Henry grinsend.

Natürlich hatte Rando an alles andere, nur nicht an diese Fotos gedacht. Henry wollte heute Fotos von seiner Hütte machen und anschließend Safira den ganzen Tag mit seiner Filmkamera begleiten.

Zum Glück war Henry bald mit den Aufnahmen der Hütte fertig. Rando musste sich an den Tisch setzen, sich kurz ins Bett legen, wo er am liebsten liegengeblieben wäre. Dann noch ein paar Fotos vor der Hütte und er hatte es geschafft.

„Danke Rando. Für heute sind wir fertig. Jetzt werde ich mich auf den Weg zu Moarito und Safira machen. Hast Du schon mit ihnen besprochen, dass ich heute komme?"

„Ja, natürlich. Es geht alles klar", erwiderte Rando müde.

„Also dann bis morgen."

Wenn weiterhin alles so reibungslos läuft, bin ich in spätestens einer Woche wieder bei meiner Maggy, dachte sich Henry unterwegs.

Rando legte sich noch einmal kurz hin. An Schlafen war nicht mehr zu denken. Um heute ja nichts zu vermasseln, musste er nachdenken. Sein Ziel war greifbar nahe. Sein Puls beschleunigte sich und er hörte sein Herz klopfen, als er den Ablauf nochmals vor seinem geistigen Auge wie einen Film abspielte. Er hoffte, dass Moarito und Kalakua sich an ihren gemeinsam erarbeiteten Plan hielten.

Als er endlich aufstand, sah er, dass Henry eine Filmdose auf seinem Tisch vergessen hatte.

6. Spanien, Busot

Das Telefon klingelte schon zum fünften Mal, aber Cecile von Minnehagen konnte sich nicht aufraffen abzuheben. Es könnte Frederic sein. Und der sollte auf keinen Fall den Eindruck bekommen, dass sie auf ihrer Couch saß, Trübsal blies und nichts Besseres zu tun hatte als auf seinen Anruf zu warten. Sie hatte heute Nacht geträumt:

Sie sah ihren Mann an der Seite einer wunderschönen Frau durch die Straßen von Johannesburg flanieren. Jeder konnte sehen, wie sehr sie sich zueinander hingezogen fühlten. Sie lachten unbeschwert und freuten sich des Lebens.

Sie hörte Frederic sagen, dass er schon lange nicht mehr so viel gelacht habe und dass sein Leben sonst so trostlos sei. Die Frau fasste seinen Arm und blickte ihm ganz tief in die Augen, während sie mit ihrer dunklen, etwas rauchigen Stimme hauchte: „Das könntest Du immer haben, und noch viel mehr."

An dieser Stelle war sie aufgewacht und hielt es im Bett nicht mehr aus. Sie lief ins Wohnzimmer und machte alle Lampen an. Dann ging sie in die Küche und riss den Kühlschrank auf. Sie brauchte jetzt irgendetwas, um ihre Nerven zu beruhigen. Aber während sie den Blick über die Diätjoghurts und andere Light-Produkte schweifen ließ, wurde ihr übel.

„Nein, das war es nicht, was sie jetzt brauchte.", dachte Cecile.

Ihr Blick fiel auf die Karaffen im Wohnzimmer. Normalerweise trank sie keinen Alkohol. Höchstens mal ein Glas Champagner. Aber jetzt brauchte sie etwas von diesem fürchterlichen Zeug. Die gelblich braune Flüssigkeit gefiel ihr am besten. Sie schenkte sich das größte Glas voll ein, trank es in einem Zug aus und schüttelte sich. „Wie konnte Frederic dieses furchtbare Zeug nur so genussvoll trinken?", fragte sie sich.

Nur nicht wieder an Frederic denken, der jetzt vermutlich Arm in Arm mit dieser Frau in Richtung Hotel ging.

„Nein, das darf doch nicht wahr sein", rief sie sich selbst zur Ordnung. „Wie kann ich Frederic solche furchtbaren Dinge unterstellen. Er liebt mich und würde mir niemals wehtun."

Sie fing an zu weinen und konnte nicht mehr aufhören, bis sie vor Erschöpfung einschlief.

Ein lautes Klopfen holte sie in die Wirklichkeit zurück. Sie zog die dünne Kaschmirjacke eng um sich zusammen und öffnete die Tür.

„Hallo Cecile. Wie schaust denn Du aus. Bist Du krank? Du bist ja noch gar nicht hergerichtet. Weißt Du wie spät es schon ist?"

Das war typisch Annabella. Sie stürmte ins Haus, ohne danach zu fragen, ob es einem gerade recht war, dass sie vorbeischaute. Langsam machte Cecile die Tür zu und folgte ihr ins Wohnzimmer.

Annabella achtete gar nicht weiter darauf, dass ihre Freundin Cecile so traurig und müde wirkte. Sie baute sich in voller Größe auf - sie war in ihren besten Jahren Model gewesen - und fing an, wild gestikulierend die neuesten Neuigkeiten zu erzählen.

„Stell Dir vor, wir haben eine Einladung des schwerreichen Pablo Mendacci bekommen. Zu seinem sechzigsten Geburtstag. Er feiert ihn in seiner Villa in València. Was meinst Du, wen wir da alles sehen werden. Bei ihm treffen sich alle wichtigen Leute und wir sind mittendrin. Was ist denn los? Du freust Dich ja gar nicht." Ihr hübsches Gesicht war vor Aufregung leicht gerötet und als sie ihre Lippen zu einem Schmollmund verzog, entlockte sie Cecile doch ein kleines Lächeln.

„Doch, natürlich freue ich mich für Dich. Aber wie willst du denn nach València kommen?", fragte Cecile träge.

„Na endlich ist mein Schneckilein aufgewacht!", rief Annabella fröhlich und klatschte in die Hände. „Das ist das Beste an der ganzen Geschichte. Er schickt uns seinen Hubschrauber." Erwartungsvoll sah sie Cecile an.

Als sie die Bewunderung in Ceciles Augen aufblitzen sah, lief sie zu ihr, packte voller Freude ihre Hände und wirbelte ihre noch etwas benommene Freundin wild durchs ganze Wohnzimmer.

„Wir müssen sofort los, um uns etwas Passendes zum Anziehen zu besorgen. Ich habe uns schon in unseren Lieblingsboutiquen angemeldet. Aber zuerst ziehst Du dich um und schminkst Dich ein wenig."

Annabella lief schon in die Richtung von Ceciles Ankleidezimmer, als Cecile ihr nachrief: „Warum soll ich mir etwas Neues zum Anziehen besorgen, wenn Du und Alexander zu einer Party eingeladen seid?"

„Weil Alexander am Telefon geistesgegenwärtig genug war und gleich gefragt hat, ob wir eine sehr gute Freundin mitbringen dürfen. Da staunst Du, was?"

Annabella verdrehte die Augen und ahmte eine Männerstimme nach: „Ja natürlich. Ich würde mich sehr freuen, Eure Freundin kennenzulernen."

Annabella lachte sich tot. Ganz langsam kam jetzt auch Leben in Cecils traurige Mine. „Also gut, gib mir zwanzig Minuten."

Was Annabella Cecile verschwieg, war, dass ihr Mann Frederic sie angerufen und darum gebeten hatte, nach Cecile zu sehen, weil er sie telefonisch nicht erreichen konnte.

Annabella hatte einen mittleren Schrecken bekommen, als sie Cecile in der Tür stehen sah. Es sah so aus, als ob Cecile gleich anfangen würde zu weinen. Und das hätte sie wirklich nicht ertragen.

Aber jetzt hatte sie ja die Kurve mit Bravour genommen. Gute alte Cecile. Sie müsste sich ein bisschen häufiger hier sehen lassen, dann würde es schon wieder werden.

Annabella stand vor Ceciles prall gefülltem Kleiderschrank und zog ihr nach kurzem Überlegen einen leichten Zweiteiler aus weißem Leinen heraus.

„Der ist so wunderschön, den könntest Du doch heute anziehen", schlug Annabella vor, als Cecile duftend und gestylt aus dem Bad kam.

„Meinst Du wirklich?", fragte Cecile unsicher, aber schon viel besser gelaunt.

„Ja, natürlich. Deine dunklen Haare kommen damit so schön zur Geltung und Deine braunen Augen. Herrlich!"

„Du übertreibst mal wieder maßlos, aber heute tut es mir gut", erwiderte Cecile glücklich.

Lachend verließ Annabella das Schlafzimmer und ließ sich im Wohnzimmer in einen Sessel fallen.

7. Südafrika, Kimberley

Moarito schwitzte an diesem Tag übermäßig viel. Er hatte das Gefühl, jeder würde ihm ansehen, dass er heute etwas Unrechtes vorhatte.

Wenn es ihm heute jedoch gelingen würde, ein paar dieser Steinchen in seine Hemdjacke zu stecken, müsste er nie wieder an dieser verhassten Sortieranlage stehen.

Heute glitzerten die Steine noch mehr als sonst. Zehn Männer sortierten die Diamanten, bei fünf Aufsehern. Einer der Aufseher war Randos Onkel Kalakua. Er beachtete Moarito wie immer überhaupt nicht, sondern sah zwei anderen Arbeitern auf die Finger.

Er hat etwas von einem Fuchs, ging es Moarito durch den Kopf. Listig und unehrlich. Es war schon Nachmittag und es hatte sich noch keine Gelegenheit zum Diebstahl ergeben. Aufgeregt wartete er auf Kalakuas Einsatz.

Moarito hatte den Eindruck, dass die Aufseher ausgerechnet heute doppelt so gut aufpassten. Kein Wunder, denn sie konnten viel Geld verdienen, wenn sie einen der Arbeiter beim Diebstahl erwischten.

Heute störten ihn auch die weißen Handschuhe so arg. Sie waren an der Handinnenfläche schon ganz feucht. Wie sollte er so schnell nach diesen kleinen Steinen greifen und sie verschwinden lassen?

Er spürte, wie ihm ein Schweißtropfen langsam die Stirn hinunterlief.

Plötzlich ging alles ganz schnell.

Kalakua fing an zu brüllen und stürmte zu dem Sortiertisch. Er warf dabei zwei Aufseher beinahe um, die reflexartig nach ihren Waffen griffen.

In diesem Augenblick griff Moarito zu.

Der Alarm war ausgelöst worden und zehn weitere Aufseher stürmten in den Raum. Kalakua schrie einen der Arbeiter an, er solle die Steine aus seiner Tasche wieder herausholen.

Die Steine auf dem Tisch wurden unter intensivster Beobachtung weggebracht. Keiner rührte sich. Auf jeden Sortierer war eine Waffe gerichtet.

Moarito liefen die Schweißtropfen herunter. Er fürchtete schon, dass ihn das verraten würde, aber als er zu den anderen Sortierern blickte, sah er, dass es ihnen genauso ging wie ihm.

Der Sortierer, den Kalakua erwischt haben wollte, brach in Tränen aus, während er immer wieder seine Unschuld beteuerte.

Moarito hatte großes Mitleid mit ihm, aber sein Körper war so vollgepumpt mit Adrenalin, dass er alles nur noch benommen wahrnahm.

„Nur jetzt nicht in Ohnmacht fallen, nur nicht umkippen", dachte er sich und brachte alle Konzentration auf, um ruhig und gerade stehen zu bleiben.

Endlich wurden sie nacheinander hinausgeführt.

Moaritos Blick kreuzte sich nur ganz kurz mit dem von Rando. Rando und sein Kollege mussten alle Sortierer ganz genau durchsuchen. Einen nach dem Anderen.

Die Aufseher standen immer noch mit gezückten Waffen und beobachteten jeden Handgriff. Moarito war als Dritter an der Reihe.

Rando stülpte alle Taschen seiner Hemdjacke aus, wobei er dies unauffällig vorsichtig machte. Der Kollege begann schon mal mit der genaueren Leibesvisitation. Er musste sich bis auf die Unterhose ausziehen.

Endlich erklang das von Moarito so herbeigesehnte: „Sauber!", und er durfte sich wieder anziehen.

Ganz langsam machte er sich wie immer auf den Heimweg. Moarito fror und schwitzte zugleich. Angst, Aufregung und aufkeimende Freude feierten ein wildes Durcheinander in seinem Körper.

Er ging gleich zum Treffpunkt auf der Anhöhe, ohne vorher zu Hause vorbeizuschauen. Erst musste er sich beruhigen und mit Rando reden. Auf keinen Fall wollte er die Steine auch nur eine Sekunde länger bei sich haben. Wenn Safira sie bei ihm fand, wäre ihr zuzutrauen, dass sie sie dem rechtmäßigen Besitzer zurückbrachte.

Freudentränen liefen über seine Wangen. Moarito traute sich kaum in den Saum zu greifen, in dessen Naht er ein kleines Loch geschnitten hatte.

Nach einer gefühlten Ewigkeit kam Rando den Hang hinauf. Sein Gesicht wirkte äußerst angespannt.

„Und?", fragte er, als er sich neben Moarito setzte.

„Ich habe noch nicht nachgesehen", erwiderte Moarito und zog ganz langsam seine Hemdjacke aus. Vorsichtig trennte er die Naht komplett auf und sechs mittlere bis größere Diamanten kullerten in seine Hand. Was für ein Gefühl! Er hatte ja schon viele Diamanten in seinem Leben angefasst, aber so hatte sich bisher noch keiner von ihnen angefühlt. So voller Leben.

Keiner von beiden sagte ein Wort. Sie schauten fasziniert auf die Steine und wussten in diesem Moment: Sie hatten es geschafft!

Alle Anspannung fiel von ihnen ab.

Am liebsten hätten sie vor Freude geschrien, laut gejubelt, die ganze Welt umarmt und alle an ihrem Glück teilhaben lassen. Aber sie durften sich nur ganz still freuen. Zu groß war die Angst beobachtet und entdeckt zu werden. Nur ihre Augen waren voll tiefer Freude auf die vor ihnen liegende unbeschwerte Zukunft.

„Alle meine Kinder können jetzt zur Schule gehen und studieren", dachte sich Moarito. „Und Safira bekommt ein paar wunderschöne Kleider."

Rando fiel ein Stein vom Herzen. Als Erstes würde er seine Schwester aus dem furchtbaren Haus seines Vaters holen. Jetzt war es egal, was die Anderen von ihnen dachten. Sie würden nach Kapstadt ziehen, wo niemand sie kannte.

Dort würde er sich Anzüge und weiße Hemden kaufen, so wie die Weißen sie trugen. Seine Schwester bekäme natürlich die schönsten Kleider, die es gab. Er würde ihr einen anständigen Mann suchen und er selbst könnte Maschinenbau studieren. Irgendwann würde er hierher zurückkommen. Aber dann als gemachter Mann und jeder würde ihn um Rat fragen.

Sie saßen eine Weile schweigend da und jeder träumte seinen Traum.

„Jetzt müssen wir langsam wieder ins Dorf. Das Beste wäre, wir bringen die Steine heute Abend noch in die Stadt. Ich kenne da jemanden, der interessiert ist und uns gleich das Geld geben kann", sagte Rando bestimmt.

„Ja, bringen wir es hinter uns. Aber Du nimmst die Steine. Ich habe sie lange genug getragen. Außerdem darf Safira sie nicht entdecken."

Gemeinsam gingen sie ins Dorf hinunter.

„Wenn Du fertig bist, kommst Du zu mir. Wir gehen dann am besten gemeinsam in die Stadt", sagte Rando mit einem Grinsen.

* * *

Auf dem Weg zu seiner Hütte, überlegte Rando fieberhaft, wo er die Steine aufbewahren könnte. Er konnte sie ja nicht einfach in die Hosentasche stecken.

Als er seine Hütte betrat, fiel ihm die Filmdose auf, die Henry Hayes vergessen hatte. „Ein ideales Versteck", dachte er sich.

Schnell holte er die Filmrolle heraus. Anschließend schnitt er aus einem alten blauen Hemd einen viereckigen Stofffetzen und ein längliches Stoffband und legte die Diamanten darauf. Er rollte sie vorsichtig ein und band sie mit dem schmalen Stoffband zusammen.

Dann drückte er das kleine Bündel in die Filmdose, verschloss sie sorgfältig mit dem dazugehörenden Deckel und ließ sie in seiner Hosentasche verschwinden.

„Perfekt", lobte er sich selbst.

Rando hielt es nicht länger in seiner engen, dunklen Hütte aus. Wie hatte er hier nur so lange leben können. Vielleicht sollte er sich für heute Nacht ein Zimmer in der Stadt nehmen. Oder vielleicht doch besser nicht, denn das könnte auffallen. Morgen nach dem Aufstand der Schwarzen würde er seine Schwester holen und für immer von hier verschwinden.

Er trat aus der Hütte und holte tief Luft. Ab jetzt würde er ein schönes Leben als reicher Mann leben. Endlich kam Moarito um die Ecke gebogen. Er strahlte überglücklich.

„Warum strahlst Du denn so? Du wirst Dich noch ein wenig zusammenreißen müssen", sagte Rando genervt.

„Stell Dir vor, Safira ist schwanger. Sie macht sich große Sorgen um unsere Zukunft, weil ich immer so starke Rückenschmerzen habe. Ich hätte es ihr beinahe gestanden. Nein, ich habe nichts gesagt", versicherte er schnell, als er sah, dass sich Randos Miene verfinsterte.

Wortlos drehte Rando sich um und ging los. Moarito hatte Schwierigkeiten ihm zu folgen. Als sie in die Stadt kamen, hatten sie beide unabhängig voneinander das Gefühl, dass die Stimmung unter den Schwarzen heute anders war als sonst.

„Es muss mit dem Aufstand morgen zu tun haben. Sie versuchen sich schon Mut zu machen, indem sie aggressive Reden schwingen", sagte Rando nachdenklich.

„Rando, Moarito!", rief jemand hinter ihnen.

Als sie sich umdrehten, sahen sie Henry Hayes mit einem fremden weißen Mann auf sich zukommen.

„Hallo, ihr beiden. Darf ich euch den deutschen Botschafter Frederic von Minnehagen vorstellen. Ich habe ihn zufällig in meinem Hotel getroffen und ihm von euren Problemen in der Diamantenmine berichtet. Er möchte euch morgen gern helfen. Er wird mit den Minenbesitzern reden. Das wird sicher Eindruck machen."

Frederic von Minnehagen lächelte Rando und Moarito freundlich an. Normalerweise musste sich auch ein Botschafter an den Amtsweg halten. Eigenmächtige Unternehmungen dieser Art waren absolut untersagt, aber er war so enttäuscht von seinem Treffen mit dem Präsidenten am Vortag, dass er sein Handeln für gut und notwendig befand.

Außerdem hätte er eigentlich nur in der Botschaft oder auf seinem Anwesen in Pretoria übernachten dürfen. Aber Frederic verstieß ausnahmsweise auch gegen diese Regel, da er ein paar Tage in Kimberley vor Ort sein wollte. Es war ihm zu umständlich jeden Tag so weit zu reisen, also hatte er sich kurzer Hand im Holiday Inn Garden Court eingecheckt.

Frederic wusste, dass er sich hier deutlich außerhalb aller Protokolle und Regeln bewegte. Aber er musste etwas gegen die Ungerechtigkeit tun. Und irgendwie schwangen dabei auch seine Überlegungen mit, endlich mehr Zeit für seine Frau zu haben. Seine Ehe hing am berühmten seidenen Faden. Er wollte Cecile nicht verlieren. Er liebte sie, das war ihm letzte Nacht wieder einmal klar geworden und er würde um sie kämpfen. Auch wenn er sich beruflich umorientieren musste. Sie war es wert.

„Lasst uns in das Cafe dort drüben gehen, dann könnt ihr Herrn von Minnehagen eure Probleme noch einmal schildern", sagte Henry und zeigte auf ein feines Cafe auf der anderen Straßenseite. Als Henry Randos und Moaritos Zögern bemerkte, interpretierte er schnell und fügte noch hinzu: „Auf meine Kosten natürlich."

Rando war hin und hergerissen zwischen seinem Wunsch, die Steine möglichst schnell in Geld zu verwandeln oder jetzt die Rechte der Schwarzen zu vertreten.

Er zuckte mit den Schultern und sagte: „Wir haben uns zwar mit jemand anderem verabredet, aber es ist wichtiger, dass wir Schwarze endlich zu unserem Recht kommen."

Beim Betreten des Cafes, wurden Rando und Moarito an der Tür aufgehalten.

„Die Herren sind unsere Gäste", sagte Henry freundlich aber bestimmt, worauf sie hineingelassen wurden.

„Diese Demütigungen muss ich nicht mehr lang in Kauf nehmen", dachte Rando wütend. Moarito nahm es gelassen. Er hatte nichts anderes erwartet.

Nachdem sie Frederic von Minnehagen ausgiebig über das Leben und die Probleme der schwarzen Minenarbeiter in Kimberley informiert hatten, verabschiedeten sich Rando und Moarito. Frederic versprach ihnen, sich bei den Minenbesitzern für sie und ihre Leidensgenossen einzusetzen.

„Der Botschafter scheint sich wirklich für unser Leben zu interessieren. Er ist außergewöhnlich warmherzig für einen Weißen", sagte Rando. „Aber jetzt müssen wir uns wirklich beeilen. Ich weiß nicht, wie lange unser Kontaktmann noch auf uns wartet."

„Ich habe es kaum ausgehalten, dort zu sitzen und so zu tun, als wären wir noch immer die armen Schlucker ohne Zukunft", erwiderte Moarito und hastete Rando hinterher.

Sie waren beide so in Gedanken versunken, dass sie nicht merkten, dass sich immer mehr Schwarze auf der Straße sammelten. Als sie um die Ecke bogen, blieben sie erschrocken stehen.

Sie erkannten die Bewohner aus ihrem Dorf, die aufgebracht durcheinander schrien: „Wir wollen bessere Arbeitsbedingungen! Wir wollen höhere Löhne und vor allem wollen wir keine Weißen mehr als Vorgesetzte! Dieses Land gehört uns!"

„Oh, nein, dafür bin wohl ich verantwortlich", stöhnte Rando. „Aber ich habe ihnen gestern doch ausdrücklich

..." In diesem Moment erkannte ihn jemand und schrie: „Rando! Dieser Mann ist unser Anführer!" Bevor Rando und Moarito wussten, wie ihnen geschah, wurden sie gepackt und nach vorn gezerrt.

Die Menschenmasse schob sich langsam durch die Straßen und es wurden immer aggressivere Parolen geschrien: „Weg mit den Weißen! Wir wollen hier in Frieden leben, aber ohne die verdammten Weißen!"

Die Situation eskalierte, ohne dass Rando auch nur ein Wort an die Menge richten konnte.

Viel schlimmer, es gab auch kein Entkommen für Rando und Moarito.

Erbarmungslos wurden sie von der Menge in der vordersten Reihe vorangetrieben, fest im Griff der aufgebrachten Landsleute.

Als die Menschenmenge plötzlich stehen blieb, sahen sie sich der Polizei gegenüber. Die Schwarzen begannen mit Steinen nach den Uniformierten zu werfen und schrien noch lauter.

Rando und Moarito wurden hin und hergeschubst und hatten keine Möglichkeit zu fliehen, als die Polizei ihre Waffen auf die Menge richtete.

Rando riss erschrocken die Augen auf, als er von mehreren Kugeln gleichzeitig getroffen wurde. Die Schwarzen liefen auseinander und Rando sackte zu Boden.

Mit letzter Kraft zog er sich an den Straßenrand und sah sich nach Moarito um. Er konnte ihn in dem panischen Durcheinander nicht entdecken. Polizisten schlugen mit Schlagstöcken auf die Menschenmenge ein.

Rando lag da und versuchte mit aller Macht, das Bewusstsein nicht zu verlieren. Er umklammerte die Filmdose in seiner Hosentasche.

Langsam löste sich eine Träne aus seinen Augen. „Janina", flüsterte er. „Wir hätten endlich ein so schönes Leben haben können. Warum nur, warum ausgerechnet jetzt?" Die furchtbaren Krämpfe lösten sich und er verlor das Bewusstsein.

Rando kam noch einmal zur Besinnung, als er Stimmen hörte. Eine Stimme kam ihm bekannt vor. Er versuchte seinen Kopf zu drehen und sah verschwommen, dass sich der Botschafter besorgt über ihn beugte. Das war seine letzte Chance. Mit letzter Kraft zog er die Filmdose aus seiner Hosentasche und drückte sie dem Botschafter in die Hand.

Frederic von Minnehagen steckte die Filmdose achtlos in seine Jackentasche und rief: „Rando, Sie müssen durchhalten."

Rando versuchte noch Moarito und Janina zu sagen, aber sein Atem stockte und Dunkelheit umschloss ihn.

„Wir müssen ihn ins Krankenhaus bringen", rief Henry aufgebracht.

Der Botschafter richtete sich auf und sagte leise: „Es ist zu spät."

Er saß da und hielt Randos Kopf so lange auf seinem Schoß, bis ein Transporter kam, um die Verletzten und Toten einzusammeln.

Frederic von Minnehagen stand auf und ging erschöpft in sein Hotel.

„Cecile hat wohl doch recht gehabt. Hier konnte ich nichts bewirken", dachte er traurig.

* * *

Henry ging ins Dorf, um Moarito und Safira über Randos Tod zu informieren. Als er merkte, das Moarito noch nicht zu Hause war, setzte er sich zu Safira und sah ihr beim Wäsche waschen zu.

Die Kinder waren schon im Bett und auch Safira war müde und in sich gekehrt. Sie sagte nur: „Ich weiß auch nicht, wo Moarito heute bleibt. Aber Sie können gerne warten."

* * *

Moarito lief aufgeregt durch die Straßen und fragte nach Rando. Er hatte gesehen, dass Rando von Schüssen getroffen worden war, konnte aber nicht zu ihm, weil er von den flüchtenden Schwarzen in eine Seitengasse gedrängt worden war. Die Polizei war ihnen gefolgt, darum hatte er weiterlaufen müssen.

Jetzt stand er in der Straße, wo Rando zu Boden gegangen war. Nichts!

Er lief zu einem der Transporter und suchte fieberhaft nach Rando. Als er ihn sah, blieb ihm fast das Herz stehen. Rando war tot!

Er durchsuchte hektisch seine Taschen nach der Filmdose, doch er konnte sie nicht finden. Seine Taschen waren leer.

„He, sieh dass Du fortkommst!", schrie ihn einer von den Helfern an. „Hier wird nicht geplündert."

Er sah noch ein letztes Mal zu Rando und merkte, wie ihm die Tränen hinunterliefen. Er weinte nicht nur aus Trauer um seinen Freund, sondern auch aus Wut, weil die Diamanten weg waren und sein Traum vom Glück gerade geplatzt war. Alles umsonst!

Verzweifelt ging er nach Hause. Im Dorf war es gespenstisch leer und leise.

„Entweder hat man ihm die Diamanten aus der Tasche geklaut oder er hat sie noch jemandem geben können", dachte er verzweifelt.

Als er Henry vor seiner Hütte sitzen sah, wäre er am liebsten weggelaufen. Er zögerte kurz, doch dann sah er Safira, die gerade aus der Hütte trat und ihr Anblick zog ihn magisch an. Am liebsten hätte er sie gleich in seine Arme genommen und geweint. Einfach nur geweint. Er war nicht fähig, der schönsten und liebsten Frau der Welt eine lebenswerte und gesicherte Zukunft zu bieten.

Er war am Ende seiner Kräfte, als er vor der Hütte stand.

„Moarito, wo warst Du denn so lange? Es ist doch schon so spät", sagte Safira leicht vorwurfsvoll. Sie fielen sich in die Arme. Es war so tröstend für Moarito, seine Frau im Arm zu halten und ihre Nähe zu spüren.

Henry räusperte sich. Langsam drehte Moarito sich um.

„Es tut mir leid, Henry, aber ich bin heute nicht in der Stimmung für Besuch. Das Beste wäre, Du kommst morgen wieder", sagte er müde und traurig.

„Mir tut es leid, Moarito, ich wollte euch nicht stören. Es ist nur so, dass ich eine traurige Nachricht für Dich habe." Langsam erhob er sich und jetzt sah Moarito Tränen in seinen Augen.

„Rando ist heute Abend in den Armen des Botschafters gestorben. Er wurde von den Schüssen der Polizisten getroffen und ist noch am Straßenrand gestorben."

Safira schlug vor Schreck die Hände vor den Mund, doch Moarito packte Henry bei den Schultern und rief: „Hat er euch irgendetwas gegeben oder gesagt?"

„Nein, er konnte nichts mehr sagen", erwiderte Henry. „Er hatte uns nur noch einmal angeschaut, als ob er etwas sagen wollte, verlor dann aber das Bewusstsein und starb."

„Es kann nicht sein, das kann doch nicht wahr sein", rief Moarito immer wieder verzweifelt.

Henry war verwirrt. Diese Reaktion hatte er von Moarito nicht erwartet. Er wusste nicht so recht, was er damit anfangen sollte. Er schaute Safira entschuldigend an, klopfte Moarito auf die Schulter und verabschiedete sich.

Safira nahm Moarito in den Arm und wiegte ihn wie ein Kind hin und her. Langsam beruhigte Moarito sich wieder. Er sah Safira ernst an, nahm ihre Hände und erzählte ihr die ganze Wahrheit.

Als er endete, war Safira ein wenig blasser, aber sehr gefasst.

„Das hättest Du nicht tun dürfen. Aber da es niemand bemerkt hat, wird unser Leben hier einfach so weiterlaufen wie bisher."

„Ich habe es für uns getan. Ich wollte, dass die Kinder es besser haben und Du Dir keine Sorgen mehr zu machen brauchst", erwiderte er bedrückt.

„Aber ich liebe Dich und ich bin glücklich, dass alle Kinder gesund sind. Natürlich träume ich hin und wieder von einem schönen Kleid oder einem helleren Zuhause. Aber im Grunde meines Herzens hoffe ich nur, dass Deine Rückenschmerzen aufhören und Du Deine Arbeit nicht verlierst", sagte sie und schmiegte sich in seinen Arm.

So standen sie noch eine ganze Weile, bis es ganz dunkel wurde.

Moarito war erleichtert, dass Safira so unglaublich verständnisvoll reagierte und ihm keinen Vorwurf gemacht hatte. Jetzt war er wenigstens den Druck seines schlechten Gewissens los.

Aber stattdessen breiteten sich der Schmerz über den Verlust seines Freundes und die Enttäuschung über die verlorenen Diamanten mit voller Wucht in ihm aus.

8. Spanien

Cecile und Annabella ließen sich von Annabellas Chauffeur nach Alicante fahren.

Sie bogen in eine kopfsteingepflasterte Straße mit kleinen Boutiquen ein. Hier gab es alles, was das Herz begehrt, Christian Dior, Chanel, Prada, Gucci, Armani und viele andere feine Adressen.

„Als Erstes lassen wir uns die Kollektion bei Dior zeigen", bestimmte Annabella selbstsicher.

Cecile wäre Armani lieber gewesen, da sie die elegante Schlichtheit von ihm so mochte, aber sie traute sich nicht zu widersprechen. Sie wusste genau, dass Annabella das nicht akzeptieren würde, weil sie eher auf Pompöses mit Gold und Glitter stand.

Sie wurden freundlich begrüßt und zu einer Sitzgruppe geführt, die mit edlem wollweißem Stoff bezogen war.

„Was kann ich für Sie tun?", fragte die Geschäftsinhaberin freundlich.

„Wir brauchen ein wunderschönes Abendkleid für die Geburtstagsfeier von Pablo Mendacci", sagte Annabella stolz. „Allerdings müssten wir es gleich heute mitnehmen können."

„Das ist kein Problem", erwiderte sie geschäftstüchtig. „Mir fällt auch spontan ein Kleid aus blauem Seidentaft für Sie ein. Und dann habe ich gestern noch eine neue Lieferung bekommen, die Kleider lasse ich Ihnen auch gleich einmal zeigen. Darf ich Ihnen etwas zu trinken anbieten?"

„Ach, ja gern. Ich bräuchte jetzt ganz dringend einen Espresso", sagte Annabella theatralisch.

Cecile wäre in diesem Augenblick ein Glas Champagner lieber gewesen, doch sie schloss sich der Einfachheit halber Annabellas Wunsch an.

Nachdem sie ihren Espresso serviert bekommen hatten, kamen junge hübsche Verkäuferinnen, die eher wie Models aussahen und präsentierten die edlen Kleider.

Annabella verliebte sich spontan in ein blutrotes tiefdekolletiertes Abendkleid, dessen Träger aus fein gearbeiteten Goldketten bestanden. Sie probierte es an und kam – natürlich mit den dazu passenden hochhackigen Schuhen – aus dem Umkleideraum stolziert. Vor dem Spiegel wiegte sie ihre schmalen Hüften so gekonnt, dass die kleine Schleppe von einer Seite auf die andere flatterte.

„Du siehst einfach hinreißend aus. Keine Frau wird Dir an diesem Abend das Wasser reichen können", sagte Cecile voll ehrlicher Bewunderung. Für Cecile, mit ihrer zurückhaltenden Art, grenzte das schon fast an einen Begeisterungssturm.

Die Geschäftsinhaberin nickte ebenfalls zustimmend. „Das Kleid ist wie für Sie gemacht. Perfekter kann es nicht aussehen."

Annabella lächelte stolz. Das war genau das, was sie hören wollte. Nachdem sie noch eine weitere Runde vor dem Spiegel gedreht hatte, verschwand sie mit fast übermütigem Hüftschwung wieder im Umkleideraum.

„War für Sie auch ein Modell dabei?", fragte die Geschäftsinhaberin Cecile freundlich.

„Ich kann mich im Moment noch nicht entscheiden. Ich brauche immer ein wenig mehr Zeit", entschuldigte sich Cecile. Sie konnte und wollte auch nicht in diesem Geschäft mit Annabella konkurrieren. Sie sah sich eher in einem schlichteren Kleid.

Die Geschäftsinhaberin nickte verstehend.

Als Annabella mit glühenden Augen aus der Garderobe kam, zahlte sie schnell und ließ ihr Kleid mit den Schuhen zur Limousine bringen.

Dann hakte sie sich bei Cecile ein und sagte fröhlich: „So, ein Kleid hätten wir gefunden. Jetzt lass uns bei Gucci vorbeischauen. Die haben doch auch immer so wundervolle Kleider. Da ist bestimmt etwas für Dich dabei."

„Das ist wahr, aber vorher würde ich doch lieber bei Armani vorbeischauen", wandte Cecile ein.

„Oh Gott, ist das nicht zu langweilig?", fragte Annabella erstaunt.

„Ich weiß nicht. Ich fühle mich in seinen Kleidern sehr weiblich und sie haben gerade wegen der schlichten Formen und Farben einen unglaublichen Chic", erwiderte Cecile mutig.

„Also gut, wenn Du meinst. Und anschließend suchen wir uns ein nettes Cafe, wo wir etwas trinken können."

Bei Armani fühlte sich Cecile sichtlich wohler. Die Geschäftsinhaberin musterte sie freundlich aber sehr genau, dann ließ sie ihr ein Kleid zeigen, bei dem Ceciles Herz gleich höher schlug.

Es war ein Traum aus einem dunkelbraunen weichen Stoff. „Das würde ich gern anprobieren", sagte Cecile begeistert.

Annabella zog fragend die Augenbrauen hoch, doch Cecile ließ sich diesmal nicht verunsichern und nickte der Geschäftsinhaberin freundlich zu.

Als sie das Kleid anhatte, fühlte sie sich wohl und attraktiv. Der fließende Stoff umspielte ihre weibliche Figur und das Dekolletee gab einen dezenten Blick auf ihren wohlgeformten Busen frei.

„Wunderschön", sagte die freundliche Geschäftsinhaberin. „Das dunkelbraun betont ihren honigfarbenen Teint und bringt ihre schönen braunen Augen zum Leuchten. Wirklich perfekt."

„Schön schon, aber ist es nicht ein wenig zu ... schlicht?", fragte Annabella herablassend.

„Ich fühle mich wirklich sehr wohl in diesem wunderschönen Kleid. Der Stoff fühlt sich so schmeichelnd an. Das ist wie für mich gemacht. Das muss ich haben." Cecile strahlte glücklich.

Nachdem sie auch Ceciles Kleid nebst passenden Schuhen verstaut hatten, machten sie sich auf die Suche nach einem Cafe.

Schau, lass uns dort hinein gehen. Da war ich schon einmal mit Alexander eine Kleinigkeit essen. Wirklich vorzüglich. Jetzt haben wir uns ein Glas Champagner verdient. Was sagst Du dazu?"

Doch sie wartete Ceciles Antwort gar nicht ab und ging zielstrebig voraus.

Sie tranken Champagner, während Annabella unentwegt plauderte. Cecile hörte glücklich zu, denn sie hatte ihr Gefühlstief überwunden. Sie wollte sich keine Sorgen und Gedanken um ihren Mann mehr machen. Stattdessen freute sie sich schon auf das Fest und die Abwechslung.

„Habe ich Dir schon gesagt, dass mein Bruder Aurilio als Deine Begleitung mitkommt?", fragte sie auf dem Weg zur Limousine. „Nein?", fügte sie gespielt überrascht zu, als sie Ceciles erstauntem Blick begegnete.

„Du kannst ja nicht allein zu so einem Fest gehen, ohne einen Mann an Deiner Seite. Außerdem ist Aurilio ein sehr guter Tänzer. Du wirst es genießen. Er ist groß und schaut sehr gut aus. Lass Dich an diesem Abend von ihm in eine andere Welt entführen. Er wird sicher sehr charmant sein und Dir alle Wünsche von den Augen ablesen."

Annabellas Augen leuchteten und Cecile war gar nicht sicher, ob Annabella sich ihren Bruder einfach nur wundervoll hinträumte oder ob sie sie von ihm überzeugen wollte. Annabella ließ sich von Ceciles Nachdenklichkeit nicht vom Plaudern abhalten. Munter erzählte sie ihr auf der Rückfahrt eine Anekdote nach der anderen.

Irgendwann schlummerte Cecile vor Müdigkeit ein und wachte erst auf, als Annabella sie leicht an der Schulter berührte. „Wir sind da, Cecile."

Annabella half Cecile das Kleid und die Schuhe ins Haus zu bringen und küsste sie zum Abschied auf beide Wangen.

„Aurilio holt Dich morgen gegen sieben Uhr abends ab. Der Hubschrauber landet um halb acht bei uns. Also dann, bis morgen meine Süße. Du wirst hinreißend aussehen in Deinem neuen Outfit", fügte sie mit einem Augenzwinkern hinzu und lief lachend und winkend zum Auto.

Cecile blieb in der Eingangstür stehen, bis sie die Lichter der davon fahrenden Limousine nicht mehr sehen konnte.

9. Südafrika, Kimberley

Moarito konnte nicht einschlafen. Er wälzte sich die ganze Nacht von einer Seite auf die andere. Die Gedanken an Rando und an die Filmdose ließen ihm keine Ruhe.

Vielleicht hatte Rando zum Reden keine Kraft mehr gehabt. Vielleicht hatte er die Diamanten einfach dem Botschafter gegeben. Henry hatte gesagt, dass Rando in den Armen des Botschafters gestorben war.

Moarito grübelte und grübelte, bis der Morgen graute.

Leise zog er sich an und verließ die Hütte. In Gedanken vertieft, sah er Kalakua nicht auf sich zukommen. Erst als dieser ihm den Weg versperrte, schaute er auf und erschrak.

„So, so. Dachte ich es mir doch. Sich ganz heimlich, still und leise aus dem Staub machen wollen. Du bist mir ja ein ganz gewiefter Geschäftspartner", sagte Kalakua verächtlich. „Erst Rando aus dem Weg räumen und dann einfach abhauen. Aber da hast Du die Rechnung ohne den alten Kalakua gemacht. Ich will die Hälfte der Steine. Und zwar sofort!"

Moarito wollte ihm alles erklären, doch Kalakua hielt ihm ein scharfes Jagdmesser unter die Nase.

„Das klären wir am besten im Wald, bevor wir noch irgendwelche Zuhörer haben", sagte Kalakua böse und schubste Moarito in Richtung Wald.

Moarito zitterten die Knie. Wie sollte er Kalakua etwas glaubhaft machen, was er selbst noch nicht fassen konnte?

Als sie im Wald ankamen, schubste Kalakua Moarito so stark, dass er auf dem weichen Waldboden landete. Ängstlich schaute er zu Kalakua auf, der sich bedrohlich vor ihm aufbaute. „So, und jetzt raus mit der Wahrheit! Versuch nicht, mich anzulügen. Ich verstehe keinen Spaß mehr."

* * *

Frederic von Minnehagen saß betrübt auf der Couch in seinem Hotelzimmer. Seine Frau ging immer noch nicht ans Telefon. Er dachte kurz daran, nochmals ihre Freundin Annabella anzurufen, verwarf den Gedanken jedoch, weil er nicht zu viel Wind aufwirbeln wollte.

Am liebsten wäre er sofort wieder nach Spanien zurückgeflogen. Aber er wollte den Termin mit den Minenbesitzern am kommenden Morgen auf jeden Fall nutzen, um mit ihnen über die Behandlung der schwarzen Minenarbeiter zu reden. Das war er schon allein dem mutigen Rando schuldig.

Den südafrikanischen Präsidenten Dr. Louis Blyed brauchte er nicht um Hilfe zu bitten. So distanziert wie dieser bei seiner Ankunft gewesen war, würde er nur verärgert reagieren, wenn er wüsste, dass er doch noch nach Kimberley geflogen war.

Seufzend stand Frederic auf und zog sein Sakko aus. Jetzt erst fiel ihm auf, dass es Blutflecken hatte. Er legte es über den Badewannenrand und suchte eine Tüte, um es dort hineinzustopfen. Seine Frau würde ihm gewiss Vorhaltungen machen, weil sie es erst kurz vor ihrem Urlaub gekauft hatte. Nun ja, dachte er, vielleicht würde die Reinigung in Busot es wieder hinbekommen.

Er packte seine Reisetasche soweit wie möglich, um am nächsten Morgen keine Zeit mehr zu verlieren. Anschließend rief er den Zimmerservice an und bestellte sich einen belegten Toast aufs Zimmer. Das musste reichen. Auf jeden Fall besser, als sich in seiner jetzigen Stimmung allein in einem Restaurant an einen Tisch zu setzen.

Dann ging er ins Bad und ließ heißes Badewasser einlaufen. Der Badezusatz strömte gleich einen beruhigenden Duft aus. Das war genau das, was er jetzt brauchte. Kaum hatte er den Bademantel angezogen, klopfte auch schon der Zimmerservice an seine Tür.

Er verschlang seinen Toast, obwohl er gar keinen Hunger mehr hatte. Das heiße Bad entspannte ihn und ließ ihn danach sehr schnell einschlafen.

Am nächsten Morgen wurde sein gepackter Koffer im Kofferraum seiner dunklen Limousine verstaut, damit er nach dem Gespräch mit den Minenbesitzern keine Zeit verlor und seinen Rückflug nach Spanien antreten konnte.

Auf der Fahrt schrieb er seine Gedanken nochmals stichpunktartig auf, damit er nichts Wichtiges vergaß.

Als der Chauffeur abrupt bremste, wurde Frederic von Minnehagen von seinem Sitz geschleudert. Der Chauffeur versuchte, so schnell es die Limousine erlaubte, zu wenden. Eine große Gruppe Schwarzer kam mit Stöcken bewaffnet auf sie zugelaufen.

„NEIN!", rief Frederic geschockt. „Was ist denn hier los?"

Die Schwarzen hatten die Limousine umkreist und Frederic schlug der blanke Hass aus ihren verzerrten Gesichtern entgegen.

Die Stöcke prasselten auf das Heck der Limousine nieder. Es hörte sich an wie lautes Donnergrollen.

Frederic von Minnehagen zuckte ängstlich zusammen, als die Schwarzen versuchten, seine Tür zu öffnen. Die war aber zum Glück verriegelt.

Stattdessen fingen die Schwarzen nun an, mit ihren Knüppeln auf das Dach und die Seitenscheiben seiner Limousine einzuprügeln. Das Sicherheitsglas hielt zwar noch stand, aber es zeigten sich erste Risse in der Seitenscheibe. Nur wenige Zentimeter von seinem Gesicht entfernt. Frederic von Minnehagen konnte nur schreckensbleich zuschauen. Er war vor Todesangst erstarrt.

Der Chauffeur trat geistesgegenwärtig das Gaspedal durch. Zwei Schwarze, die sich vor dem Auto aufgebaut hatten, konnten sich gerade noch durch einen Sprung zur Seite retten. Einen von ihnen streiften sie leicht mit dem Kotflügel am Bein.

Als Frederic aus dem Rückfenster schaute, sah er, wie der Schwarze sich langsam aufrappelte und ihnen schimpfend versuchte hinterher zu humpeln. Entlang des hohen Stacheldrahtzaunes, der die Mine umgab, standen Hunderte von Schwarzafrikanern.

„Fahren Sie mich bitte gleich zum Flughafen."

Er nahm sich vor, von Spanien aus sofort den südafrikanischen Präsidenten anzurufen und ihn um Aufklärung zu bitten. Diese Zustände durften nicht länger ignoriert werden.

10. Spanien, Busot

„Ich wollte Dich nur vorwarnen, dass es nicht so einfach sein wird, wie Du es Dir vielleicht vorstellst. Meine Freundin Cecile ist momentan ein wenig depressiv. Also sei bitte besonders nett zu ihr und vermeide jedes Gespräch über ihren Mann", riet Annabella ihrem Bruder.

„Natürlich werde ich nett zu ihr sein", erwiderte Aurilio mit einem spöttischen Unterton. „Du weißt doch wie charmant Dein Bruder sein kann. Ich werde ihr einen unvergesslichen Abend bereiten." Er verdrehte die Augen.

„Aurilio, bitte! Du weißt genau, dass Du zu dieser Party nur eingeladen wurdest, weil Du die Begleitung meiner Freundin bist. Also vergiss nicht, dass Du Dich benehmen musst."

Ihr Bruder konnte manchmal so schwierig sein.

„Natürlich, herzallerliebstes Schwesterlein. Ich weiß, dass ich armer Schlucker es nur meiner reich verheirateten Schwester zu verdanken habe, ab und zu einen Blick in den Kreis der Hochwohlgeborenen werfen zu dürfen. Ich werde Dir keine Schande bereiten, das verspreche ich Dir."

„Also gut, dann bis morgen", beendete Annabella das Telefonat, ohne auf seine Provokation einzugehen.

Aurilio blickte aus dem Fenster seiner schmuddeligen Wohnung in einer häßlichen Betonsiedlung am Stadtrand von Alicante. Er hatte mittlerweile genug Geld auf die Seite geschafft, um sich ein Haus in einer schönen Gegend leisten zu können. Aber er ließ es bleiben, weil es ihn nur verdächtig machen würde.

Seine Schwester steckte ihm immer wieder heimlich etwas Geld zu, weil sie seinen Spott nicht ertragen konnte. Dabei war er inzwischen auch ein reicher Mann. Nicht so reich wie sein Schwager Alexander, aber der hatte die Firma ja auch nur von seinem Vater übernommen.

Er selbst hingegen hatte sich den Reichtum wirklich hart erarbeitet. Bei diesem Gedanken musste er grinsen. Er war der Anführer einer Gruppe von Männern, die die Wertgegenstände der Reichen ein wenig besser aufteilen wollten. Ihre Raubzüge waren sehr erfolgreich. Und das Beste war, dass er selbst sich die Hände nicht einmal schmutzig machen musste.

„Man muss halt einfach gut organisieren können", dachte er nicht ohne Stolz.

Er war für das Auskundschaften der Villen und für den Zeitpunkt des Einbruchs zuständig, bei dem die Reichen ein wenig erleichtert werden sollten. Alles andere erledigten seine Männer. Sie hatten richtige Profis in ihrer Gruppe, insbesondere was das Öffnen der Schließanlagen und der Safes, sowie das Ausschalten der Alarmanlagen anbelangte.

Wenn sein Schwesterchen wüsste, dass er ihre Kontakte missbrauchte, um seine Opfer auszukundschaften ... nicht auszudenken, wie hysterisch sie dann wäre.

Gut gelaunt ging er zum Kleiderschrank und holte seinen edlen Smoking heraus, den Annabella ihm für diese besonderen Anlässe gekauft hatte.

11. Südafrika, Kimberley

Moarito lief der Schweiß vor Angst in Strömen das Gesicht und den Rücken hinunter, während er Kalakua langsam aber mit fester Stimme erzählte, was seit dem Verlassen der Diamantenmine geschehen war.

Kalakua hörte mit düsterer Mine zu und unterbrach Moarito kein einziges Mal.

„… und jetzt wollte ich den Botschafter aufsuchen, weil es sein könnte, dass Henry Hayes gar nicht mitbekommen hat, wie Rando dem Botschafter die Filmdose zusteckte. Das ist unsere einzige Chance, die Steine wiederzubekommen", endete Moarito ängstlich.

„Du meinst, es ist Deine einzige Chance", erwiderte Kalakua böse. „Ich glaube Dir immer noch nicht. Geh jetzt zu ihm. In der Zwischenzeit werde ich Deine Familie nicht aus den Augen lassen. Da kannst Du ganz sicher sein", sagte er drohend.

Moarito blieb vor Angst fast das Herz stehen. „Lass bitte meine Familie in Ruhe. Ich werde die Diamanten zurückbringen, wenn er sie hat."

Moarito erhob sich und lief mit weichen Knien in Richtung Innenstadt.

Wie gut, dass er wusste, in welchem Hotel Henry Hayes abgestiegen war.

Langsam näherte er sich dem Lieferanteneingang des Holiday Inn.

In einem unbeobachteten Moment schlüpfte er schnell ins Hotel. Jetzt musste er nur die Frau seines Vetters finden. Das würde nicht so einfach werden. Er wusste nur, dass sie hier die Zimmer putzte, aber nicht um welche Uhrzeit.

Als er Stimmen hörte, versteckte er sich schnell in einer dunklen Nische. Es waren zwei Weiße, die an ihm vorbeigingen, ohne ihn zu bemerken.

Er schlich vorsichtig die Treppe hinauf. Als er im vierten Stock angekommen war, öffnete er langsam die Tür, die zu den Zimmern führte. Sein Herz klopfte laut und seine Hände waren schweißnass.

Wieder versteckte er sich in einer dunklen Ecke und wartete, bis er nach und nach die verschiedenen Putzfrauen auf dem Flur gesehen hatte.

Nachdem er enttäuscht festgestellt hatte, dass er keine der Putzfrauen kannte, wechselte er in das fünfte Geschoss. Aber auch hier kannte er keine der Putzfrauen.

Im sechsten Stock hatte er endlich Glück. Die Frau seines Vetters war so erschrocken, ihn hier so plötzlich zu sehen, dass ihr der Besen aus der Hand fiel.

Moarito hob ihn hoch und reichte ihn ihr. „Es tut mir leid, dass ich Dich so erschreckt habe. Du musst mir helfen. Ich suche einen Reporter mit dem Namen Henry Hayes, er ist euer Gast."

„Ich bin meinen Job los, wenn Dich hier jemand sieht", sagte Helia ängstlich.

„Ich weiß, aber es geht um Leben und Tod. Glaub mir bitte. Du musst mir helfen. Bitte!", bettelte er eindringlich.

„Also gut, er wohnt in Zimmer 612. Aber jetzt beeil Dich, dass Du fort kommst. Sie kontrollieren uns heute in besonders kurzen Abständen. Irgendetwas muss hier vorgefallen sein."

Moarito drückte ihr dankbar die Hände und huschte schnell in die Richtung, die sie ihm gewiesen hatte. Er blieb dann jedoch stehen, weil ihm bewusst wurde, dass er keine Zahlen lesen konnte.

Helia verstand. Sie lief eilends voraus, zeigte ihm das richtige Zimmer und verschwand wieder.

Moarito klopfte leise an die Tür. Nichts rührte sich im Zimmer. Er klopfte noch einmal, doch Henry schien nicht da zu sein.

Er war gerade auf dem Weg zu Helia, als sich die Tür zum Treppenhaus öffnete und eine weißhäutige Angestellte mit einer Schürze auftauchte.

Moarito schaffte es gerade noch, sich in die Nische vor einer Zimmertür zu pressen. Es schien eine Ewigkeit zu dauern, bis sie in einem Zimmer verschwand, vermutlich um es zu kontrollieren.

Anschließend versteckte er sich in einer Besenkammer, die offen stand.

Nach einer Weile schaute er vorsichtig hinaus und sah Helia mit ihrem Putzwagen auf sich zukommen.

Helia erschrak, als er sie aus der Kammer leise rief.

„Die Kontrolle ist gerade auf unserem Gang, bist Du wahnsinnig?", erwiderte sie leise.

„Helia, ich suche auch einen Botschafter, der hier in der Stadt ist. Ich habe allerdings seinen Namen vergessen und ich weiß nicht, ob er in diesem Hotel abgestiegen ist."

„Er ist heute abgereist. Ich weiß es ganz sicher, weil er der wichtigste Gast hier war. Aber jetzt verschwinde."

Moarito wurde leichenblass.

„Wenn Du jetzt umkippst, bin ich ruiniert. Reiß Dich zusammen.". Helia war einer Panik nahe.

Moarito fing sich wieder. „Entschuldige. Ich bin gleich weg."

Mit weichen Knien schlich er sich aus dem Hotel und setzte sich auf der gegenüberliegenden Straßenseite auf einen Mauervorsprung.

Nach zwei Stunden war Moarito kurz davor aufzugeben, aber dann kam zum Glück Henry Hayes mit einer Zeitung unter dem Arm um die Ecke. Moarito beeilte sich, um ihn noch vor dem Hotel abzufangen.

Henry erkannte ihn sofort und begrüßte ihn freundlich. „Hallo, Moarito."

„Ich muss unbedingt den Botschafter sprechen", sagte Moarito aufgeregt. „Ich muss unbedingt wissen, ob Rando vor seinem Tod noch irgendetwas gesagt oder gemacht hat."

„Ich habe Dir doch schon erzählt, dass Rando nichts mehr sagen konnte", erwiderte Henry mitleidig.

„Doch!", rief Moarito aufgeregt, „Er muss etwas gesagt haben. Ich muss den Botschafter unbedingt sprechen."

„Der Botschafter ist heute Morgen abgereist. Wenn es so dringend ist, könnte ich ihn morgen anrufen."

„Nein, so lange kann ich nicht warten. Kannst Du ihn nicht gleich jetzt anrufen?"

Henry musste lachen. „Er braucht schon eine gewisse Zeit, bis er zu Hause ist. Jetzt sitzt er bestimmt noch im Flugzeug. Morgen ist er ganz sicher angekommen, dann können wir ihn anrufen."

„Dann gib mir bitte seine Telefonnummer."

Henry schüttelte den Kopf. „Es tut mir leid, aber die Telefonnummer des Botschafters ist vertraulich. Ich darf sie unter keinen Umständen weitergeben. Aber ich verspreche Dir, ihn morgen anzurufen."

Als er Moaritos verzweifelte Mine sah, fiel ihm nichts Besseres ein, als ihm ein paar Scheine in die Hand zu drücken. „Das ist ein kleines Dankeschön, weil ich euer Leben in Bildern festhalten durfte. Wenn ich den Botschafter erreicht habe, komme ich zu Deiner Hütte und sage Dir, was er mir über die letzten Minuten von Randos Leben berichtet hat. Bis dahin musst Du Dich gedulden." Er klopfte Moarito auf die Schulter und ging ins Hotel.

Moarito ging traurig und voller Angst wieder nach Hause.

Er sah Kalakua schon von weitem an einem Baum lehnen und mit seinem Jagdmesser an einem Stück Holz schnitzen. Moarito wusste, dass er durch diese Situation musste, auch wenn er jetzt am liebsten weggelaufen wäre. Sein Herz schlug hart in seinem Brustkorb, als er sich Kalakua mutig näherte.

Ohne etwas zu sagen, ging Moarito in den Wald und Kalakua folgte ihm.

Als sie sich auf den Boden setzten, erzählte Moarito Kalakua, was Henry Hayes ihm gesagt hatte.

„Da ist doch irgendetwas faul an der Geschichte", wetterte Kalakua. „Warum reist der Botschafter denn so überstürzt ab? Der Kerl hat doch irgendetwas zu verbergen." Kalakua kratzte sich nachdenklich am Hinterkopf.

„Es hilft alles nichts, Du musst ihm nachreisen", beschloss er dann endlich.

„Nachreisen? Ich?", fragte Moarito geschockt.

„Ich bin mir sicher, dass er die Steine hat. Es gibt gar keine andere Möglichkeit. Ich weiß nur nicht, wie wir an Henry Hayes Adressbuch kommen sollen."

„An sein Adressbuch?", fragte Moarito erstaunt.

„Ja! Er hat doch sicher auch die Adresse des Botschafters, wenn er seine Telefonnummer hat."

„Also…"

„Ja?"

„Ich könnte Helia fragen. Sie putzt sein Zimmer."

„Na also. Jetzt kommen wir dem Ziel schon näher." Das breite Grinsen machte Moarito Angst.

„Aber ich bin mir nicht sicher, ob sie das Risiko eingeht, das Adressbuch für mich zu stehlen."

„Dann bring sie dazu", erwiderte Kalakua kalt und seine Augen funkelten böse, während er lässig mit seinem Jagdmesser spielte.

12. Spanien, Busot

Cecile wachte am nächsten Morgen auf und spürte, wie ihre Energie über Nacht zurückgekehrt war. Sie hatte sehr gut geschlafen, ohne auch nur ein einziges Mal von ihrem Mann geträumt zu haben.

Den heutigen Abend würde sie in vollen Zügen genießen. Heute wollte sie einfach Spaß haben und Tanzen. Hoffentlich hatte Annabella nicht zu viel versprochen, was ihren Bruder betraf.

Sie reckte sich ausgiebig, kochte sich eine Tasse Kaffee, holte die Tageszeitung und machte es sich wieder im Bett bequem.

Ihr neues Abendkleid von Georgio Armani hatte sie sich ins Schlafzimmer gehängt, um es anschauen zu können. Jedes Mal, wenn Sie das Kleid ansah, überkam sie ein zufriedenes Glücksgefühl. Sie konnte sich schon bildlich vorstellen, wie sie in diesem Traumkleid dahinschritt und über die Tanzfläche glitt. Bewundernde Blicke würden ihr von überall her folgen.

Zufrieden widmete sie sich der Zeitung, um auf dem neuesten Stand zu sein, falls es die Gespräche am Abend erforderten.

Nach einer Weile warf sie die Zeitung gelangweilt auf den Boden und ging ins Bad. Zuerst reinigte sie ihr Gesicht gründlich, dann strich sie sich eine wundervolle Feuchtigkeitsmaske großzügig auf Gesicht und Dekolleté und ließ sich ein Bad ein. Es gab nichts Schöneres als sich so richtig rundum zu verwöhnen. Wohlig rekelte sie sich im angenehm warmen Badewasser und schloss die Augen.

Als es an ihre Haustür klopfte, schreckte sie auf und wäre um ein Haar in der Badewanne untergegangen. Wer mochte das denn sein? Eigentlich erwartete sie heute niemanden.

Cecile rubbelte sich geschwind trocken, band ihr nasses Haar gekonnt in ein flauschiges Handtuch und schlüpfte in den Bademantel. Barfuß lief sie zur Tür, doch es war niemand zu sehen. Als sie auf dem Weg zurück ins Bad aus dem Wohnzimmerfenster blickte, sah sie einen dunkelhaarigen, schwarzgekleideten Mann vorsichtig ums Haus gehen.

Ein unangenehmes Kribbeln breitete sich in Ceciles Magengegend aus. Sie schlich ins Schlafzimmer, dessen Fenster bis zum Boden reichte, so dass sie den gesamten Garten überblicken konnte. Nachdem sie den Mann dort nicht sah, lief sie schnell zurück ins Wohnzimmer und schaute aus allen Fenstern.

Doch es war niemand mehr da. Ihr Herz klopfte so laut, dass sie es selbst hören konnte.

Als sie aus dem vorderen Küchenfenster schaute, sah sie den Mann die Straßenseite wechseln und auf eine andere Person zugehen. Er schien etwas zu sagen und dabei den Kopf zu schütteln, dann drehte er sich noch einmal um und sie sahen beide zu ihrem Haus.

Cecile duckte sich schnell und blieb eine Zeitlang am Boden. Was wollten die zwei unbekannten Männer von ihr und warum hatte einer der Männer vor dem Haus gewartet?

Sie ging noch einmal zur Haustür und überprüfte, ob sie fest abgesperrt war. Dann ging sie ins Schlafzimmer und schaute nach, ob auch die bodenlangen Fenster geschlossen waren. Jetzt fiel ihr wieder ein, dass sie sich eigentlich darum kümmern wollte, dass eine kleine Terrasse hinter dem Haus gebaut wird.

Um sich abzulenken, holte sie gleich das Branchenbuch und suchte schon einmal die Adresse verschiedener Bauunternehmen heraus, die sie in den nächsten Tagen um Angebote bitten würde.

13. Südafrika

„Bitte Helia, Du musst mir noch dieses eine Mal helfen! Ich verspreche Dir, dass ich Dich danach nie wieder belästigen werde. Aber ich brauche dieses Adressbuch von Henry Hayes. Bitte!" Moarito blickte hilfesuchend zu seinem Vetter Papiano.

„Was willst Du mit dem Adressbuch, wenn Du gar nicht lesen und schreiben kannst?", fragte Papiano.

„Ich kann es euch nicht verraten, ihr müsst mir ganz einfach vertrauen. Ihr kennt mich doch lange genug, um zu wissen, dass ich normalerweise nicht für kriminelle Sachen zu haben bin. Aber in dieser Angelegenheit geht es nicht anders. Bitte glaube mir, Helia."

„Helia, wir Schwarzen müssen zusammenhalten", sagte Papiano zu seiner Frau.

Helia schaute Moarito nachdenklich an. „Also gut, Moarito, ich mache es. Aber ich will eine Gegenleistung."

„Danke Helia. Ich tue alles, was Du willst", antwortete Moarito erleichtert.

„Ok. Ich will, dass Du lesen und schreiben lernst."

„Oh, nein. Fang nicht schon wieder davon an", stöhnte Moarito. Helia lag ihm mit diesem Thema schon seit Jahren in den Ohren.

„Du weißt genau, dass Du ohne lesen und schreiben zu können nie eine Chance auf eine bessere Zukunft haben wirst. Denk an Deine Kinder. Wo sollen sie denn später einmal arbeiten, wenn sie nie das Alphabet gelernt haben?"

„Entschuldige Helia, aber es gibt nun einmal keine Schulen für Schwarze in der Umgebung. Und sei mir nicht böse, wenn ich das sage, aber den Weißen den Dreck wegzuputzen ist ja auch nicht unbedingt anspruchsvoller, als in der Diamantenmine zu arbeiten." Moarito streckte kampflustig sein Kinn nach vorne.

Helia sah ihn einen Augenblick lang an, dann zuckte sie mit den Schultern und stand auf.

„Überleg es Dir. Ohne zu lernen, bekommst Du von mir ganz sicher kein Adressbuch." Sie drehte sich um und verließ die Hütte.

„Warum hast Du Helia so verletzen müssen? Du weißt doch ganz genau, dass sie damals ihren Job im Büro verloren hat, weil der neue Chef der Meinung war, Schwarze hätten in einem Büro nichts verloren. Außer sie kommen zum Putzen. Aber sie hat Recht. Du solltest Dich nicht länger dagegen sperren und endlich mit dem Lernen beginnen! Sie würde euch allen gern das Alphabet beibringen", redete Papiano Moarito ins Gewissen.

„Helia ist wirklich stur." Moarito seufzte schwer. „Aber mir bleibt jetzt scheinbar keine Wahl."

Er erhob sich von seinem Stuhl und folgte Helia zur Tür hinaus.

„Entschuldige Helia, dass ich vorhin so gemein zu Dir war. Ich bin einverstanden. Wenn Du mir das Adressbuch besorgst, lerne ich lesen und schreiben."

Helia sah ihn an, wie er so da stand, seine Hände tief in seinen Hosentaschen vergraben und nervös sein Gewicht von einem Bein auf das andere verlagernd.

„Also gut", sagte sie streng. „Morgen nach der Arbeit ist Deine erste Unterrichtsstunde."

„Was? Morgen schon? Können wir nicht nächsten Monat damit beginnen?"

„Nein, Moarito. Morgen Nachmittag bin ich um ungefähr 16 Uhr Zuhause. Da fangen wir an."

Moarito sah ein, dass er sich damit abfinden musste. Wenn er ganz ehrlich war, fand er es ohnehin sehr unangenehm, nicht lesen zu können.

Am nächsten Morgen ging Moarito wie üblich zur Mine. Als er in die Nähe der Mine kam, wurde er von einigen Schwarzen aufgehalten.

„Du kannst heute nicht arbeiten", schrie ein aufgebrachter Mann in zerrissenen Kleidern. „Sie sollen uns erst mehr Geld zahlen für unsere Schwerstarbeit."

„Kannst Du mir sagen, wie ich meine Frau und vier Kinder ernähren soll, wenn ich darauf warte, dass sie mir mehr zahlen?", fragte Moarito traurig.

„Wenn wir jetzt klein beigeben, werden wir nie etwas erreichen. Dann war auch der Tod Deines Freundes umsonst", rief ein anderer aufgebracht.

Moarito sah ein, dass er heute nichts ausrichten konnte. Außerdem war mit den aufgebrachten Leuten nicht gut Kirschen essen. Vielleicht hatte Helia recht. Er musste sich um einen anderen Arbeitsplatz bemühen.

Die Minenbesitzer würden die Mine so lange schließen, bis die an Hunger leidenden Schwarzen wieder angekrochen kamen. Es war eine bodenlose Gemeinheit. Aber er konnte sich momentan auch nicht wirklich mit diesem Problem auseinandersetzen.

Wortlos drehte Moarito sich um und machte sich auf den Rückweg. Was er momentan viel dringender brauchte als Arbeit, war das Adressbuch von Henry Hayes.

14. Spanien

Cecile versuchte sich den ganzen Tag abzulenken, aber immer wieder musste sie an die beiden Männer denken. Sie hatten sich damals aus Sicherheitsgründen bewusst keine teure Villa gekauft. Bei allen ihren Freunden war schon einmal eingebrochen und das Haus leergeräumt worden, außer bei Annabella, fiel Cecile auf.

Um das zu verhindern, hatten sie sich für ein schlichteres Haus entschieden. Für den Innenausbau hatten sie einen namhaften Innenarchitekten beauftragt und es war ihm wirklich gelungen, ein schickes und trotzdem gemütliches Heim zu schaffen.

„Hoffentlich ist Frederic bald wieder da", sagte sie leise. Irgendwie vermisste sie ihn doch sehr.

„Ich darf mich jetzt von den Gedanken an ihn nicht herunterziehen lassen. Es wird heute bestimmt ein aufregender Abend und ich werde ihn genießen", versuchte sie sich Mut zu machen.

Sie aß eine Kleinigkeit zu Mittag, anschließend legte sie sich ins Bett, um Kraft für den Abend zu sammeln.

Pünktlich um sieben klingelte es an der Tür. Cecile öffnete erwartungsvoll und ihr Atem stockte, als sie den dunkelhaarigen Mann in einem schwarzen Smoking vor sich stehen sah.

„Hallo. Mein Name ist Aurilio Gomez", sagte er grinsend, während er Cecile anerkennend musterte.

„Hallo, ich bin Cecile von Minnehagen", grüßte sie schüchtern und fühlte, wie langsam die Röte in ihr Gesicht stieg.

„Darf ich hereinkommen? Meine Schwester erwartet uns erst um kurz vor halb acht."

„Natürlich. Entschuldigung, kommen Sie herein", stammelte sie und fühlte sich wie ein Schulmädchen bei ihrem ersten Date.

„Darf ich ihnen einen Aperitif anbieten?"

„Ja, gern." Er lachte Cecile an und zeigte dabei eine Reihe schneeweißer Zähne. Während sie Campari tranken, ließ Aurilio ungeniert seinen Blick durch den Wohnbereich schweifen. „Man glaubt von außen gar nicht, dass Ihr Haus von innen so ein Juwel ist."

Cecile sah in den Augen von Aurilio Interesse aufblitzen und erzählte ihm bereitwillig mehr zu den einzelnen Antiquitäten und zu besonders kostbaren Stücken. Sie war froh, ein Gesprächsthema gefunden zu haben. Nachdem er alles ausgiebig bestaunt hatte, ließ er sich auch noch die anderen Zimmer zeigen.

„Mit diesem Haus haben Sie wirklich ein Kleinod gefunden. Gratuliere. Aber ich glaube, wir müssen jetzt los, sonst kommen wir zu spät. Ich weiß nicht, ob der Hubschrauber auf uns wartet."

Galant half er ihr in seinen silberfarbenen Sportwagen, den er zum vierzigsten Geburtstag von seiner Schwester geschenkt bekommen hatte.

* * *

Annabella begrüßte sie strahlend. Sie sah in ihrem Dior-Kleid einfach unglaublich schön aus.

74

„Der Hubschrauber ist schon gelandet. Wir können gleich einsteigen. Ich muss nur noch meine Tasche holen", sagte sie aufgeregt.

Kaum dass sie es sich im geräumigen Hubschrauber in den weichen Ledersesseln gemütlich gemacht hatten, wurde ihnen ein Glas Champagner gereicht.

Gutgelaunt unterhielten sie sich angeregt und waren erstaunt, wie schnell sie in València waren. Sie landeten auf dem Rasen eines riesigen Anwesens.

Ein livrierter Hausangestellter führte sie zur Terrasse, wo die Gäste stilvoll empfangen wurden. Pablo Mendacci ließ es sich nicht nehmen, seine Gäste persönlich zu begrüßen.

„Annabella, meine Schöne. Es freut mich Dich zu sehen." Er gab ihr auf jede Wange ein gehauchtes Küsschen und drückte Alexander herzlich die Hand.

„Das ist meine Freundin Cecile von Minnehagen und mein Bruder Aurilio Gomez."

„Freut mich sehr, Sie kennen zu lernen. Ich hoffe, Sie haben einen schönen Abend", sagte er zu Cecile und Aurilio, während er sich bereits den nächsten Gästen zuwandte.

Den ganzen Abend wurden köstliche Häppchen gereicht und der Champagner floss in Strömen. Eine Band spielte zum Tanz. Cecile und Annabella kamen nicht mehr dazu sich zu unterhalten, weil sie immer wieder von Männern aus Annabella und Alexanders Bekanntenkreis zum Tanzen aufgefordert wurden.

Irgendwann brauchte Cecile eine Pause und verschwand in den Garten, um sich etwas auszuruhen. Als sie vom Garten zum Anwesen der Mendaccis schaute, konnte Sie in der oberen Etage in der Galerie Aurilio sehen, der sich die Bilder an den Wänden ganz genau anzusehen schien.

„Er scheint ein großes Interesse für die Kunst zu haben", dachte sie sich, während sie ihn weiter beobachtete. Als sie ihn längere Zeit im Profil beobachten konnte, hatte sie das Gefühl, ihn schon einmal gesehen zu haben.

„Das kann gar nicht sein", sagte sie sich. „Einen Mann wie Aurilio sieht man nicht an jeder Ecke." Cecile fand ihn männlich und schön, dennoch sehnte sie sich nach Frederic.

Um drei Uhr morgens verabschiedeten sie sich müde und ein wenig beschwipst von ihrem Gastgeber.

„Schön, dass ihr alle hier gewesen seid. Ich hoffe, dass ihr euch ein wenig amüsiert habt", verabschiedete Pablo Mendacci sie, immer noch sichtlich gut gelaunt und munter.

„Danke für die Einladung, Pablo. Es war ein wunderschönes Fest", erwiderte Annabella fröhlich.

Der Rückflug im Hubschrauber war nicht ganz so angenehm, wie der Hinflug. Ein böiger Wind war aufgekommen und der Pilot hatte alle Mühe den Kurs zu halten.

Als sie vor Annabellas und Alexanders Haus landeten, atmete Cecile erleichtert auf. Ihr Magen fühlte sich nicht mehr so stabil an und sie war zum Umfallen müde.

Der Abschied von Annabella und Alexander fiel kurz aber herzlich aus, dann brausten sie in Aurilios Sportwagen davon.

Vor Ceciles Haus fragte Aurilio mit einem betörenden Lächeln: „Kann ich Dich noch ins Haus begleiten?", und nahm dabei vorsichtig ihre Hand.

„Nein danke Aurilio, das halte ich für keine gute Idee. Zum einen bin ich sehr müde und zum anderen..."

„Ja?"

„Zum anderen bin ich glücklich verheiratet", sagte sie mit fester Stimme. „Aber ich danke Dir trotzdem für den schönen Abend."

„Stets zu Diensten", sagte er mit einem spöttischen Grinsen und einer angedeuteten Verbeugung.

Cecile stieg aus und winkte noch einmal kurz, als er mit quietschenden Reifen davonfuhr.

„Ich hätte nichts dagegen gehabt, wenn Du wenigstens solange gewartet hättest, bis ich die Haustür aufgesperrt habe. Toller Kavalier", murmelte sie und suchte nach ihren Schlüsseln.

Beim Aufschließen der Haustür merkte sie, dass die Tür zwar geschlossen aber nicht abgesperrt war. Sie sperrte immer zwei Mal ab. Und jetzt war gar nicht abgesperrt.

Langsam drehte sie sich um. Um drei Uhr morgens konnte sie wohl kaum einen Nachbarn wecken. Die nächste Polizeidienststelle war zwanzig Kilometer entfernt. Es half nichts, sie war auf sich allein gestellt.

Vorsichtig ging sie um das Haus herum und versuchte durch die Fenster nach innen zu sehen. Doch es bewegte sich nichts.

Als ein Uhu in die dunkle Nacht hineinrief, schrie sie kurz auf. Ihre Nerven waren zum Bersten gespannt. Ihr Herz pochte wie wild und sie bekam kaum Luft. Sie durfte jetzt nicht schlapp machen. Hätte sie Aurilio doch nur gebeten, sie ins Haus zu begleiten.

Mit dem nächsten Schritt trat sie in etwas Weiches. „Iiiigit! Dass war..., das wird doch nicht...? Oh, nein! Meine schönen Schuhe sind ruiniert", flüsterte sie entsetzt.

Jetzt reichte es ihr. Sie zog die Schuhe aus und schlich leise ins Haus.

Im Türbogen zum Wohnzimmer blieb sie stehen und lauschte. Doch sie hörte nichts. Sie musste nur den Ofen erreichen, dann könnte sie sich wenigstens mit einem Schürhaken bewaffnen.

Langsam ging sie Schritt für Schritt an der Wand entlang. Plötzlich hörte sie ein undefinierbares Geräusch im Schlafzimmer.

Ceciles Herz klopfte jetzt so laut, dass sie meinte, der andere, wer immer es auch sei, konnte es hören.

Schnell ging sie die letzten paar Schritte zum Ofen und nahm sich so leise es ging den Schürhaken aus dem gusseisernen Ständer. Langsam bewegte sie sich in Richtung Schlafzimmer. Sie hörte schlurfende Schritte, die langsam näher kamen.

Sie stellte sich in Position, umklammerte den Schürhaken so fest, dass ihre Fingerknöchel ganz weiß wurden und hob ihn über den Kopf, um sofort zuschlagen zu können. Ihr Puls raste und sie hatte Angst, dass ihr schneller Atem sie verraten würde. Ihre Hände und Knie zitterten. Sie konnte den Schürhaken kaum noch festhalten.

Aus dem Dunkel hob sich die Gestalt eines Mannes hervor. Cecile konnte nicht länger warten, holte noch ein Stück weiter aus und ließ den schweren gusseisernen Schürhaken auf den Einbrecher niedersausen.

In diesem Moment erkannte sie ihn.

15. Südafrika

Am frühen Nachmittag ging Moarito zu Papiano und Helia. Henry Hayes hatte sich noch nicht gemeldet und er glaubte auch nicht daran, dass der Reporter den Botschafter angerufen hatte. Er wollte nun schnellstmöglich erfahren, ob Helia es tatsächlich geschafft hatte, das Adressbuch unbemerkt zu entwenden.

„Hallo Moarito", begrüßte sein Vetter ihn herzlich. „Helia ist noch nicht zurück, aber es freut mich, dass Du so einen Lerneifer entwickelst", sagte er lachend.

„Nun ja", meinte Moarito kleinlaut, „Ich weiß nicht so recht, ob ich es schaffe, das Alphabet zu erlernen."

„Natürlich schaffst Du das. Mir hat sie es auf meine alten Tage ja auch beibringen können. Du unterschätzt ihren Ehrgeiz. Ruck zuck sitzt es und Du fühlst Dich viel besser, wenn Du nicht mehr auf die Bilder schauen musst, um etwas zu verstehen. Auch musst Du niemandem mehr vorlügen, Du hättest die Brille vergessen und ihn bitten, vorzulesen, usw… Es ist wirklich viel angenehmer."

„Das glaube ich Dir ja, aber…"

„Kein aber, versprochen ist versprochen."

„Vielleicht findet Helia das Adressbuch nicht oder Henry Hayes hat es mitgenommen."

„Jetzt mach Dir keine unnötigen Sorgen, sie ist bald da. Was hältst Du von einer Partie Mancala?"

„Gern."

Gut eine Stunde später kam Helia endlich nach Hause.

Erwartungsvoll blickte Moarito ihr entgegen, doch sie schüttelte nur den Kopf.

„Es tut mir leid, Moarito, aber heute hatte es die Kontrolle auf mich abgesehen. Ich konnte kaum einen Handgriff machen, ohne dass sie mir über die Schulter geschaut hätte." Als sie sein trauriges Gesicht sah, sagte sie: „Es wird schon noch klappen", und klopfte ihm auf die Schulter.

Nachdem sie sich kurz ausgeruht hatte, holte sie Papier und einen Stift.

„So, Moarito, dann lass uns doch mit den Buchstaben anfangen."

Moarito riss sich zusammen und gab sich große Mühe, Helia nicht zu enttäuschen. Nach einer Weile waren sie so ins Lernen vertieft, dass Moarito gar nicht bemerkte, wie schnell die Zeit verging.

Als es langsam dunkel wurde, sagte Helia lachend: „So schlimm war es doch gar nicht, oder? Du lernst wirklich sehr schnell, Moarito. Das hätte ich gar nicht gedacht, nachdem ich Dich erst förmlich dazu zwingen musste."

„Ja, es macht wirklich Spaß mit Dir zu lernen", antwortete Moarito schüchtern aber auch ein wenig stolz.

„Also dann machen wir morgen gleich weiter. Möchtest Du mit uns zu Abend essen?"

„Nein, danke. Safira wartet sicher schon auf mich. Vielen Dank, Helia."

Moarito verabschiedete sich und beeilte sich heimzukommen.

* * *

Am nächsten Morgen ließ die Kontrolle Helia in Ruhe.

Je näher das Zimmer von Henry Hayes rückte, desto aufgeregter wurde sie. Wenn sie erwischt werden würde, wäre sie ihre Stelle los. Dank ihrem Fleiß ging es ihnen finanziell ganz gut. Sie hatten eine Hütte mit Fenstern und ihr war es gelungen, mit ihren bescheidenen Mitteln eine heimelige Atmosphäre zu schaffen.

Papiano nahm es mit dem Arbeiten leider nicht so genau. Wenn er gerade einen angenehmen Job angeboten bekam, dann arbeitete er auch. Aber leider wurde ihm nicht so oft Arbeit angeboten.

Helia liebte ihn trotzdem. Sie sah großzügig über seine fragwürdige Arbeitsmoral hinweg, aber sie selbst wollte nicht den ganzen Tag zu Hause sitzen.

Heute empfand sie es als besonders schwül. Kein Lüftchen regte sich. Wenn sie ein Zimmer betrat, machte sie sofort den Deckenventilator an.

Sorgsam hob sie alle Gegenstände vom Boden auf, die die Hotelgäste einfach hatten fallen lassen. Sie konnte nicht verstehen, dass Frauen so wenig auf ihre wunderschönen Kleidungsstücke achteten.

Als sie an die Zimmertür von Henry Hayes klopfte, stellte sie enttäuscht fest, dass er sich noch in seinen Räumlichkeiten aufhielt.

Helia grüßte freundlich und war sehr erstaunt, dass der gutaussehende Weiße freundlich zurück grüßte und sie aufforderte, das Zimmer zu reinigen. Es passierte immer wieder, dass Urlauber sie entweder übersahen oder aber sie als Freiwild betrachteten. Helia war immer außerordentlich vorsichtig, wenn sie ein Zimmer betrat, in dem ein männlicher Gast anwesend war.

Andererseits hatte sie im Laufe der Zeit so viel Menschenkenntnis erworben, dass sie auf den ersten Blick sagen konnte: Von diesem Mann ging keine Gefahr aus.

Sie begann mit dem Bad und machte anschließend das Bett, das eigentlich fast unbenutzt wirkte. Henry Hayes saß die ganze Zeit am Schreibtisch und arbeitete. Als Helia den Staubsauger in das Zimmer holte, griff Henry nach seinem Sakko, gab ihr freundlich nickend ein großzügiges Trinkgeld und verschwand.

Helia saugte noch ein paar Minuten weiter, dann holte sie aus ihrem Putzwagen einen Lappen und wischte über den Tisch. Zuerst durchsuchte sie den Schreibtisch, um dann vorsichtig in die Schränke zu schauen. Nichts!

Sie begann zu schwitzen und ihr Herz schlug hart in ihrer Brust, während sie konzentriert auf die leisesten Geräusche vom Gang her lauschte.

Als sie ein Buch vom Nachtschränkchen hochhob, traute sie ihren Augen kaum. Da lag tatsächlich ein kleines Adressbuch.

* * *

Als Moarito am Nachmittag erneut mit fragendem Blick vor ihrem Haus stand, konnte Helia sich ein triumphierendes Lächeln nicht verkneifen.

„Du bekommst es erst nach der Unterrichtsstunde", sagte sie bestimmt, als sie seinen glücklichen Gesichtsausdruck sah.

Moarito gab heute wieder alles und sah erstaunt von seinem Übungsblatt auf, als Helia ihm das Adressbuch auf den Tisch warf.

„Das hast Du Dir wirklich verdient. Aber glaube nur nicht, dass Du jetzt vom Unterricht fortbleiben kannst."

„Ich halte mein Versprechen, Helia. Vielen, vielen Dank. Ich werde es Dir nie vergessen, dass Du wegen des Adressbuchs so viel für mich riskiert hast", erwiderte Moarito glücklich.

„Also dann bis morgen."

„Bis morgen. Und nochmals Danke."

* * *

Auf dem Heimweg suchte er in dem Adressbuch nach dem Botschafter. Vor lauter Aufregung konnte er sich jedoch nicht mehr an den Namen des Botschafters erinnern. Er schaute unter B nach, doch da waren nur Namen eingetragen, die er noch nie gehört hatte.

Er ging nicht gleich nach Hause, sondern setzte sich auf den Hügel, auf dem er immer mit Rando gesessen hatte. Langsam las er Seite für Seite jeden Namen durch. Endlich fand er ihn. Das war er.

Er las den Namen immer wieder, bis er ihn halbwegs flüssig aussprechen konnte:

Minnehagen, Frederic von
74 Western Boulevard
Kapstadt 8000

Eine Telefonnummer stand auch daneben, die er aber nicht brauchte, da er sowieso nirgendwo anrufen konnte.

Verzweifelt suchte er nach irgendwelchen Buchstaben, die nach Spanien aussahen, doch er konnte keine finden. Also hatte Henry Hayes ihn angelogen. Er hatte gar keine Telefonnummer vom Botschafter in Spanien gehabt, wo er ihn hätte anrufen können. Jetzt war ihm auch klar, warum er ihn vertröstet hatte.

Nun ja, zumindest hatte er den ersten Anhaltspunkt, wo er den Botschafter nach dem Urlaub finden konnte. Er holte ein zerknittertes Blatt Papier und einen Stift aus seiner Jackentasche und begann langsam Buchstaben für Buchstaben abzumalen. So wie Helia es ihm beigebracht hatte.

Endlich war er fertig. Jetzt konnte Helia das Adressbuch wieder zurücklegen, dann würde alles unbemerkt bleiben.

Glücklich lief er noch einmal zu Helia und Papiano.

„Ich habe mir bereits abschreiben können, was ich brauche", sagte er freudestrahlend.

„Sehr gut. Wenn Du weiter fleißig übst, wird es nicht mehr lange dauern, bis Du mühelos lesen und schreiben kannst."

Lachend winkte Helia Moarito zum Abschied nach. Moarito kam ihr manchmal wie ein kleiner Junge vor.

* * *

„Du wirst ihm hinterherfahren", sagte Kalakua bestimmt.

„Im Moment ist er in Spanien und er wohnt in Kapstadt. Ich kann doch nicht einfach nach Kapstadt fahren. Das Geld für das Ticket und einen Reisepaß werde ich niemals aufbringen können. Außerdem finde ich mich dort nicht zurecht", erwiderte Moarito ängstlich.

„Es gibt keine andere Möglichkeit. Du wirst Dich schon irgendwie durchschlagen können. Und was das Ticket und den Paß angeht, werde ich mir etwas einfallen lassen", sagte Kalakua grimmig und verschwand in der Nacht.

* * *

Vier Tage später wartete Kalakua wieder auf Moarito, als er von seinem täglichen Lernen nach Hause kam. Moaritos Hände waren schweißnass, als er den Umschlag entgegennahm, den Kalakua ihm reichte.

„Dafür bekomme ich Randos Anteil. Nur dass Dir eines klar ist: In Deiner Abwesenheit werde ich auf Deine Familie aufpassen. Wenn mir auch nur irgendeine Kleinigkeit verdächtig vorkommt oder Du ohne die Diamanten wieder hier auftauchst, wirst Du Deine Familie nicht mehr wiedererkennen", sagte Kalakua mit einem so bösen Blick, dass Moarito vor Angst ganz übel wurde.

„Bitte lass meine Familie aus dem Spiel, ich werde mein Bestes geben, die Steine zu finden, aber meine Familie kann doch nichts dafür, wenn mir das nicht gelingt", flehte er.

„Du machst Dich gleich morgen auf den Weg!", entschied Kalakua. „Bei Sonnenaufgang wartet jemand beim Postamt auf Dich. Er bringt Dich nach Kapstadt. Denk dran, dass ich es ernst meine und komm ja nicht ohne die Diamanten zurück!" Er ließ den zitternden Moarito einfach stehen und verschwand.

Moarito und Safira schliefen sehr wenig in dieser Nacht. Es gab keine andere Möglichkeit, als dass sich Moarito auf den Weg zum Botschafter machte.

Am nächsten Morgen drückte und küsste er jedes Kind und seine Frau so lange, bis Safira ihn mit tränenerstickter Stimme mahnte, aufzubrechen.

Beim Abschied drückte sie ihm den Stoffbeutel mit ihrem Ersparten in die Hand. „Du wirst es brauchen", sagte sie traurig.

„Nein, Kalakua hat mir Geld in den Umschlag getan. Wenn ich es nicht schaffe, die Steine zu finden, werden wir von hier weggehen müssen. Sollte Kalakua Dir das Leben zur Hölle machen, dann brauchst Du das Geld, um Dich und die Kinder in Sicherheit zu bringen."

Schweren Herzens riss sich Moarito von seiner Familie los und lief, ohne sich noch einmal umzudrehen, aus dem Dorf.

Der Morgen dämmerte bereits, als er völlig außer Atem am Postamt ankam. Er schaute in alle Richtungen, aber es war niemand zu sehen. Unruhig ging er auf und ab, bis er endlich einen alten klapprigen Wagen die Straße entlang kommen sah.

„Du musst Moarito sein", sagte ein unsympathisch aussehender Schwarzer, der beim Grinsen eine Reihe vergilbter und halb verfaulter Zähne zeigte.

Wortlos nickend stieg Moarito in den Wagen und setzte sich vorsichtig auf den zerschlissenen Rücksitz, der die Metallspiralen bereits freigab.

Der Mann drehte sich nach ihm um und streckte die Hand aus. „Erst will ich das Geld sehen. Kalakua hat mir 50 Rand versprochen."

Moarito gab ihm das geforderte Geld, obwohl es ihm zu viel erschien. Jetzt blieben ihm nur noch 70 Rand für die Rückreise und für Verpflegung. Er hatte keine Wahl. Der Mann grinste wieder und Moarito liefen Schauer über den Rücken, als er in seine blutunterlaufenen Augen sah.

16. Spanien

Im Fallen sah Cecile noch seinen ungläubigen Blick, dann verdrehte Frederic die Augen und brach zusammen.

„Oh Gott! Frederic! Ist Dir was passiert?", schrie sie hysterisch. Sie ließ den Schürhaken fallen und kniete neben ihm nieder. Frederic rührte sich nicht. Cecile zerrte sich eilig ihren Seidenschal vom Hals und legte ihn sanft unter seinen Kopf. Dann sprang sie auf, suchte den Lichtschalter und lief ins Bad, um einen kalten Waschlappen und Verbandszeug zu holen.

Bei Licht sah sie, dass er eine riesige klaffende Wunde am Hinterkopf hatte, aus der Blut sickerte. Panisch versuchte sie das Blut mit dem Waschlappen aufzuhalten.

„Oh nein. Was habe ich da nur getan", wisperte sie ängstlich. Zum Glück schien er zu atmen, denn seine Brust bewegte sich gleichmäßig auf und ab. Seinen Puls konnte sie allerdings nicht fühlen, weil sie viel zu aufgeregt war.

Sie streichelte unentwegt über seine Wange und murmelte ihm Entschuldigungen ins Ohr. Als sie die Blutung größtenteils gestillt hatte, wickelte sie ihm so gut sie konnte, einen Verband um den Kopf und bettete ihn vorsichtig auf ihren Schoß.

„Frederic, das habe ich nicht gewollt", sagte sie ihm immer wieder, aber Frederic lag nur still da.

Cecile richtete ihrem Mann ein bequemes Lager her, da sie ihn keinen Millimeter von der Stelle bewegen konnte.

Sie streichelte ihn unentwegt, bis er langsam wieder die Augen öffnete.

„Frederic", flüsterte sie leise, „Es tut mir so leid. Ich habe wirklich nicht mit Dir gerechnet. Ich dachte Du wärst ein Einbrecher." Sie drückte ihm vorsichtig einen Kuss auf die Stirn.

„Mein Schädel", murmelte Frederic und betastete vorsichtig seinen Hinterkopf. „Jetzt weiß ich zumindest, dass ich mir um Dich keine Sorgen mehr zu machen brauche, wenn ich mal wieder verreisen muss."

Langsam versuchte er aufzustehen. Das Dröhnen im Kopf wurde unerträglich. Er schaffte es gerade noch mit Ceciles Hilfe ins Bad, wo er sich mehrmals übergeben musste. Nachdem er sich gewaschen hatte, sagte er geschwächt: „Ich fürchte, ich muss mich gleich wieder schlafen legen. Also, gute Nacht, Liebste. Ich freue mich Dich wiederzusehen." Frederic gab Cecile einen zarten Kuss und ließ sich von ihr sanft zum Bett führen.

Cecile setzte sich auf die Bettkante und hielt seine Hand, bis er eingeschlafen war. Dann stand sie auf, zog ihr Armani-Kleid aus und ließ es achtlos auf den Boden gleiten. Sie musste sich jetzt erst einmal duschen.

Sie genoss die harten Wasserstrahlen auf ihrem Gesicht. Es durfte nicht wahr sein, dass sie soeben ihren Frederic k.o. geschlagen hatte. Aber warum schleicht er auch im dunklen Haus herum. Er hätte ja auch einen Ton von sich geben können. Es sei denn, überlegte sie, er wollte sie auf frischer Tat ertappen. Da fiel ihr gleich das Sprichwort ein: Was ich selber Unrechtes tu, trau ich auch jedem anderen zu. Oder so ähnlich. Nun ja, nachdem sie jetzt ganz sicher noch nicht einschlafen konnte, würde sie gleich einmal Frederics Reisetasche auspacken. Wo war die denn überhaupt? Hatte er sie versteckt? Wollte er irgendetwas vor ihr verheimlichen?

Ohne sie! Sie würde alles aufdecken, was es aufzudecken gab.

Endlich fand sie die Reisetasche im Windfang. Er hatte sie anscheinend gleich nach dem Eintreten ins Haus fallengelassen. Natürlich, er hatte ja auch Personal oder eine Frau, die immer hinter ihm aufräumen. Männer!

In aller Ruhe sah sie sich jedes Kleidungsstück ganz genau an. Sie suchte nach Lippenstift- oder Make-up-Spuren, konnte jedoch nichts entdecken. Es war weder ein blondes noch ein dunkles Haar zu sehen. Sie roch an seinen Hemden. Konnte jedoch keinen fremden Duft wahrnehmen.

Als ihr die Tüte mit dem blutverschmierten Sakko in die Hände fiel, konnte sie sich ein triumphierendes „Aha!", nicht verkneifen.

Langsam holte sie das Sakko aus der Tüte heraus.

Sie überwand ihren Ekel vor den Blutflecken und durchsuchte die Taschen des Sakkos. Dabei fiel ihr eine Filmdose in die Hände.

Sie wurde ganz blass bei dem Gedanken, dass er die Unverfrorenheit besaß, auch noch Fotos von seiner Geliebten zu machen. Sie konnte es nicht fassen.

Gleich morgen würde sie den Film zum Entwickeln bringen. Da würde er Augen machen, wenn sie ihm die Fotos präsentierte. Ein böses Grinsen verunstaltete ihre feinen Gesichtszüge.

Cecile stand auf, um nach einem guten Versteck für die Filmdose zu suchen. Sie ging ins Ankleidezimmer und ließ die Filmdose in die Blazertasche ihres cremefarbenen Chanel-Kostüms aus feinstem Bouclé Garn gleiten.

Anschließend räumte sie die Reisetasche ihres Mannes auf und warf die gesamte Wäsche in den Wäschebehälter, der jeden Mittwoch von der ortsansässigen Wäscherei abgeholt wurde.

So, jetzt brauchte sie einen Drink, um in dieser Nacht überhaupt noch wenigstes etwas schlafen zu können. Sie ging ins Wohnzimmer und schenkte sich großzügig ein. Nach dem ersten Schluck wollte sie schon angewidert das Gesicht verziehen, musste jedoch feststellen, dass es diesmal gar nicht so schlimm war. Mit dem Alkohol breitete sich eine wohlige Wärme in ihrem Magen aus. Sie fing langsam an, sich zu entspannen. Nach einer Weile ging sie zu Bett und schlief auch sofort ein.

Am nächsten Morgen wachte sie von einem tiefen Stöhnen auf. Sie schreckte auf.

„Liebster?", flüsterte sie besorgt.

„Mein Kopf fühlt sich an, als wäre er in zwei Hälften geschlagen. Ich fürchte, ich brauche einen Arzt." Frederics Lippen waren ganz trocken und sein Kopf glühte.

Mit einem Satz war Cecile aus dem Bett, holte einen kalten Waschlappen aus dem Bad und legte ihn auf seine heiße Stirn.

„Ich rufe gleich den Arzt an", rief sie und eilte zum Telefon.

Nachdem sie dem Arzt erzählt hatte, was in der letzten Nacht passiert war, bat er sie, sich doch lieber gleich ins Krankenhaus zu begeben. Er meinte, dass der Schädel geröntgt werden müsse. Ihr wurde ganz übel bei dem Gedanken, dass es sich doch um eine ernstere Verletzung handeln könnte.

Sie half ihrem Mann, sich langsam aufzurichten. Er wurde ganz blass und bat sie um ein Gefäß, da er das Gefühl hatte, schon wieder erbrechen zu müssen.

Aufgeregt lief sie in die Küche und holte die erstbeste Schüssel. Frederic erbrach sich und sackte erschöpft auf dem Bett zusammen.

„Ich fürchte, ich kann nirgendwohin fahren", sagte er leise.

Aufgeregt lief Cecile im Haus herum und fragte sich, was sie jetzt tun sollte, als das Telefon läutete.

„Annabella! Wie schön, dass Du anrufst. Du glaubst gar nicht, was heute Nacht passiert ist!", rief Cecile aufgeregt ins Telefon.

„Cecile, jetzt beruhige Dich doch. Was ist denn los? Ist irgendetwas mit meinem Bruder?", fragte Annabella leicht genervt.

„Nein, pass auf, ..."

Nachdem sie ihrer Freundin alles haarklein erzählt hatte, war Annabella zuerst sprachlos.

„Wow", sagte sie dann. „Du scheinst ihm einen mächtigen Schlag versetzt zu haben. Am besten schicke ich Dir meinen Chauffeur, der euch ins Krankenhaus bringt."

„Aber Frederic kann sich nicht aufsetzen. Ihm wird ganz übel und er sackt zusammen."

„Dann wäre es das Beste, Du lässt einen Krankenwagen kommen."

„Du weißt doch selbst, wie lange die brauchen, falls sie sich überhaupt bequemen hierher zu kommen", jammerte Cecile.

„Also gut, ich werde Alexander bitten, seine Beziehungen einzusetzen. Der Krankenwagen wird bald da sein", erwiderte Annabella großzügig.

„Danke Annabella. Ich wüsste gar nicht, was ich ohne Dich tun sollte."

„Melde Dich, sobald Du Näheres weißt."

„Das verspreche ich Dir, bis dann. Und vielen Dank!"

Als sie aufgelegt hatte, beeilte sie sich mit ihrer Morgentoilette und zog sich das erstbeste Kleid an, das ihr zwischen die Finger kam. Dann packte sie die notwendigsten Sachen für Frederic ein und trank schnell ein Glas Orangensaft, als auch schon der Krankenwagen vorfuhr.

Die Rettungssanitäter legten Frederic vorsichtig auf die Trage und trugen ihn zum Krankenwagen. Cecile eilte mit der Tasche hinterher und setzte sich im Krankenwagen neben Frederic.

Ein Sanitäter maß den Blutdruck und den Puls, dann schüttelte er besorgt den Kopf. Er hörte Frederics Lungen und Herz ab und gab ihm eine Spritze.

Cecile sah ihn flehend an, doch der Sanitäter beachtete sie überhaupt nicht. Sie schaute ängstlich ihren Mann an und konnte das alles noch immer nicht begreifen.

Es kam ihr wie eine Ewigkeit vor, bis sie im Krankenhaus ankamen. Sofort kamen zwei Schwestern und ein Arzt zum Krankenwagen und kümmerten sich um Frederic.

Cecile kam sich verloren und allein vor, als eine freundliche Schwester auf sie zukam und ihr die Hand reichte.

„Mr. Alexander Fernandez hat ihren Mann schon angekündigt. Er wird von den Ärzten untersucht und geröntgt. Machen Sie sich keine Sorgen, er ist jetzt in den besten Händen. Sie können sich in unser Wartezimmer setzen, ich bringe Ihnen einen Kaffee."

Sie fasste Cecile am Ellenbogen und dirigierte Sie in ein kleines Wartezimmer, in dem weiche einladende Sessel standen. Cecile setzte sich und nahm den dampfenden Kaffee dankbar an. Der Zeiger der Schweizer Uhr, die an der Wand hing, rückte nur langsam weiter. Das leise Ticken der Uhr machte sie schläfrig. Trotzdem konnte sie kein Auge zumachen und schaute immer wieder ungeduldig auf die Uhr.

Nach zwei Stunden hörte sie endlich Schritte auf das Zimmer zukommen. Ein Arzt mit einem ernsten Gesichtsausdruck stellte sich ihr vor: „Mein Name ist Dr. Alvarez. Ich habe gerade ihren Mann untersucht. Sein Schädel weist außer der Platzwunde einen Haarriss auf. Des Weiteren haben sich ein paar Knochensplitter von der Schädeldecke gelöst. Er braucht jetzt ein paar Tage Ruhe. Ich möchte ihn zur Beobachtung noch drei Tage hier behalten, damit wir jedes Risiko ausschließen können."

„Darf ich zu ihm?", fragte sie leise.

„Natürlich, denken sie aber bitte daran, dass er sich jetzt auf keinen Fall aufregen darf." .

„Ja, und danke Herr Dr. Alvarez, dass sie sich gleich um ihn gekümmert haben."

Sie meinte kurz ein hämisches Grinsen aufblitzen zu sehen, das jedoch in einem Sekundenbruchteil wieder verschwunden war. Er deutete eine Verbeugung an und verabschiedete sich sogleich. Immer diese Sonderbehandlungen für die Reichen, dachte er im weggehen.

Die freundliche Schwester tauchte wieder auf und brachte sie zu Frederic. Sie erkannte ihn kaum wieder. Der Kopf war vollkommen einbandagiert und mehrere Schläuche hingen an ihm.

„Oh, nein, Frederic. Es tut mir so leid.". Sie setzte sich auf die Bettkante und langsam rollte ihr jetzt eine Träne nach der anderen die Wange hinunter. Vorsichtig strich sie über seine Hand. Sie fühlte sich jetzt noch schlechter als vorher. Wenn er doch nur wieder gesund wäre und mit ihr reden könnte. Still saß sie da und beobachtete ihn. Es wäre so schön, wenn er sie wenigstens anschauen würde.

Sie spürte die Hand der Schwester auf ihrer Schulter, die ihr leise sagte, dass es Zeit wäre zu gehen, da ihr Mann Ruhe brauchte.

Am liebsten hätte sie geschrieen: Und wer kümmert sich um mich? Aber sie nickte nur, drückte zum Abschied kurz die Hand ihres Mannes und verließ das Krankenzimmer.

Langsam folgte sie den Schildern, die sie zum Ausgang führten. Als sie nach draußen kam, atmete sie die frische Morgenluft tief ein.

Sie nahm sich ein Taxi und fuhr heim.

Daheim war sie so ratlos, dass sie ihre Mutter anrief.

„Grüß Dich, Cecile. Wie schön, dass Du Dich endlich wieder einmal meldest. Wie geht es euch denn?" Wie immer hörte sie einen leisen Vorwurf in der Stimme ihrer Mutter.

Aber heute war es ihr egal. Sie brauchte nun jemanden, dem sie alles erzählen konnte. Sie hoffte, ihre Mutter wüsste, was sie in dieser Situation tun sollte.

Nachdem sie ihrer Mutter alles erzählt hatte, fing sie an zu weinen.

„Aber, aber. Cecile! Reiß Dich doch zusammen. Es hätte alles schlimmer ausgehen können. Du lässt Dich und Frederic im Krankentransport zu uns fahren. Ich habe hier eine examinierte Krankenschwester an der Hand, die Frederic gesund pflegen wird und Du könntest jetzt auch ein wenig Ruhe gebrauchen. Ich rede mit Deinem Vater darüber, aber Du brauchst Dir keine Sorgen zu machen, wir schaffen das schon", sagte ihre Mutter bestimmt.

„Aber Mama! Ich kann Frederic doch nicht mit dem Krankenwagen von Busot nach Hohenschäftlarn fahren lassen!"

„Natürlich kannst Du das! Stell Dich doch bitte nicht so an. Er wird auf der langen Fahrt kaum sitzen können und fliegen ist wohl auch tabu. Also bleibt nichts anderes als der Krankenwagen. Am besten ist es, Du leitest es gleich in die Wege. Ich lasse euch schon die Gästezimmer herrichten. Also grüß Deinen Mann von uns und lass Dich nicht umstimmen. Ruf kurz an, wenn ihr in Spanien losfahrt."

„Ja, danke Mama."

Als sie aufgelegt hatte, fühlte sie sich schon besser. Sie war schon lange nicht mehr in ihrem schönen Heimatort Hohenschäftlarn gewesen.

* * *

Während der langen Fahrt schlief Frederic fast ununterbrochen. Cecile hatte sich mit Modezeitschriften eingedeckt. Ab und zu nickte auch sie ein.

Nach zwanzig Stunden Fahrtzeit nahmen sie endlich die Ausfahrt Schäftlarn und fuhren durch das ruhige Dorf südlich von München.

Sie wurden herzlich von ihren Eltern begrüßt. Auch ihre Schwester Franziska war mit ihrer Tochter Caroline da. Sie fielen sich bei der Begrüßung in die Arme.

„Franziska! Wie lange wir uns nicht gesehen haben! Und Caro! Wie groß Du geworden bist! Wie alt bist Du denn schon?", fragte Cecile ihre Nichte und hatte ein wenig schlechtes Gewissen, weil sie sich so lange nicht gesehen hatten. Irgendwie war sie bislang nicht auf die Idee gekommen, ihre Schwester oder ihre Nichte einmal zu sich einzuladen.

Sie war viel zu sehr damit beschäftigt, keine Party zu versäumen und sich vor jeder Party einen ausgiebigen Shopping-Trip zu gönnen, damit sie immer mit einem neuen Outfit glänzen konnte.

„Ich bin gerade siebzehn Jahre alt geworden", sagte Caroline freudestrahlend.

„Oh, nein", rief Cecile beschämt. „Jetzt habe ich auch noch Deinen Geburtstag vergessen."

„Das macht doch nichts, Tante Cecile", lachte Caroline.

Cecile ging gleich zu Frederic, als die Sanitäter ihn ins Haus trugen. Ihre Mutter hatte einen Liegestuhl ins Wohnzimmer tragen lassen, auf den Frederic gebettet wurde.

„Geht es Dir gut?", fragte sie ihren Mann.

Frederic lächelte sie an: „Natürlich, Liebste. Meine Kopfschmerzen halten sich in Grenzen. Außerdem habe ich mir gerade gedacht, dass wir schon länger nicht mehr hier waren. Es ist schön, wie Du strahlst", sagte er mit warmer Stimme. Cecile fiel ein Stein vom Herzen. Zum einen, weil es Frederic anscheinend langsam besser ging. Zum anderen aber auch, weil sie nicht einmal einen Hauch von Vorwurf oder Schuldzuweisung spürte, dass sie ihn zusammengeschlagen hatte.

* * *

Cecile lebte richtig auf. Der heimatliche Ort strahlte für sie so viel Wärme und Geborgenheit aus, die sie schon lange nicht mehr gefühlt hatte. Sie unternahm im angrenzenden Wald stundenlange Spaziergänge, die sie mit jedem Tag ruhiger und auch glücklicher werden ließen.

Manchmal wurde sie von ihrer Nichte Caroline begleitet. Sie war immer wieder begeistert, wie intelligent und aufmerksam Caroline war. Ihre Gespräche waren von einer innigen Herzlichkeit bestimmt und sie fühlte sich zunehmend ihrer Nichte zugetan.

Eines Morgens, als sie wieder einmal zu einem gemeinsamen Spaziergang aufbrechen wollten, kam ein Auto schwungvoll die Auffahrt hochgefahren.

„Hey, das ist meine beste Freundin Natalie!", rief Caroline erfreut. Sie gingen der Freundin entgegen, die freudestrahlend aus einem alten Mazda stieg.

Zuerst fühlte Cecile Traurigkeit in sich aufsteigen, weil sie sich auf den gemeinsamen Spaziergang gefreut hatte. Aber als sie in das liebe Gesicht von Natalie sah, deren Augen Funken sprühten, konnte sie nicht anders, als sich für Caroline zu freuen, dass sie eine so nette Freundin hatte.

„Wohin wolltet ihr denn gerade?", fragte Natalie interessiert, nachdem Caroline Natalie ihrer Tante vorgestellt hatte.

„Wir wollten gerade zur Isar runter. Magst Du uns begleiten?", fragte Caroline mit einem Seitenblick zu ihrer Tante.

Als diese aufmunternd Natalie zunickte, sagte Natalie freudestrahlend: „Also wenn es euch nichts ausmacht, gehe ich gern mit."

Natalies Frohsinn ergriff auch Caroline und Cecile und sie lachten und scherzten und genossen den wunderschönen Morgen. An der Isar setzten sie sich auf ein paar größere Steine und machten ein kleines Picknick.

„Die Stimmung hier an der Isar ersetzt einen Urlaub am Meer", sagte Natalie sehnsüchtig.

„Ihr habt doch jetzt Ferien. Warum fahrt ihr zwei denn nicht einfach ans Meer?", fragte Cecile erstaunt, der es nicht entgangen war, wie traurig die beiden schauten.

„Nun ja, es ist gar nicht so einfach", antwortete Caroline, „Für einen Urlaub am Meer braucht man schon ein wenig Geld. Wir haben zwar einen Ferienjob im Märchenwald in Wolfratshausen gefunden, aber leider nur für die letzten drei Ferienwochen. Wir sparen uns das Geld für die Herbstferien auf und fliegen dann vielleicht auf die Kanaren."

Nachdem Cecile wusste, dass bei Carolines Familie das Finanzielle keine große Rolle spielen konnte, war sie sich sicher, dass der Urlaub eher an Natalies Geldbeutel scheiterte.

Cecile überlegte kurz und sagte dann: „Ich könnte euch unser Ferienhaus in Spanien anbieten. Das Meer ist zwar nicht direkt vor dem Haus, aber wenn ihr mit dem Auto hinunterfahrt, dürfte das doch kein Problem sein."

Caroline und Natalie sahen sie mit großen Augen an. Dann wurde sie von Caroline stürmisch umarmt: „Danke

Tante Cecile! Es wäre wirklich Super, wenn wir zwei in eurem schönen Haus in Spanien Urlaub machen könnten."

Auch Natalie küsste sie spontan auf die Wange. „Dann ist unser Urlaub ja doch noch gerettet!", rief sie freudestrahlend.

Cecile wurde ganz warm ums Herz. Sie wusste gar nicht, wie lange es her war, dass ihr jemand so dankbar gewesen war, wie die zwei jungen Mädchen in diesem Moment.

Sie schämte sich ein wenig, dass sie nicht schon früher auf die Idee gekommen war, ihr Haus in Spanien ihrer Familie als Urlaubsdomizil anzubieten. Das lag vermutlich daran, dass sie immer nur mit sich selbst beschäftigt war.

Die Freude der beiden Mädchen machte sie übermütig: „Ich gebe euch einen kleinen Urlaubszuschuss, da ihr ja in der Zeit unser Haus bewacht. Allerdings muss ich vorher noch mit Frederic reden, aber ich glaube nicht, dass er etwas dagegen einzuwenden hat."

Auf dem Heimweg waren Caroline und Natalie nicht mehr zu bremsen. Sie überlegten, was sie alles einpacken und wann sie losfahren wollten. Cecile genoss es in vollen Zügen, jemanden so glücklich gemacht zu haben.

Caroline und Natalie verabschiedeten sich zwei Tage später und fuhren in Natalies altem Mazda Richtung Spanien. Vor der Abreise steckte Cecile ihnen wie versprochen einen Briefumschlag mit Geld in die Tasche und einen großen Korb voller Köstlichkeiten mussten sie auch mitnehmen. Was sie auch dankbar taten.

17. Südafrika

Moarito war ein wenig eingeschlummert und erschrak, als der Fahrer abrupt bremste. „So, wir sind da!", rief er mit seiner unangenehmen Stimme. Moarito sah aus dem Fenster, doch er konnte nur einen schwach beleuchteten Park sehen. „Kalakua wollte, dass ich dich in Kapstadt rauswerfe. Also schau, dass Du aussteigst." Moarito dankte knapp und stieg aus dem Auto.

Als der Fahrer in der Nacht verschwand, fühlte Moarito sich irgendwie alleingelassen, obwohl er sich in seiner Gesellschaft alles andere als wohl gefühlt hatte. Er stand da und versuchte sich zu orientieren. Aber es war nutzlos. Er konnte nur schemenhaft einen Park wahrnehmen. Hoffentlich hatte der Fahrer ihn überhaupt in Kapstadt abgesetzt und nicht in irgendeiner anderen Stadt.

Er ging in den Park und setzte sich auf eine Parkbank. Was sollte er nun als Erstes tun? Um diese Uhrzeit würde er vermutlich niemanden finden, der ihm helfen konnte, das Haus des Botschafters zu finden. Müde und erschöpft von der langen Fahrt legte er sich auf die Parkbank und schlief auch gleich ein.

Am nächsten Morgen wurde er von einem uniformierten Mann unsanft aus dem Schlaf gerissen.

„Hau ab, der Park hier ist kein Hotel! Geh dorthin zurück, woher Du gekommen bist!", schrie er und hörte nicht auf, Moarito mit einem Schlagstock in den Körper zu stupfen.

Moarito rappelte sich auf und lief weg, froh, nicht festgenommen worden zu sein. Er lief planlos durch den Park, bis er eine ältere Schwarzafrikanerin sah, die scheinbar gerade ihre Einkäufe erledigt hatte.

„Entschuldigen Sie bitte", begann Moarito höflich und achtete darauf, der Frau nicht zu nahe zu kommen, damit sie ihn nicht für einen Gauner hielt.

„Können Sie mir bitte sagen, wo ich den Western Boulevard finde?"

Die Schwarzafrikanerin musterte Moarito von oben bis unten. Nachdem sie sich sicher war, dass es sich bei dem Fragenden um einen harmlosen Mann handelte, auch wenn er in ihren Augen eher Lumpen als Kleidung anhatte, fragte sie zurück: „Wohin genau musst Du denn am Western Boulevard?"

„Ich suche das Haus mit der Nr. 74", sagte Moarito schüchtern. Als er den erstaunten Blick der Frau sah, beeilte er sich hinzuzufügen: „Da müsste der Botschafter Frederic von Minnehagen wohnen."

Die Schwarzafrikanerin zog nachdenklich beide Augenbrauen hoch. „Was willst Du denn von dem Botschafter?"

„Ich muss ihn unbedingt sprechen. Er war vor ein paar Tagen bei uns in Kimberley und er war der Letzte, der mit meinem sterbenden Freund gesprochen hatte. Ich muss unbedingt erfahren, was mein Freund gesagt hat, bevor er gestorben ist." Moarito merkte selbst, dass die Frau gar nicht verstehen konnte, was er so vor sich hinbrabbelte, aber er spürte, das diese Frau ihm Glauben schenken und weiterhelfen konnte.

Die Frau neigte den Kopf auf die rechte Seite und musterte ihn noch einmal. Hatte sie sich geirrt und hatte sie vielleicht einen Psychopathen vor sich stehen? Nein, so sah der Mann wirklich nicht aus. Während sie antwortete, beobachtete sie ihn genau: „Du kannst den Botschafter leider nicht sprechen, da er zur Zeit nicht in Südafrika ist."

„Sondern in Spanien!", rief Moarito verzweifelt. „Das ist ja mein Problem. Ich muss hier auf ihn warten, bis er aus seinem Urlaub zurückkommt. Glauben Sie mir, ich wäre jetzt auch viel lieber bei meiner schwangeren Frau und meinen Kindern daheim."

Moarito kamen beinahe die Tränen, weil ihm die Aussichtslosigkeit seiner Unternehmung erst jetzt richtig bewusst wurde.

„Nun komm erst einmal mit", sagte die Frau und ging voraus. „Wohin gehen wir denn?", fragte Moarito erstaunt. Dem plötzlichen Sinneswandel dieser Frau konnte er nicht so schnell folgen.

„Zum Haus des Botschafters. Da wolltest Du doch hin, oder?", fragte die Frau und lächelte ihn an.

Als sie sah, dass Moarito die Welt nicht mehr verstand, setzte sie erklärend hinzu: „Ich bin seine Haushälterin."

„Oh." Mehr konnte Moarito nicht dazu sagen. So ein glücklicher Zufall. Die Frau drehte sich freundlich zu ihm um und sagte: „Ich heiße Maria." Moarito beeilte sich, ihr auch seinen Namen zu sagen und nahm ihr die schweren Einkäufe ab. Gemeinsam gingen Sie zum Anwesen des Botschafters.

Der Botschafter wohnte in einem so herrschaftlichen Haus, dass Moarito die Luft wegblieb. Verunsichert blieb er stehen. In dieses Haus würde ihn sowieso niemand hereinlassen. Er brauchte es erst gar nicht zu probieren.

Maria wusste um die Gedanken, die Moarito davon abhielten, das Grundstück zu betreten und nahm ihn einfach an die Hand. Irgendwie berührte sie seine zurückhaltende Art.

„Du brauchst keine Angst zu haben. Hier schickt Dich niemand weg. Wie gesagt, bin ich die Haushälterin und habe ein wenig Macht im Haus, wenn die Herrschaften nicht da sind. Also komm."

Moarito ließ sich langsam die Auffahrt hinaufziehen, immer auf dem Sprung umzudrehen und wegzulaufen. Als sie am Seiteneingang standen, der für die Bediensteten gedacht war, ging es Moarito schon ein wenig besser.

Maria brachte ihn in die Küche, wo mehrere Mädchen damit beschäftigt waren, die Schränke auszuräumen und auszuwischen, um anschließend edles Geschirr und blitzeblanke Töpfe wieder hineinzustellen.

„Komm mit", sagte Maria zu Moarito, nahm ihm ihre Einkäufe ab, stellte sie auf einen Tisch und ging voraus in ein kleineres Zimmer. Dort stand ein großer Schreibtisch, der scheinbar zu Marias Reich gehörte. Sie legte die Schlüssel und ihre Handtasche auf den Tisch, bedeutete ihm, sich zu setzen und ging in die Küche zurück, um weitere Anweisungen zu erteilen.

Kurz darauf kam sie mit einem Teller lecker duftendem Fleisch und Gemüse zurück. Moarito wurde plötzlich vor Hunger ganz schwindelig. Er starrte auf den Teller und ließ das Essen nicht aus den Augen.

„So", sagte Maria mit warmer Stimme, „Jetzt isst Du erst einmal etwas, bevor Du mir hier zusammenklappst."

Das brauchte sie Moarito nicht zweimal zu sagen. Er schlang das Essen so schnell hinunter, dass Maria ihm gleich noch eine weitere Portion bringen ließ. Dankbar machte er sich auch über dieses Essen her, aß diesmal jedoch langsamer.

Als er satt war, schaute er zu Maria, die ein leichtes Lächeln um den Mund hatte. Überhaupt gefiel ihm Maria sehr gut. Ihm gefiel ihre bedächtige Art, die jedoch von einer Sekunde auf die andere einem ausgesprochenen Temperament weichen konnte.

„Du hast schon länger nichts zu essen bekommen, hm? Mit einem solchen Appetit hat schon lange keiner mehr mein Essen gegessen", sagte sie lachend. „So, nun erzähl mir mal Deine Geschichte von Anfang an."

Moarito begann mit seinem ersten Gespräch mit dem Botschafter und endete mit der Aussage von Henry Hayes, dass der Botschafter zurzeit in Spanien Urlaub machte. Natürlich erzählte er nichts von den gestohlenen Diamanten. Er wollte einfach nur die letzten Worte seines Freundes kennen, um seine innere Ruhe wiederzuerlangen. Schließlich hatten sie viel miteinander erlebt und auch gemeinsam angestellt.

Maria hatte ihn die ganze Zeit über beobachtet. Ihr war bewusst, dass er ihr etwas verschwieg, aber trotzdem wirkte er auf sie ehrlich und sympathisch.

Sie ging zu ihrem Schreibtisch, kramte in der Schublade ein kleines Büchlein heraus und ließ sich am Telefon ein Amt geben. Moarito war ganz gerührt. Maria schien ihm zu vertrauen und ihm wirklich helfen zu wollen.

Minuten vergingen, aber Maria begann kein Gespräch. Augenscheinlich war niemand zu Hause. Moarito knetete seine Hände vor Aufregung und betete leise, dass der Botschafter doch endlich ans Telefon gehen sollte. Aber es passierte nichts.

„Nichts", meinte sie nur, „Es geht niemand dran."

„Vielleicht sind sie gerade unterwegs", erwiderte Moarito verzweifelt.

„Könnte sein. Wir probieren es einfach in einer Stunde noch einmal. Auf jeden Fall wirst Du für die kommende Nacht ein Zimmer brauchen. Ich werde Dir im Bedienstetentrakt ein Bett herrichten lassen", sagte sie und rief gleich ein Mädchen mit Namen Loana, das sich sofort auf den Weg machte.

„Das ist sicher im Sinne des Botschafters, dass ich Dich nicht gleich wieder wegschicke. Er meint es wirklich gut mit uns Schwarzen."

„Danke, Maria", sagte Moarito glücklich. Er hätte nicht gewusst, wo er diese Nacht hätte verbringen können.

Maria probierte immer wieder, den Botschafter in Busot zu erreichen, aber es ging niemand ans Telefon.

„Ich weiß gar nicht, wie ich Dir danken soll", stammelte Moarito und nahm ihre Hand.

Maria entzog sie ihm sanft und sagte: „In einer ähnlich hilflosen Lage war wohl jeder von uns Schwarzen schon einmal. Ich hole Dich am Abend wieder nach unten, dann probieren wir noch einmal, den Botschafter telefonisch zu erreichen."

Moarito legte sich vorsichtig auf das frisch bezogene Bett und konnte sein Glück noch gar nicht fassen. Er lag da und träumte vor sich hin, was er mit dem vielen Geld alles machen könnte, wenn er die Diamanten nur wiederfinden würde.

Der Botschafter musste sie einfach haben. Wenn er Glück hatte, war der Botschafter noch gar nicht auf die Idee gekommen, in die Filmdose hineinzuschauen. Es war ein grandioses Versteck, das musste er Rando lassen. Warum hatte er nur in diesem so ungünstigen Augenblick sterben müssen. Dass er überhaupt hatte sterben müssen, war für ihn ein unglaublich großer Verlust. Aber dass jetzt auch noch die Diamanten weg waren und Kalakua dazu seine Familie bedrohte, war für ihn die Hölle.

Safira! Hoffentlich ging es ihr gut. Er würde alles dafür geben, diese Diamanten zu bekommen. Irgendwann schlummerte er ein und wachte erst auf, als Maria an die Tür klopfte.

„Du kannst mit nach unten kommen, wir essen gleich alle zusammen", sagte sie freundlich. Dann sah sie nachdenklich an ihm herunter und sagte: „Warte einen kleinen Augenblick, ich glaube, ich habe da etwas für Dich."

Sie verschwand und Moarito fragte sich, was sie wohl meinte. Er lies die Tür offen stehen, stellte sich solange ans Fenster und blickte hinunter zu den Stallungen. Was so ein Anwesen wohl kosten würde, fragte er sich.

„So, das ist aussortierte Kleidung vom Botschafter, die Du anprobieren könntest. Du kannst Dich unten in der Scheune waschen und dann ziehst Du diese Sachen an. Komm mit, ich zeige Dir den Weg."

Moarito trottete ein wenig benommen hinterher. Er fühlte sich eigentlich noch nicht schmutzig, aber er traute sich nicht, sich Marias Anweisungen zu widersetzen.

Nachdem er sich mit einer gutriechenden Seife gewaschen hatte - Maria hatte darauf bestanden - zog er die vom Botschafter abgelegte Hose und das Hemd an, welche Maria ihm gegeben hatte. Die Sachen waren ein wenig zu groß, aber er musste zugeben, dass er sich darin ganz gut fühlte. Safira würde staunen.

„Na also", nickte Maria zufrieden.

„Jetzt müssen wir uns beeilen, damit wir rechtzeitig zum Essen kommen." Moarito hatte Schwierigkeiten, Maria zu folgen.

Es war eine lange Tafel, an der bestimmt zwanzig Frauen und Männer saßen. „Wenn der Botschafter im Haus ist, sind wir doppelt so viele!", sagte Maria, die Moaritos erstaunten Blick richtig deutete.

Als alle da waren, standen sie auf und sangen ein Gebet. Moarito fühlte sich in diesem Kreis gleich aufgenommen und ausgesprochen wohl. Es gab selbstgebackenes Brot und eine herzhafte Suppe, bei deren Geruch Moarito der Speichel im Mund zusammenlief. So viel und so gut hatte er schon lange nicht mehr gegessen.

Nach dem Essen probierte Maria noch ein paar Mal, den Botschafter in Spanien zu erreichen, doch es ging immer noch niemand ans Telefon.

„Wir probieren es einfach morgen wieder" sagte Maria gutmütig.

Nachdem im Haus nach und nach die Lichter ausgingen, wurde Moarito zunehmend unruhiger. Selbst wenn sie den Botschafter morgen erreichen würden, hätte er die Diamanten nicht wieder. Der Botschafter musste sie haben. Der Gedanke, dass Rando von jemandem ausgeraubt wurde, nachdem er gestorben war, kam für Moarito nicht in Betracht, da alle auf der Flucht vor der Polizei waren.

Aber was wäre, wenn sie den Botschafter morgen anrufen würden und er sich erinnern würde, dass Rando ihm die Filmdose noch gegeben hatte, bevor er starb? Dann wäre nur seine Neugier geweckt und er würde nachschauen, was denn in der Filmdose wichtiges versteckt wäre. Bei diesem Gedanken sprang Moarito auf.

Nein, er musste ihn persönlich fragen und die Filmdose gleich in Empfang nehmen. Er musste nach Spanien. Nur wie und wohin? Maria konnte er nicht fragen, das war ausgeschlossen. Das Büchlein! Marias Büchlein, in dem auch die Telefonnummer stand. Dort fand er sicher auch die Adresse vom Ferienhaus.

Leise öffnete er die Tür seines Zimmers und lauschte. Irgendwo unterhielten sich zwei Frauen, aber ansonsten war alles ruhig. Vorsichtig tastete er sich entlang der Wand nach unten. Er hatte einen ganz guten Orientierungssinn und dem hatte er es zu verdanken, dass er das Büro von Maria in der Dunkelheit fand. Er zündete eine Kerze an und versuchte die Schublade des Schreibtisches zu öffnen.

Er fluchte leise, als er merkte, dass Maria abgesperrt hatte. Wie sollte er nur diese blöde Schublade öffnen? Er suchte, doch er fand nichts, womit er das Schloss unauffällig öffnen konnte.

Leise ging er in die Küche und sah sich vorsichtig um. Endlich fand er, was er brauchte. In einem Behälter lagen Werkzeug und unter anderem auch Drähte. Welch ein Glück, dachte sich Moarito.

Schnell und möglichst leise machte er sich daran, die Schublade zu öffnen. Es war gar nicht so einfach, aber nach mehreren Versuchen schnappte das Schloss endlich auf.

Langsam, um jedes Geräusch zu vermeiden, öffnete er die Schublade und hätte am liebsten laut triumphiert, als er das gesuchte Buch darin liegen sah. Er blätterte herum und hätte Helia jetzt für ihre Idee küssen mögen, ihm Lesen und Schreiben beizubringen.

Da! Dort stand es: Via de la Festicio 27, Busot, España.
Und die Telefonnummer. Die brauchte er allerdings nicht,
da er nicht anrufen würde.

Er schrieb die Adresse sorgfältig auf ein Papier.
Anschließend schrieb er Maria einen Zettel: „Es tut mir
leid, aber ich musste weg. Danke für alles!"

Als er das Adressbüchlein zurücklegen wollte, sah er
einen Geldbeutel. Mit Herzklopfen öffnete er es. Da war
tatsächlich Geld drin. Viel Geld.

Er war hin und her gerissen zwischen seinem
Ehrgefühl Maria gegenüber und der Not es nehmen zu
müssen, da er sonst vielleicht, nein sogar ziemlich
wahrscheinlich mit seinen Rand nicht bis Spanien kommen
würde.

Er nahm das ganze Geld und schrieb langsam und
ordentlich auf den Zettel: „Entschuldige bitte, aber ich
musste es tun, werde jedoch alles zurückzahlen."

Mit schlechtem Gewissen verließ er auf leisen Sohlen
das Anwesen des Botschafters.

Er fühlte sich großartig, als er sich ein Flugticket von
Kapstadt nach Johannesburg und von Johannesburg nach
Alicante kaufte. Die Dame am Schalter hatte ihn
behandelt, als wäre er wohlhabend. Nun war er sehr froh,
dass Maria ihn mit den Anziehsachen vom Botschafter
eingedeckt hatte. Diesem Umstand hatte er es zu
verdanken, dass niemand seinen Paß genauer ansah.
Moarito war sich sicher, dass Kalakua den Reisepaß
gestohlen hatte. Bis auf die gleiche Hautfarbe hatte er mit
dem Paßbild kaum Ähnlichkeit. Alles verlief reibungsloser,
als er gedacht hatte.

Im Flugzeug bekam er jedoch ein äußerst
beklemmendes Gefühl in seiner Brust. Auf seiner Stirn

standen Schweißperlen und er wünschte sich, wieder festen Boden unter den Füßen zu haben. Er fragte sich, wie die anderen Fluggäste ganz entspannt ihre Zeitungen lesen oder schlafen konnten. Davon war er weit entfernt. Er hielt die Armlehnen fest umklammert und achtete darauf, seinen Mageninhalt bei sich zu behalten.

In Johannesburg schaffte er es trotz seiner Angst, wieder in ein Flugzeug zu steigen. Er zwang sich zur Ruhe und dachte an Safira und die Kinder. Er würde es schon überstehen.

* * *

Als Maria am nächsten Morgen in ihr Büro kam und den Zettel las und sah, dass sie ausgeraubt worden war, wurde sie wütend. Am meisten war sie wütend auf sich selbst, weil sie sich wieder einmal hatte ausnutzen lassen. So eine Gemeinheit. Von ihm hätte sie das wirklich nicht gedacht.

An diesem Tag gingen ihr alle Angestellten aus dem Weg.

Sie probierte noch mehrmals ohne Erfolg, den Botschafter in Spanien zu erreichen. Langsam machte sie sich Sorgen. Es wird ihnen doch nichts passiert sein?

18. Spanien

Caroline und Natalie genossen die Fahrt nach Spanien. Sie drehten die Musik auf, sangen laut mit und flirteten mit jungen Männern, die sie überholten.

Als sie endlich ankamen, staunten sie nicht schlecht über das Haus, das sie nun für die nächsten zwei Wochen bewohnen durften.

„Schau, im Garten ist ein Swimmingpool. Da brauchen wir das Meer ja gar nicht. Los, lass uns gleich reinspringen!", rief Natalie begeistert.

Schnell schlüpften sie in ihre Badeanzüge und suchten nach der Terrassentür.

„Wir können nur durch das lange Fenster im Schlafzimmer in den Garten gelangen. Aber auf der Terrasse davor haben irgendwelche Handwerker Baumaterialien abgestellt. Wir müssen vorn raus!", rief Caroline aufgeregt und lief schon voraus.

Natalie überlegte noch kurz, ob sie die Haustür absperren sollten, da von außen auch eine Türklinke war, entschied sich aber dagegen und lief Caroline hinterher.

Nach der Erfrischung im Pool machten sie sich daran, ihre Koffer auszuräumen. Natalie holte anschließend die restlichen Sachen aus dem Auto. Ihr Maskottchen, ein abgegriffenes Kuscheltier aus ihren Kindheitstagen ließ sie im Auto. „Du passt auf meine Rennsemmel auf", flüsterte sie ihrem Bärchen zu und schloss das Auto ab.

* * *

Sie fühlten sich unglaublich wohl in dem Haus. Sie packten die Köstlichkeiten aus, die ihre Eltern und Tante Cecile ihnen mitgegeben hatten und machten zur Feier des Tages erstmal eine Flasche Prosecco auf.

„Auf unseren Traumurlaub." Sie prosteten sich zu und genossen den leckeren Valdo, von dem sie gleich zwei Flaschen mitbekommen hatten.

„Wir müssen sparsam mit unseren Köstlichkeiten umgehen, sonst haben wir in ein paar Tagen nichts mehr da", lachte Natalie.

„Na und?", fragte Caroline und trank ihr Glas in einem Zug aus. „Dann gehen wir eben einkaufen. Es wird in diesem Dorf ja wohl ein Lebensmittelgeschäft geben, sonst wäre meine Tante niemals hierher gezogen."

„Also gut, lass uns jeden Tag genießen, als wäre es unser letzter."

„Mein Gott, bist Du morbide", sagte Caroline und stupste Natalie freundschaftlich in den Bauch.

Sie liefen durch das Haus und bewunderten alles ausgiebig. Als sie den begehbaren Kleiderschrank von Tante Cecile sahen, brachen beide in Entzücken aus.

„Sieh mal. Chanel, Armani und Gucci. Wahnsinn! Das würde ich gern einmal anprobieren", sagte Natalie sehnsüchtig.

„Na, los, dann mach doch", rief Caroline und legte sich auf die wollweiße Chaiselonge. „Meine Tante hätte sicher nichts dagegen. Ich bitte um eine Modenschau."

Natalie ließ sich nicht lang bitten und führte ein Kleidungsstück nach dem anderen vor.

Caroline applaudierte und lachte. „Warte, ich hole uns schnell noch ein Proseccochen. Bin gleich wieder da."

Als Natalie ein wunderschönes Chanelkostüm anprobieren wollte, entdeckte sie eine Filmdose in der Jackentasche. Zuerst wollte sie es Caroline sagen, aber irgendein Gefühl hielt sie davon ab. Diese Filmdose strahlte etwas ganz Merkwürdiges aus, das sie nicht einordnen konnte. Sie steckte die Filmdose schnell in ihre eigene Hosentasche und schwieg.

Als Caroline wieder da war, blödelten sie noch eine ganze Weile herum. Bald wurden sie müde und ließen sich in das paradiesisch breite und weiche Bett sinken und schliefen ein.

Sie merkten nicht, wie ein schwarz gekleideter Mann leise um das Haus herumschlich und vorsichtig durch das Schlafzimmerfenster schaute. Er sah die beiden Mädchen dort liegen, verharrte verdutzt und ging wieder weg.

* * *

Moarito saß in seinem Versteck, gegenüber vom Haus, das dem Botschafter gehören sollte. Er staunte nicht schlecht, als er zuerst die Mädchen ankommen und jetzt den seltsamen Mann ums Haus herumschleichen sah.

Er überlegte immer noch, was er tun sollte. Ob er einfach klingeln und nach dem Botschafter fragen sollte? Oder sollte er lieber abwarten, bis er das Haus verließ? Vielleicht hatte Maria ihn schon erreicht und ihm berichtet, was er getan hatte.

Nein, er würde das Haus erst einmal beobachten. Er musste sich irgendeine gute Vorgehensweise überlegen.

19. Südafrika

Maria versuchte immer wieder, den Botschafter in Spanien zu erreichen, aber es ging niemand ans Telefon. Als sie gerade wieder auflegen wollte, ging jemand mit einer verschlafenen Stimme dran.

„Ja?", meldete sich Caroline.

„Hallo Frau von Minnehagen, hier ist Maria. Entschuldigen Sie bitte, dass ich Sie so früh geweckt habe, aber ich muss ganz dringend ihren Mann sprechen", sagte Maria aufgeregt.

„Es tut mir leid, aber meine Tante und mein Onkel sind nach Deutschland gefahren. Sie sind momentan bei meiner Oma, weil der Botschafter verletzt ist". Erst nachdem Caroline es schon ausgesprochen hatte, dachte sie daran, dass sie es vielleicht nicht hätte sagen dürfen.

„Oh nein!", rief Maria erschrocken. Hatte Moarito dem Botschafter etwas angetan? War sie jetzt schuld an diesem Unglück? „Was ist ihm denn passiert?", fragte Maria mit banger Stimme.

„Ach, er hat sich nur am Kopf verletzt. Nichts Schlimmes." Caroline drückte sich nun lieber vorsichtiger aus. Man konnte ja nicht wissen, wer am anderen Ende der Leitung wirklich dran war.

„Geben Sie mir bitte die Telefonnummer Ihrer Oma, ich muss den Botschafter so schnell wie möglich sprechen", sagte Maria bestimmt.

„Es tut mir leid, ich kann Ihnen nicht einfach eine Telefonnummer geben, ohne Rücksprache mit meiner Tante gehalten zu haben. Aber sie können mir Ihre geben, dann rufe ich meine Tante an und bitte sie, bei Ihnen zurückzurufen."

„Das habe ich befürchtet. Bitte sagen Sie ihr, dass es dringend ist." Maria nannte ihr die Telefonnummer und legte auf.

Hoffentlich war dieses Mädchen verantwortungsbewusst genug, um ihren Anruf tatsächlich schnellstmöglich auszurichten, dachte Maria.

Sie setzte sich auf ihren Drehstuhl und blickte sorgenvoll vor sich hin, als Loana ins Büro kam. Loana war ein fleißiges Mädchen, das Maria einmal vor dem Verhungern gerettet hatte, indem sie ihr eine Stelle beim Botschafter beschaffte. Loana war mittlerweile verheiratet und hatte vier Kinder. Der Familie ging es nur gut, weil Loana eine gutbezahlte Arbeit hatte.

Loana behandelte Maria daher mit großem Respekt, auch wenn sie inzwischen befreundet waren. Daher wusste Loana, was Moarito Maria erzählt hatte und dass er ihr das ganze Geld gestohlen hatte.

„Maria", sagte sie nun leise, um Maria nicht zu erschrecken. „Maria, mein Mann hat mir gestern etwas über die Diamantenmine in Kimberley erzählt. Seine beiden Cousins arbeiten dort. Sie sind mittlerweile alle kurz vor dem Verhungern, weil sie erst wieder anfangen dürfen zu arbeiten, wenn sie die Namen der Aufwiegler zum Aufstand genannt und die gestohlenen Diamanten zurückgebracht haben. Oder zumindest die Namen der Diebe nennen. Einen Namen haben sie schon genannt:

Rando! Du hast mir doch erzählt, dass der Freund von Moarito Rando hieß."

Maria nickte benommen.

„Die Schwarzen haben seinen Namen genannt, weil er eh schon tot ist und keine Familie hat. Sie sind alle sehr verzweifelt und wissen nicht mehr, wie sie die hungrigen Mäuler ihrer Kinder stopfen sollen. Der einzige Schwarze, der nach den Unruhen verschwunden ist, heißt Moarito. Nun werden verbitterte Stimmen laut, dass er es war, der die Diamanten gestohlen und anschließend seine Familie und die anderen Schwarzen im Stich gelassen hat."

Maria schüttelte den Kopf. „Nein, das glaube ich nicht. So ein Mensch ist er nicht. Der war ja selbst völlig verzweifelt. Wenn er Diamanten in der Jackentasche gehabt hätte, warum hätte er dann in zerrissener Kleidung herumlaufen sollen? Ich habe mich nur gefragt, warum er seine Familie im Stich lässt, nur um die letzten Worte von Rando zu erfahren. Vielleicht haben die letzten Worte von Rando etwas mit den Diamanten zu tun? Möglich wäre es. Ich würde für ein paar nette Diamanten auch das Geld für einen Flug nach Spanien stehlen."

Nachdenklich lehnte sie sich zurück. Diese Möglichkeit erschien ihr sehr plausibel. Dann würde er auf jeden Fall den Botschafter persönlich sprechen wollen.

„Danke, Loana. Du hast mir wirklich weitergeholfen. Ich hoffe nur, dass sich die Nichte mit dem Anruf beeilt."

20. Spanien

Caroline rief tatsächlich gleich bei ihrer Oma an und ließ sich ihre Tante Cecile geben.

„Tante Cecile, euer Haus ist wundervoll! Und Du hast uns gar nicht gesagt, dass ihr einen Pool im Garten habt."

„Ich dachte ja, dass ihr unbedingt ans Meer wolltet. Aber es freut mich, dass es euch gefällt."

„Heute Morgen hat eine Maria aus Südafrika angerufen. Sie sagte, sie müsse dringend mit Onkel Frederic sprechen und wollte eure Telefonnummer. Ich habe sie ihr vorsichtshalber nicht gegeben, habe ihr aber versprochen, es Dir auszurichten."

„Ach, Maria hättest Du die Nummer schon geben dürfen. Aber ich rufe sie gleich an. Danke Caroline und noch einen schönen Urlaub."

Als Caroline aufgelegt hatte, ging sie ans Fenster. Es versprach wieder ein sonniger, warmer Tag zu werden. Sie streckte sich, um die Müdigkeit zu vertreiben und genoss danach die warme Dusche. Anschließend bereitete sie ein ausgesprochen leckeres Frühstück mit Orangensaft, Toast, Lachs, Eiern und einem kleinen Glas Prosecco zu. So viel Alkohol sollte sie in ihrem Alter eigentlich noch gar nicht trinken, aber es machte einfach Spaß und sie fühlte sich dadurch irgendwie erwachsener.

„Wir können doch ausschlafen", stöhnte Natalie. Als sie aber ihre Augen öffnete und das liebevoll zubereitete Frühstück auf dem Tablett sah, war jede Müdigkeit wie weggeblasen. „Oh Caroline, Du bist ja ein Schatz. Das hat noch nie jemand für mich gemacht", sagte sie gerührt.

Sie frühstückten ausgiebig. Caroline räumte die Reste weg, während Natalie sich herrichtete. „Morgen bin ich mit dem Überraschungsfrühstück dran!", rief sie Caroline hinterher. Es war ein toller Anfang für ihren Urlaub.

Beim Anziehen dachte sie an die Filmdose. Eigentlich wollte sie nichts stehlen, aber bei der Filmdose gehorchte sie einem unerklärlichen inneren Drang. Sie würde sie schnellstmöglich in ihrem Geheimversteck, dem Inneren ihres Maskottchens, verschwinden lassen.

Um die Gegend auszukundschaften, fuhren sie mit dem Auto durch das kleine Städtchen. Sie fanden einen Supermarkt, eine Reinigung, eine Post, eine Apotheke und ein kleines Schuhgeschäft.

„Na also, alles was wir brauchen", rief Caroline vergnügt. „Sollen wir uns den Strand anschauen?"

„Warum nicht. Wir holen unsere Sachen und verbringen den Tag am Meer", antwortete Natalie begeistert.

Sie fuhren zum Haus, packten ihre Bikinis, Strohmatten, Sonnencremes, Handtücher und Bücher in ihre pinkfarbenen Strandtaschen, die sie kurz vor ihrem Urlaub gemeinsam gekauft hatten und machten sich gut gelaunt auf den Weg zum Strand.

21. Deutschland

„Mein Mann braucht dringend Ruhe, Du kannst ja genauso gut mir alles erzählen und ich bringe es ihm schonend bei", erwiderte Cecile genervt. Doch Maria ließ nicht locker, bis sie ihrem Mann das Telefon brachte und leise „Maria ist dran", sagte.

Maria fragte Frederic von Minnehagen zuerst, ob er einen Moarito aus Kimberley kannte und als er dies bejahte, erzählte sie ihm alles, was sich rund um Moarito ereignet hatte. Auch was Loana ihr erzählt hatte, verschwieg sie ihm nicht.

Frederic von Minnehagen hatte Schwierigkeiten, sich trotz der großen Kopfschmerzen auf das Gespräch zu konzentrieren. Als er aber anschließend noch einmal über alles nachdachte, fiel ihm die Filmdose wieder ein.

Er stöhnte. Könnte der Film wichtiges Beweismaterial beinhalten, das Moarito dringend benötigte? Diese Filmdose hatte er einfach vergessen, weil er nur an sich und seine Eheprobleme gedacht hatte.

Cecile unterhielt sich gerade leise mit der Krankenschwester, als sie sein Stöhnen hörte. Schnell eilte sie zu seinem Krankenbett.

„Ich habe mir schon gedacht, dass Dich das Gespräch zu sehr aufregen wird." Sie nahm zärtlich seine Hand und streichelte sie. „Was hatte sie Dir denn so wichtiges zu sagen, das sie mir nicht auch sagen konnte?"

„Hast Du mein Sakko in die Reinigung gebracht? Es hatte Blutflecken, darum hatte ich es in eine Tüte gesteckt."

Fragend sah er seine Frau an und bemerkte den veränderten Gesichtsausdruck, der jedoch gleich wieder verschwunden war. Er fragte sich im Stillen, was diese Veränderung nun wieder zu bedeuten hatte.

„Ach so, Dein Sakko", sagte sie schnell, „Ja, das habe ich zu den anderen Kleidungsstücken gelegt, die von der Reinigung abgeholt werden."

„Ist Dir eine Filmdose aufgefallen, die ich in die Tasche gesteckt hatte?"

„Eine Filmdose?", fragte sie eine Spur zu laut, so dass Frederic gleich wieder einen stechenden Kopfschmerz wahrnahm. „Nein, eine Filmdose habe ich nicht gefunden. Wahrscheinlich habe ich in der ganzen Aufregung vergessen, in Deine Taschen zu schauen." Sie überlegte fieberhaft, wie sie ihn von sich selbst ablenken konnte.

„Was war das denn für eine Filmdose?", fragte sie scheinheilig.

Frederic öffnete langsam wieder die Augen, die er zuvor kurz geschlossen hatte, weil er sich fragte, was sie nun schon wieder für ein Spiel spielte.

Er sah ihr direkt in die Augen, als er leise sagte: „Diese Filmdose wurde mir von einem sterbenden jungen Schwarzafrikaner anvertraut. Es war sozusagen seine letzte Handlung, mir die Filmdose in die Hand zu drücken. Ich habe sie gleichgültig in meine Sakkotasche gesteckt. Als er in meinen Armen starb, war ich so mitgenommen, dass ich die Filmdose vergessen habe. Vielleicht sind auf diesem Film irgendwelche Fakten, die wir dem Präsidenten vorlegen können. Warum habe ich sie bloß vergessen? Ich könnte Henry Hayes anrufen, der muss ja wissen, was er alles fotografiert hat."

Müde und blass schloss er wieder die Augen. Er konnte nicht mehr weiter nachdenken, die Schmerzen waren einfach zu groß.

„Wie und warum ist denn ein Schwarzafrikaner in Deinen Armen gestorben?" Cecile hatte Angst, er könnte ihr ansehen, dass sie ein schlechtes Gewissen plagte.

Warum hatte sie ihn nicht einfach gefragt, was diese Filmdose in seiner Sakkotasche machte oder warum sein Sakko so viele Flecken aufwies. Warum stellte sie sich immer andere Frauen an seiner Seite vor, während Frederic auf irgendeiner schmutzigen Straße in Südafrika kniete und ein Schwarzafrikaner in seinen Armen starb?

Zum ersten Mal wurde ihr bewusst, dass sie sich das Leben selbst zur Hölle machte. Sie musste anfangen an sich zu arbeiten, um solche Situationen zukünftig zu vermeiden. Cecile fragte sich, wie sie ihren Fehler wieder gut machen konnte.

„Ich werde in der Reinigung nachfragen. Wenn sie nicht aus der Tasche gefallen ist, werden sie den Film sicher zu der gereinigten Wäsche legen."

Das war ein genialer Schachzug von ihr, dachte sie sich. Sie könnte jetzt immer noch behaupten, die Filmdose sei im Bad schon aus der Tasche gefallen und könnte so tun, als hätte sie sie unter dem Schrank gefunden.

„Rando hatte vor seinem Tod vielleicht etwas mit einem Diamantenraub zu tun", überlegte Frederic laut. „Wenn nun in der Filmdose gar kein Film, sondern die Diamanten drin waren? Aber warum hätte er mir die Filmdose dann geben sollen? Vielleicht sah er es als seine einzige Chance, bevor er starb und von anderen bestohlen wurde. Vielleicht wollte er mir noch sagen, wem ich sie geben soll und hat es nicht mehr geschafft."

„Aber jetzt mach Dir doch nicht solche Sorgen, Frederic. Du solltest Dich besser etwas schonen", sagte Cecile sanft. Frederic starrte an die Decke und versuchte sich die Situation vor sein geistiges Auge zu holen.

„Er wollte sicher noch was sagen. Sein Blick war sehr eindringlich, fast schon panisch." Vorsichtig schob er eine Hand unter seinen Kopf, um diesen zu stützen.

„Er dachte sich bestimmt, dass ich die Filmdose seinem Freund Moarito oder seinen nächsten Angehörigen aushändige. Dass ich sie in meiner Sakkotasche vergesse und einfach nach Spanien fliege, war natürlich nicht vorgesehen. Moarito hört, dass sein Freund, der kurz vor seinem Tod die Diamanten noch bei sich trug, in meinen Armen gestorben ist. Und jetzt fällt mir auch ein, dass ich das Gefühl hatte, sie hatten es eilig, als wir uns im Café unterhielten. Nur hatte ich es auf den Umstand geschoben, dass sie im Café nicht gern gesehene Gäste waren. Moarito wird wohl erst erfahren haben, dass ich die Filmdose habe, als ich bereits im Flieger saß. Nur so kann ich mir den seltsamen Besuch von Moarito bei uns in Kapstadt erklären."

„Frederic, ist es denn möglich, aus der Mine irgendwelche Steine mitgehen zu lassen? Ich dachte, die sind so stark bewacht, dass das gar nicht passieren kann. Außerdem passen die Steine doch gar nicht in so eine Filmdose, oder?"

„Doch, sie passen da schon hinein. Es ist ja klar, dass keine größeren Diamanten durch die Kontrollen kommen. Aber ein paar kleinere Diamanten? Warum nicht? Das würde den Schwarzen schon für ein deutlich besseres Leben reichen."

„Aber dann kannst Du ja froh sein, dass Du sie mitgenommen hast. Du kannst sie dem rechtmäßigen Eigentümer zurück bringen, wenn wir wieder in Südafrika sind."

„Vorausgesetzt, wir finden diese Filmdose und die Diamanten waren überhaupt in der Filmdose versteckt."

Nachdenklich sah er zum Fenster hinaus. Er könnte im Moment nicht sagen, wem er die Diamanten lieber geben würde. Das harte Schicksal der Schwarzafrikaner ging ihm sehr nah. Wenn er die Diamanten Moarito geben würde, hätte er zumindest ihm und seiner Familie das Leben erleichtert. Er schloss die Augen und stellte sich die glücklichen Kinder vor, wenn sie genug zu essen, eine Schulbildung und ordentliche Sachen zum Anziehen bekommen würden. Obwohl, sie würden sich vermutlich über Spielzeug oder ein neues Rad mehr freuen. Wie dem auch sei, er musste herausfinden, was in der Filmdose war.

„Cecile." Er sah sie eindringlich an. „Ruf bitte in der Reinigung an. Oder ruf Caroline an. Sie kann doch sicher schnell zur Reinigung vorgehen und nachfragen. Es ist besser, sie steht vor der Frau und kann die Filmdose gleich in Empfang nehmen. Nicht dass die Frau in der Reinigung auf die Idee kommt hineinzusehen."

Ceciles schlechtes Gewissen wurde immer größer. Wenn sie ihm aber nun gestand, dass sie aus Eifersucht die Filmdose in ihr Chanel-Kostüm gesteckt hatte, um sie heimlich entwickeln zu lassen, würde er ihr das bestimmt nie verzeihen. Das konnte ihre Ehe ernsthaft gefährden. Nein, das wollte sie nicht riskieren. Sie könnte höchstens

Caroline in ihr Geheimnis einweihen. Aber wie würde sie dann dastehen?

Sie musste dieses Theaterstück jetzt bis zum Ende weiterspielen.

Cecile küsste ihren Mann sanft auf die Wange und ging zum Telefon, um in Spanien anzurufen.

22. Spanien

Nachdem Caroline und Natalie das Haus verlassen hatten, fuhr ein großer Umzugswagen vor, aus dem vier Männer in blauen Overalls stiegen.

Sie öffneten die Haustür und trugen eine Antiquität nach der anderen hinaus, um sie im Umzugswagen zu verstauen. Die Männer arbeiteten schnell und konzentriert. Sie nahmen alles mit, bis auf den für sie unbrauchbaren Inhalt der Schränke im Wohnbereich. Diesen ließen sie geordnet zurück. Es wurde nichts umgekippt oder ausgeschüttet, um jeden Lärm zu vermeiden. Die Designerkleidung nahmen sie auch mit. Als das Telefon klingelte, riss einer der Männer das Kabel aus der Wand.

So schnell und leise, wie sie gekommen waren, fuhren sie auch wieder weg.

Moarito saß in seinem Versteck und rührte sich nicht. War das ein geplanter Umzug oder waren es Diebe? Er konnte immer noch nicht glauben, was er gerade gesehen hatte.

Jetzt oder nie, dachte er sich und schlich zum Haus. Die Tür war wieder abgesperrt. Vielleicht war es tatsächlich ein geplanter Umzug gewesen. Er verstand nicht, warum er den Botschafter hier noch nicht gesehen hatte.

Wo steckte er nur?

Langsam ging er um das Haus herum. Er versuchte durch die Fenster irgendetwas zu erkennen, aber vor den meisten Fenstern hingen Gardinen, durch die er nicht hindurchsehen konnte. Nur in eines der Zimmer konnte er durch einen kleinen freien Spalt zwischen den Gardinen hineinschauen. Das Zimmer war komplett leergeräumt.

Panik stieg in ihm auf.

Wenn das Diebe gewesen waren, hatten sie möglicherweise auch die Filmdose mitgenommen. Moarito merkte, wie ihm der Schweiß den Rücken hinunterlief und wie er gleichzeitig fror.

Wenn er überhaupt eine Chance haben wollte, die Filmdose wieder zurück zu bekommen, dann musste er sich Zugang zu dem Haus verschaffen. Er nahm einen Stein und warf die Scheibe ein. Durch das Loch konnte er den Griff entriegeln und das Fenster öffnen.

Gott sei Dank war die Alarmanlage nicht scharf geschaltet. Vorsichtig schob er seinen Arm durch das Loch und drückte das Fenster auf. Er hielt die Luft an und lauschte nach Geräuschen. Als er nichts hörte, drang er leise in das Haus hinein.

Er schlich von Zimmer zu Zimmer und durchwühlte den Inhalt der Schränke, der von den Männern liegengelassen worden war. Nichts!

Voller Wut und Panik warf er die Sachen herum. Er ging in die Küche und durchwühlte jeden Einbauschrank.

Moarito war verwirrt und konnte keinen klaren Gedanken mehr fassen. Er brach in der Mitte des Wohnzimmers zusammen und weinte. Die ganzen Sorgen und Anspannungen der letzten Tage waren zuviel für ihn. Er wusste weder ein noch aus.

Als er sich halbwegs beruhigt hatte, sah er als seine einzige Chance, die Mädchen nach dem Botschafter zu fragen. Es ging jetzt nicht mehr anders. Bevor er sich wieder aus dem Haus schlich, nahm er sich noch eine dicke Kaschmirdecke mit, da es in seinem kleinen Unterschlupf, den er auf dem gegenüberliegenden Grundstück gefunden hatte, in der Nacht ziemlich kühl war. Außerdem nahm er alles mit, was er an Essbarem finden konnte. Er musste sehr sparsam mit dem Essen umgehen, da er sicher auffallen würde, wenn er in diesem kleinen Ort etwas einkaufen gehen würde. Er stopfte alles in die Decke und verschwand wieder in seinem Versteck.

23. Deutschland/Spanien

Cecile wunderte sich, dass ständig belegt war. Sie versuchte es nun schon den ganzen Tag, aber es kam immer nur das Besetztzeichen.

„Den Mädchen wird doch nichts passiert sein?", fragte sie ängstlich ihren Mann, aber er beruhigte sie:

„Sie werden sicher am Strand oder in Alicante zum Einkaufen sein. Oder sie haben einfach den Hörer falsch aufgelegt. Mach Dir keine Sorgen. Du kannst sie ja morgen früh wecken."

Cecile ging wieder ins Wohnzimmer und versuchte es immer wieder, aber es ertönte immer nur das Besetztzeichen.

Dann probierte sie es bei ihrer Freundin Annabella.

* * *

Annabella und Aurilio tranken gerade Kaffee und ließen sich dazu feines Gebäck aus der besten Konditorei Alicantes schmecken.

Für seine organisierten Unternehmungen missbrauchte er die Gastfreundschaft seiner Schwester. Man konnte ja nie wissen, ob ihm jemand auf die Schliche kommen würde. Dann hatte er auf alle Fälle ein Alibi. Er grinste über den Eifer seiner Schwester, es ihm bei seinen Besuchen immer so schön wie möglich machen zu wollen.

Als das Telefon klingelte, spannte sich sein ganzer Körper an. War das die Polizei? Jetzt schon? Die paar Schritte, die seine Schwester bis zum Telefon brauchte, kamen ihm wie eine Ewigkeit vor.

„Ja, Hallo", meldete sich Annabella mit ihrer weichen Stimme.

„Ach, Du bist es Cecile." Aurilio atmete stoßartig aus, als er hörte, dass es Annabellas Freundin war. Hatte sie von dem Raub schon erfahren? Die Polizei musste dann aber extrem schnell reagiert haben.

Aurilio lauschte gespannt dem Gesprächsverlauf und entspannte sich erst, als er hörte, dass es um andere Themen ging. Wie gut, dass sein Englisch genauso perfekt wie seine Muttersprache Spanisch war. Darauf hatte seine Schwester großen Wert gelegt und ihm einen der besten Englischlehrer besorgt.

Er erwischte sich dabei, dass ihm der Gedanke an die vielen teuren Antiquitäten ein Lächeln ins Gesicht zauberte. Die von Minnehagens hatten genug Geld, sich neue teure Sachen zu kaufen und vermutlich waren sie sowieso versichert. Es würde ihn nicht wundern, wenn sie mit einem fetten Plus aus der Sache herauskommen würden. Aber Fett schwimmt ja bekanntlich immer oben, dachte sich Aurilio mit einem bitteren Nachgeschmack.

Nach dieser Spezies von Mensch brauchte er nicht lange zu suchen. Sein Stiefvater war auch so ein toller Hecht gewesen, bis er winselnd vor ihm kniete und um sein erbärmliches Leben bettelte. Aurilio schloss die Augen. An diese Situation wollte er nie wieder denken. Die brutale Aggressivität seines Stiefvaters hatte ihm seine Kindheit geraubt. Auch wenn er sich dafür bei ihm gerächt hatte, würde er nie wieder unbeschwert glücklich sein können.

Deshalb hatte er auch kein Erbarmen mit seinen Opfern. Das Leben war so oft unfair zu ihm gewesen und jetzt holte er sich einfach das, was ihm zustand. Er wurde sein ganzes Leben lang nur hin und her geschubst. Echte Zuneigung hatte er nie bekommen.

Mit einem abfälligen Blick taxierte er seine Schwester. Nun ja, seine Schwester bemühte sich zumindest, ihm ein bisschen Familie zu sein. Sie hatte es immer sehr viel leichter gehabt, fand er. Sie hatte alle mit ihrer Schönheit um den Finger gewickelt und sich so alles geholt, was sie haben wollte. So sah er es jedenfalls. Während er sich immer nur mit den Brocken begnügen musste, die ihm seine Schwester oder die Gesellschaft, in der sie sich befand, übrig ließen. Jetzt war er erwachsen genug, um sich seinen gerechten Teil zu holen.

Als seine Schwester erstaunt „Diamanten" rief, horchte er auf.

Cecile hatte sich nicht verkneifen können, Annabella die Geschichte mit Rando und Moarito weiter zu erzählen. Als sie merkte, dass Annabella interessiert zuhörte und immer wieder nachfragte, war sie so in ihrem Element, dass sie die Geschichte noch ein wenig spannender ausbaute. Im Eifer gestand sie Annabella auch, das sie die Filmdose gefunden und in ihr Kostüm gesteckt hatte.

* * *

„Du wirst es nicht glauben, aber im Haus von Cecile und Frederic befinden sich vielleicht geklaute Diamanten", sagte Annabella lachend zu ihrem Bruder, nachdem sie aufgelegt hatte. Aurilio bekam die ganze Geschichte noch einmal haarklein erzählt. Unter einem Vorwand beendete er baldmöglichst den Besuch bei seiner Schwester und machte sich rasch auf den Weg zu seinem geheimen Lager.

Es war eine alte Lagerhalle in einem weitläufigen Industriegebiet. Nicht nur er, sondern eine Vielzahl von Privatleuten und Gewerbetreibenden lagerten hier allerlei Gegenstände ein. So fiel es auch nicht auf, wenn öfter mal ein Lieferwagen Dinge brachte oder abholte.

Aurilios Leute hatten das Diebesgut bereits ausgeladen und sortiert, als er dort ankam. Bevor er sich die Sachen genauer ansah, bezahlte er seine Helfer und schickte sie fort.

Die Antiquitäten waren ihm erst einmal egal, er ging direkt zu der Kleidung, die fein säuberlich an einer Stange hing. Er durchwühlte ein Kleidungsstück nach dem anderen. Je näher er dem Ende der Kleiderstange kam, desto hastiger griff er in die Taschen und tastete hektisch die Kostüme, Anzüge und Kleider ab. Auch im letzten Kleidungsstück fand er nichts und schleuderte es wütend in ein Eck, genau auf eine wertvolle Vase, die klirrend zu Bruch ging.

Er musste nachdenken. Er zwang sich zur Ruhe und setzte sich auf einen mit feinstem Leder bezogenen Sessel.

Er konnte nicht riskieren, noch einmal zu dem Haus zu fahren. Das wäre viel zu gefährlich. Er musste mit den zwei Mädchen in Kontakt kommen. Wenn er sie soweit hätte, dass sie ihm vertrauen, könnte er in aller Ruhe die im Haus verbliebenen Sachen durchschauen. Er könnte doch großzügig seine Hilfe als „Freund der Familie" anbieten. Seine Schwester würde ihn sicher anrufen, wenn sie von dem Einbruch gehört hatte. Er musste nur ein wenig Geduld haben.

Auf dem Nachhauseweg machte er einen Abstecher zu seinem treuesten Mitarbeiter José.

„Du bist Dir sicher, dass ihr alle Kostüme und Anzüge aus dem Haus mitgenommen habt?", fragte er mit ernstem Blick.

„Ja, Chef", antwortete José und sah Aurilio in die Augen. „Ich habe sie selbst eingepackt, daher bin ich mir auch ganz sicher."

„Okay, gute Arbeit, José", sagte Aurilio und verschwand.

Er war sich sicher, dass seine Mitarbeiter nichts entdeckt hatten. Aurilio war überzeugt, dass er sofort an den Augen seiner Mitarbeiter erkennen würde, wenn sie ihn belogen. Außerdem waren sie schon mehrmals von ihm so raffiniert getestet worden, dass er für sie seine Hand ins Feuer legen würde. Er war es, der sie alle aus dem größten Elend befreite. Außerdem hatten seine Mitarbeiter einen Mordsrespekt vor seinem Zorn.

In Gedanken versunken fuhr er in seine Wohnung, die er eigentlich verabscheute, weil sie klein und schmuddelig war, obwohl er eigentlich ein genauso schönes und großes Haus wie seine Schwester verdient hätte. Aber es würde nicht mehr lange dauern, dann würde er aus diesem Drecksloch verschwinden und sich auch ein Haus am Meer kaufen.

* * *

Caroline und Natalie kamen sonnengebräunt und fröhlich zum Ferienhaus der von Minnehagens zurück.

Als sie die Tür aufsperrten, konnten sie kaum glauben, was sie sahen. Alles war leergeräumt und die ganzen Sachen auf dem Fußboden verstreut. Sie blieben regungslos im Eingang stehen.

„Oh Gott! Hier wurde eingebrochen", schrie Caroline.

„Wir müssen die Polizei rufen", flüsterte Natalie fassungslos. Natalie stieg vorsichtig über die Sachen am Boden und suchte das Telefon.

Sie konnte es in dem Durcheinander nicht finden. Außerdem wusste sie aus zahlreichen Fernsehkrimis, dass man den Tatort nicht verändern sollte. In diesem Moment fiel ihr Blick auf das Telefonkabel.

„Das Kabel wurde aus der Wand gerissen!" Sie hielt es hoch.

Caroline und Natalie sahen sich blass und erschreckt an und wussten in diesem Moment nicht, was sie tun sollten. Sie gingen vorsichtig von Zimmer zu Zimmer. „Die haben fast alles mitgenommen! Nur unsere alten Koffer haben sie da gelassen, aber sonst ist alles weg. Ich kann es nicht glauben."

Caroline ließ sich langsam an der Wand gelehnt zu Boden gleiten.

„Wie soll ich das denn meiner Tante und meinem Onkel sagen?" Natalie setzte sich neben Caroline auf den Boden und umarmte sie.

„Jetzt gehen wir als Erstes zu den Nachbarn und lassen die Polizei rufen. Dann sehen wir weiter."

Natalie zog Caroline auf die Beine und sie machten sich auf den Weg zu den Nachbarn.

„Hoffentlich sprechen die Englisch", sagte Caroline besorgt. „Polizei oder Policia werden sie schon verstehen, oder?"

„Ich hatte in der Schule Spanisch, wir bekommen es schon hin."

Die Nachbarn waren sehr freundliche Spanier, die sie sofort hineinbaten und gleich spürten, dass irgendetwas nicht stimmte. Caroline und Natalie erzählten unter Zuhilfenahme ihrer Hände, halb Englisch und mit ein wenig Spanisch vermischt, was passiert war.

Der Hausherr begleitete sie zum Haus zurück, während seine Frau bei der Polizei anrief.

Als die Polizei endlich nach über einer Stunde eintraf, hatten sie bei den netten spanischen Nachbarn eine Paella gegessen und ein Glas guten Wein dazu getrunken. Es war richtig rührend, wie sie sich um die zwei Mädchen kümmerten.

Die Polizei nahm den Fall desinteressiert auf und versprach, am nächsten Morgen von sich hören zu lassen.

Die Nachbarn bestanden drauf, dass Caroline und Natalie in ihrem Gästezimmer übernachteten. Caroline und Natalie wehrten sich nicht, da es ihnen irgendwie unheimlich war, in dem Haus zu bleiben. Außerdem waren sie den Konsum von soviel Wein nicht gewohnt und schliefen trotz der Aufregung am Abend schnell ein.

Am nächsten Morgen trauten sie sich endlich zu fragen, ob sie ein Ferngespräch nach Deutschland mit ihrer Tante in Hohenschäftlarn führen dürfen, um sie über den Einbruch zu informieren. Die herzlichen Spanier hatten natürlich nichts dagegen, also nahm Caroline all ihren Mut zusammen und griff zum Telefon.

„Hallo Tante Cecile", fing Caroline unsicher an, „Setz Dich bitte hin, denn was ich Dir jetzt erzählen muss, ist ganz furchtbar."

Caroline fing an zu weinen.

„Um Gottes Willen, Caroline, was ist denn passiert? Erzähl doch!", rief Cecile erschrocken.

„In euer Haus wurde eingebrochen. Sie haben das ganze Haus leergeräumt." Caroline weinte jetzt immer mehr.

„Nein!", entfuhr es Cecile. „Nicht das auch noch. Ist nichts mehr im Haus? Wo wart ihr denn? Ist euch was passiert? Jetzt erzähl doch, Caro!"

Caroline erzählte alles, was sie am Vortag erlebt hatten.

Cecile war fassungslos. Ihr Haus! Sie hatten sich extra keine pompöse Villa gekauft, weil sie einen Horror vor Einbrechern hatte. Und jetzt dieses Unglück. Die ganzen teuren Antiquitäten, ihre Kostüme, Schuhe und Taschen. Sie hielt plötzlich inne.

„Caroline, reiß Dich zusammen. Es ist doch alles zu ersetzen. Weißt Du, ob meine Kleidung auch mitgenommen wurde?"

„Ja, leider Tante Cecile. Im begehbaren Schrank hängt nichts mehr. Weder Deine Sachen, noch die von Onkel Frederic."

Cecile sank totenblass in einen Sessel. Das durfte nicht sein. Das durfte einfach nicht wahr sein.

Mühsam riss sie sich zusammen und sagte nur noch: „Caro, mach Dir keine Sorgen, ich rufe meine Freundin Annabella an. Sie wird sich um alles kümmern. Sie kommt euch sicher gleich holen."

Als Cecile aufgelegt hatte, vergrub sie ihr Gesicht in den Händen. Sie musste sich jetzt zusammenreißen.

Mit zitternden Fingern wählte sie die Nummer von Annabella.

„Cecile! Du scheinst Sehnsucht nach Spanien zu haben", rief Annabella lachend, als Cecile sich meldete.

„Annabella, in unser Haus in Busot wurde gestern eingebrochen. Sie haben alles ausgeräumt. Auch alle meine Kostüme und Frederics Anzüge."

„Also das ist mir jetzt wirklich schleierhaft, warum sie sich ausgerechnet euer Haus ausgesucht haben und dann auch noch zu diesem Zeitpunkt. Könnte es sein, dass dieser Schwarze sich an euch rächen wollte und alles ausgeräumt hat? Dann hat er zumindest seine Diamanten wieder", versuchte Annabella zu scherzen, was ihr jedoch nicht gelang. Cecile erging sich in Selbstbeschuldigungen und hysterischen Anfällen.

„Pass auf, Cecile. Ich rufe jetzt meinen Bruder an und lass ihn das alles für Dich regeln. Er soll die Mädchen zu mir bringen und versuchen herauszufinden, wer eure Sachen gestohlen hat. Danach melde ich mich wieder bei Dir." Seufzend beendete sie das Telefonat. Cecile wurde langsam wirklich anstrengend. Eigentlich wusste sie nicht, warum sie noch befreundet waren.

Sie rief ihren Bruder an und war ganz überrascht, dass er ohne zu zögern bereit war, sich um alles zu kümmern.

* * *

Als Aurilio Caroline und Natalie abholte, traf es ihn wie einen Blitz. Eine so schöne Frau wie Natalie hatte er noch nie gesehen. Er stand vor ihr und brachte keinen Ton heraus. Das war ihm noch nie passiert.

Was ihm in diesem Augenblick nicht auffiel war, dass es Natalie genauso ging wie ihm. Ihre Knie wurden weich, ihr Magen spielte verrückt, was jedoch alles andere als unangenehm war, und sie konnte ihren Blick nicht von Aurilio wenden. Sie war wie paralysiert. Seine Augen fesselten sie. Ihre Hände waren schweißnass, ihr Herz schlug dumpf und laut und sie hatte das Gefühl, gleich umzukippen.

Sie standen einfach nur da und starrten sich an.

Caroline traute ihren Augen nicht und sah von Einem zum Anderen. Irgendwann sagte sie dann belustigt: „Hallo, ich bin Caroline, die Nichte von Cecile von Minnehagen und das ist meine Freundin Natalie. Ich finde es wirklich lieb von Ihnen, dass Sie uns abholen."

Aurilio wurde ganz rot vor Verlegenheit, was eigentlich nie vorkam.

„Entschuldigt, ich habe wohl gerade meine guten Manieren vergessen. Ich bin Aurilio, Annabellas Bruder. Wir duzen uns doch, oder?" Dabei schaute er wieder nur Natalie an, die gerade noch ein „Ja, natürlich" herausbrachte. Sie hatte zwar oft davon gelesen oder gehört, dass es diesen magischen Moment gab, aber daran geglaubt hatte sie nie.

Aurilio bedankte sich überschwänglich bei den Nachbarn auf Spanisch, die die Mädchen bei sich aufgenommen hatten und bat Natalie und Caroline auf Englisch kurz zu warten, während er sich noch im leergeräumten Haus umsehen wollte.

Im Haus wusch er sich sein Gesicht erst einmal mit kaltem Wasser. Er glaubte im Spiegel ein Gespenst zu sehen. Er erkannte sich gar nicht mehr wieder. Das war ihm noch nie passiert und vor allem wollte er gar nicht, dass ihm so etwas passierte.

Was er wirklich wollte, waren die Diamanten. Er versuchte sich zu sammeln. Schließlich gab es nur einen Grund, warum er die Mädchen so bereitwillig abgeholt hatte. Er durchkämmte nochmals jedes Zimmer, sah in jeden Einbauschrank und hob auch ein paar Gegenstände in dem Durcheinander hoch. Nichts!

Er musste seine brodelnde Wut, die langsam in ihm hochstieg, hinunterschlucken. Jetzt bloß keinen Fehler machen. Er konnte die Mädchen nur durch Freundlichkeit gewinnen.

* * *

„Hey, Natalie! Was war das denn gerade?", fragte Caroline, als Aurilio außer Reichweite war und stupste sie freundschaftlich in die Seite.

„Ich weiß auch nicht, aber ich fürchte, ich habe gerade den Meinen Einen getroffen!"

Natalie strahlte über das ganze Gesicht.

„Es ist wirklich unglaublich. Hier hätte ich ihn am allerwenigsten vermutet."

* * *

Aurilio kam mit nachdenklicher Mine aus dem Haus. Was ihn ganz besonders beunruhigte, war, dass in dem Haus so ein Durcheinander herrschte. Das war eigentlich nicht der Arbeitsstil seiner Männer. Irgendetwas stimmte hier nicht.

Er sah in die fragenden Gesichter der beiden Mädchen und versuchte sich zusammenzureißen.

„Die haben nichts Wertvolles dagelassen. Es tut mir wirklich leid für euch. Dass das ausgerechnet jetzt passieren musste, während ihr hier Urlaub macht."

Er versuchte entschuldigend zu lächeln.

Caroline schaute ihn nachdenklich an. Irgendwie mochte sie ihn nicht. Sie konnte nicht sagen, was es war, aber sie spürte, dass er unehrlich war.

„Ich würde gern in meinem Auto hinter Dir herfahren, dann sind wir zumindest noch mobil", sagte Natalie schüchtern. „Und vorher holen wir zumindest unsere Koffer und unsere Zahnbürsten. Die werden die Diebe wohl kaum geklaut haben", ergänzte Caroline.

„Natürlich, gern. Ich helfe euch dabei", erwiderte Aurilio erleichtert. Auf der Fahrt konnte er zumindest noch ein wenig nachdenken. Dieses Mädchen war schon sehr außergewöhnlich. Er war ganz durcheinander.

* * *

Moarito beobachtete alles sehr aufmerksam. Wenn sie jetzt wegfuhren, kamen sie vielleicht nicht mehr zurück. Aber er musste noch unbedingt erfahren, wo der Botschafter war.

Es konnte nun natürlich sein, dass der Botschafter selbst erscheinen würde, um sich um alles zu kümmern. Natürlich würde er jetzt kommen. Er musste nur noch ein wenig Geduld haben.

Moarito wickelte sich wieder in die gestohlene Decke ein. Irgendwie fror er ganz erbärmlich.

* * *

„Da seid ihr ja endlich." Annabella kam ihnen entgegen, als sie die geschwungene Steintreppe hinaufkamen.

„Ihr seht ja ganz blass aus, ihr armen Mäuse. Ich bin Annabella." Sie nahm die beiden in den Arm und drückte sie herzlich. „Und eure arme Tante. Wenn ich mir vorstelle, mein Haus wäre leergeräumt. Nicht auszudenken. Die vielen wertvollen Sachen. Du musst unbedingt herausbekommen, wer dafür verantwortlich ist", sagte sie zu ihrem Bruder gewandt.

„Natürlich, ich tue was ich kann", sagte Aurilio galant.

„Kommt mit, ich zeige euch eure Zimmer. Ich habe mir auch erlaubt, euch ein paar lebensnotwendige Dinge besorgen zu lassen."

Annabella ging eilig die Treppe vor ihnen hoch und Aurilio, Caroline und Natalie folgten ihr auf dem Fuße.

„Das ist wirklich ein sehr schönes Haus", sagte Natalie bewundernd.

„Danke, mein Kind. Aber momentan fühle ich mich gar nicht so wohl in dem Haus. Alle meine Freunde wurden schon mindestens einmal ausgeraubt, nur bei uns wurde noch nie eingebrochen. Jetzt wären wir wohl bald an der Reihe."

Annabella schüttelte den Kopf. „Es ist wirklich seltsam, dass ausgerechnet mein Freundeskreis Opfer irgendwelcher Banden wurde. Nun ja, hoffen wir das Beste. Ich bin jedenfalls sehr froh, dass ihr mir in der nächsten Zeit Gesellschaft leistet. Fühlt euch wie zu Hause."

Annabella erzählte und erzählte, weil sie den Mädchen die Befangenheit nehmen wollte. Als sie im oberen Stock angekommen waren, staunten Caroline und Natalie nicht schlecht, als sie ihre Zimmer sahen.

Caroline war ja einiges an Luxus gewöhnt, aber diese Zimmer waren besonders schön. Jedes Zimmer hatte auch sein eigenes Bad, dessen Tür nur vom Zimmer aus geöffnet werden konnte. Ein wunderschönes breites Bett befand sich hinter einem Paravent, der es ein wenig abschirmen sollte. Auf dem Paravent befanden sich wunderschöne alte Malereien. Als Caroline näher kam, sah sie die hauchfeinen Seidentücher, die in den Holzrahmen eingespannt waren. Sie ließ vorsichtig ihre Finger über den weichen Stoff gleiten.

„So ein wunderschönes Zimmer, Annabella. Wie können wir Dir nur danken", sagte Caroline freundlich.

„Wir hatten schon befürchtet, dass wir nun wieder heimfahren müssen", pflichtete Natalie bei.

„Nein, heimfahren müsst ihr wirklich nicht. Ganz im Gegenteil. Ich bin froh, dass ich im Moment nicht allein hier im Haus bin. Wir rufen Cecile an, damit sie sich nicht noch mehr Sorgen machen muss."

„Schwesterchen, ich muss mich jetzt verabschieden, aber ich komme am Abend noch einmal vorbei, wenn es Dir recht ist", warf Aurilio ein.

„Natürlich und vielen Dank, dass Du Dich gleich um alles gekümmert hast", sagte Annabella und legte ihrem Bruder dankbar eine Hand auf die Schulter.

„Gern geschehen. Also bis heute Abend." Freundlich zwinkerte er Natalie zu und verschwand.

* * *

„José, so arbeiten wir normalerweise nicht. Also sag mir, verdammt noch mal, was in dem Haus vorgefallen ist!" Aurilio schaute José wütend an. „Und wage ja nicht, mich anzulügen!", setzte er drohend hinzu.

José sah ihn erstaunt an und sagte ganz ruhig: „Es war alles wie immer, Chef. Wir haben alles mitgenommen, was wir für brauchbar hielten und den Rest haben wir ordentlich liegengelassen."

„Ordentlich liegengelassen! Pah, dass ich nicht lache!", schrie Aurilio wütend.

„Ich war heute selbst im Haus. Nichts, aber auch absolut nichts liegt da ordentlich herum. Es sieht so aus, als hätte ein Tornado das Haus verwüstet. Und warum habt ihr ein Fenster eingeworfen? Ich habe euch schon hundertmal gesagt, dass ihr keinen Krach machen dürft."

José sah Aurilio erstaunt an. „Wir haben kein Fenster eingeworfen."

In dem Moment fiel Aurilio die Geschichte über Moarito ein. Natürlich! Wahrscheinlich war Moarito in Spanien, hatte das Haus nach dem Einbruch betreten und bei der Suche nach seinen Diamanten alle Sachen durchgewühlt.

Wenn er die Filmdose gefunden hatte, war er bereits über alle Berge. Aber wenn er sie nicht gefunden hatte, dann lungerte er bestimmt immer noch in der Nähe des Hauses herum. Dann würde er ihn schon finden. Ein zufriedenes Grinsen machte sich in Aurilios Gesicht breit.

„Danke, José. Mir ist gerade eingefallen, wer uns da ins Handwerk gepfuscht haben könnte."

Als Aurilio den verwirrten Blick von José bemerkte, ging er noch mal einen Schritt auf ihn zu und flüsterte ihm zu: „Es könnte sein, dass ich heute Abend oder morgen Deine Hilfe noch einmal brauche!"

„Alles klar, Chef", sagte José erleichtert, „Ich bin da."

Nachdenklich sah er seinem Chef hinterher. Er hatte sich ihm vor einigen Jahren angeschlossen, weil er die sogenannte Umverteilung der Luxusgüter irgendwie gerecht fand, aber in letzter Zeit hatte er das Gefühl, dass sein Chef immer eigenartiger wurde. Manchmal hatte er sogar richtig Angst vor ihm.

* * *

Nachdem Annabella und Caroline mit Cecile telefoniert und sie ein wenig beruhigt hatten, machten sie es sich auf der großzügigen Terrasse bequem. Es wurde gegrillter Fisch mit gedünstetem Gemüse und dazu ein leichter spanischer Weißwein serviert.

Caroline und Natalie fühlten sich ausgesprochen wohl und genossen es sehr, nicht selbst kochen zu müssen.

„Wenn ihr wollt, könnt ihr euch gern an den Pool legen. Ich komme später vielleicht nach. Und heute Abend wären wir auf einem Empfang eingeladen. Ich wollte zwar schon absagen, weil ich keine Lust hatte, allein hinzugehen, aber meine Freundin hat darauf bestanden, dass ich euch und meinen Bruder mitbringen soll. Ich hoffe, das ist euch recht?"

„Gern, nur haben wir weder ein schönes Kleid noch passende Schuhe da", sagte Caroline enttäuscht.

„Daran habe ich schon gedacht. Ihr schaut beide so aus, als würde euch Größe 36 passen und meine Schuhe passen euch sicher auch." Um nachzumessen, stellte sie ihren Fuß neben den von Caroline.

„Ich lasse euch eine kleine Auswahl meiner Kleider auf euer Zimmer bringen. Nach dem Sonnenbad, könnt ihr euch etwas Schickes aussuchen."

Caroline und Natalie dankten ihr lachend. So glamourös hatten sie sich ihren Urlaub nicht vorgestellt.

Glücklich gingen sie auf ihre Zimmer und staunten nicht schlecht, als sie bereits eine Auswahl an Bikinis vorfanden. Sie hatten zwar ihre eigenen Badesachen noch im Auto, aber diesen wunderschönen Bikinis konnten sie nicht widerstehen. Annabella hatte sogar an Bademäntel gedacht.

„So einen Hauch von Bikini oder Bademantel hätte ich mich nie getraut zu kaufen", flüsterte Natalie zu Caroline. „Aber es fühlt sich gut an."

„Und wir können nun unser Englisch aufbessern. Ich wusste übrigens gar nicht, dass Du auch Spanisch kannst", erwiderte Caroline.

„Nur ganz wenig. Aber jetzt würde es sich lohnen, dass ich mir Spanisch etwas genauer anschaue." Caroline verstand ihren Hinweis auf Aurilio und lachte.

Als sie gerade auf dem Weg nach unten waren, kam ihnen auf der Treppe ein spanisches Hausmädchen mit so vielen Kleidern auf dem Arm entgegen, dass sie kaum über den Kleiderstapel sehen konnte.

„Warten Sie, ich helfe Ihnen!", rief Natalie und nahm ihr einen Teil des Kleiderstapels ab. Dem spanischen Mädchen war diese Hilfestellung unangenehm, aber sie atmete trotzdem sichtlich erleichtert auf.

Vorsichtig legten sie die Kleider auf Natalies Bett und breiteten sie fächerförmig aus.

„Wow!", rief Natalie entzückt. „Das sind ja unglaublich schöne Kleider. Und schau Dir mal die Etiketten an. Gucci! Und dieses wunderschöne Kleid ist von Versace."

Anschließend kam das Hausmädchen mit einer dazu passenden Auswahl an Schuhen und Handtaschen auf dem Arm ins Zimmer.

„Ich glaube, ich werde mich heute wie eine Prinzessin fühlen." Natalie konnte ihr Glück kaum fassen.

„Jetzt lass uns aber zuerst zum Pool gehen. Ich kann es kaum erwarten hineinzuspringen", bat Caroline.

Nachdem sie mehrmals um die Wette geschwommen waren, legten sie sich lachend und außer Atem auf die weich gepolsterten Liegen, die allesamt mit einem edlen, hellgelben Stoff überzogen waren.

$$* * *$$

Aurilio war wieder am Haus der von Minnehagens angekommen. Er stellte sein Auto in einer Nebenstrasse ab und ließ die Türe leise ins Schloss fallen. Mit aufmerksamem Blick suchte er die Umgebung ab. Wo konnte man sich hier am besten verstecken und hatte trotzdem einen guten Blick auf die Vorderseite des Hauses? Ein Teil der gegenüberliegenden Straßenseite war mit dichtem Gestrüpp und Sträuchern bewachsen. Aurilio schlich in einem weiten Bogen auf das Gebüsch zu. Seine Augen verengten sich zu Schlitzen und er versuchte durch das Dickicht etwas zu erkennen. Plötzlich entdeckte er eine kleine baufällige, vollkommen eingewachsene Scheune. Er schlich sich langsam und lautlos an.

„Hab ich Dich erwischt, Du nichtsnutziger Gauner!"

Aurilio hatte es sich viel schwieriger vorgestellt, Moarito zu finden. Er packte den aus dem Schlaf gerissenen Schwarzen am Kragen und verpasste ihm einen Schlag ins Gesicht, so dass Moarito aus der Nase blutete.

Moarito war völlig verwirrt und hilflos. Bis ihm die Situation richtig bewusst wurde, waren seine Hände mit einem Seil festgebunden. Aurilio zog ihn hoch und schubste ihn aus der Scheune in Richtung eines verlassenen Hauses, das auf dem gleichen Grundstück stand. Er musste nicht befürchten, entdeckt zu werden, da das Grundstück ganz dicht mit üppigen Sträuchern eingewachsen war. Außerdem stand nur das Haus der von Minnehagens gegenüber. Die nächsten Nachbarn waren außer Sichtweite.

Er stieß die Tür des verlassenen Hauses auf und schubste Moarito hinein.

Bevor er den Keller inspizierte, band er Moarito auf einem Stuhl fest. „Wehe, wenn Du schreist! Ein Ton und ich breche Dir das Genick, verstanden?", ließ Aurilio ihn in seiner misslichen Lage sitzen.

Moarito hörte, wie im Keller irgendwelche Möbel oder andere schwere Gegenstände herumgeschoben wurden.

Er hatte das Gefühl gehabt, einem Geisteskranken gegenüber zu stehen, als Aurilio ihn aus dem Schlaf holte. In Aurilios Augen brannte ein Feuer, das ihm Angst machte. Er wusste auch, dass das der Mann war, der die ganze Zeit um das Haus des Botschafters herumgeschlichen war und die beiden Mädchen nach dem Einbruch abgeholt hatte. Was der wohl mit der ganzen Sache zu tun hatte? Was wollte er nur von ihm und warum hatte er ihn in seinem Versteck aufgestöbert?

Moarito zitterte am ganzen Körper. So würde er es nie schaffen, den Botschafter zu treffen, falls dieser überhaupt zu seinem Ferienhaus kam. Die Geräusche aus dem Keller verstummten und am Kellereingang erschien der Mann.

Aurilio nahm sich einen zweiten Stuhl und setzte sich Moarito gegenüber.

„Ich weiß, dass Du die Diamanten suchst oder schon hast. Ich will nur wissen, wo die Diamanten sind, dann passiert Dir nichts. Aber wenn du mir nicht sagen willst, wo sie sind, dann...!" Aurilio fuhr mit der Hand an seiner Kehle entlang und Moarito wusste, dass er das nicht überleben würde.

Moarito holte tief Atem, bevor er zu stottern begann. Es kam kein vollständiger Satz aus ihm heraus, so sehr fürchtete er sich vor Aurilio.

„Jetzt sag mir endlich, was mit den Diamanten ist, bevor ich ungeduldig werde!", schrie ihn Aurilio an.

Moarito versuchte sich zu konzentrieren.

„Ich...ich...weiß nicht...wo...wo...die Diamanten sind", kam es endlich aus ihm heraus.

„Wie, Du weißt es nicht. Erzähl mir doch keine Märchen. Du kommst doch nicht einfach auf Verdacht aus Südafrika hierher, ohne zu wissen, ob die Diamanten tatsächlich hier sind."

Moarito hatte Angst. Das Blitzen in Aurilios Augen wurde immer bedrohlicher. Er überlegte fieberhaft, was er ihm erzählen konnte und was nicht.

„Der Botschafter hat von meinem Freund die Diamanten bekommen und hat sie aus Versehen mitgenommen. Sie gehören uns. Meine Frau und meine Kinder werden bedroht. Wenn ich sie nicht finde, werde ich meine Familie vermutlich nie wieder sehen", jammerte Moarito, in der Hoffnung, wenigstens ein bisschen Mitleid zu bekommen.

Aurilio jedoch war gnadenlos. „Du wirst Deine Familie sowieso nicht wiedersehen." Es hatte keinen Sinn. Dieser Jammerlappen hatte die Diamanten nicht, da war sich Aurilio jetzt sicher. Er musste irgendetwas übersehen haben.

Er band Moarito vom Stuhl los und zog ihn in den dunklen Keller hinunter. Dort schob er ihn in den Kellerraum, den er vorher ausgeräumt hatte und stieß ihn auf die am Boden liegende Matratze. Dann sperrte er den Raum von außen ab und verschwand.

Moarito hatte Todesangst. Würde dieser Raum das Letzte sein, was er im Leben sehen würde? Wegen der stickigen Luft konnte er nur schwer atmen. Bilder tauchten vor seinen Augen auf. Bilder von Safira, Naomi, Ramoto, Selina und Namira. Moarito wurde von Weinkrämpfen geschüttelt.

Er weinte vor Sehnsucht nach seiner Frau und seinen Kindern. Er weinte, weil er geglaubt hatte, so nah an seinem Glück zu sein und nun war alles umsonst gewesen. Jetzt würde er wahrscheinlich noch nicht einmal in armen Verhältnissen weiterleben können. Er würde gar nicht mehr weiterleben. Er würde seine wundervolle Safira nie wieder in den Arm nehmen und küssen können. Er würde das Neugeborene niemals in seinen Armen halten. Das Kind würde ohne Vater aufwachsen. Wie sollte Safira die fünf Kinder allein großziehen?

Und alles nur, weil er so gierig war. Moarito konnte gar nicht aufhören zu weinen.

* * *

Caroline und Natalie waren gerade auf ihren Liegen eingeschlummert, als eine Fontäne kalten Wassers auf sie herabprasselte.

Aurilio tauchte prustend und lachend auf „Ich hoffe, ich habe euch nicht nass gemacht." Der Schalk blitzte ihm aus den Augen.

„Na warte!", rief Natalie, nachdem sie sich von dem Schrecken erholt hatte und machte einen Kopfsprung ins Wasser, um kurz vor ihm wieder aufzutauchen.

„Das wirst Du büßen", rief sie lachend und versuchte Aurilio unter Wasser zu tauchen. Aber er tauchte freiwillig unter und zog sie mit zu sich hinunter. Natalie wehrte sich und versuchte sich aus seinem Griff zu befreien, aber seine muskulösen Arme hielten sie fest umschlossen. Erst als sie das Gefühl hatte, dass ihre Lungen zerspringen, schaffte sie es, sich zu befreien. Noch etwas benommen, schwamm Natalie zum Beckenrand.

„Ihr dürft gerne noch einmal gemeinsam versuchen, mich unterzutauchen", rief Aurilio lachend, aber Natalie wehrte ab: „Nein, danke. Ich bin ja nicht lebensmüde. Ich fürchte, wir haben auch zu zweit keine Chance gegen Dich." Sie lächelte ihn unsicher an.

In diesem Moment kam Annabella zum Pool hinunter und gesellte sich zu ihnen. „Gefällt es euch bei uns? Leider wird Alexander länger auf Geschäftsreise bleiben als geplant." Annabella seufzte. „Ich hätte ihn doch viel lieber öfter bei mir. Aber leider kann ich es nicht ändern." Sie legte sich auf eine Liege neben Caroline und ließ sich vom freundschaftlichen Geplänkel zwischen Natalie und ihrem Bruder ablenken. Nachdem sie sich noch eine kurze Weile gesonnt hatten, ließ Annabella den Tee servieren.

„Ach Theresa, sei so lieb und bring uns den Tee hier runter zum Pool", rief Annabella.

„Ich helfe ihr", sagte Natalie und zog sich im Gehen noch schnell den Bademantel an.

„Das brauchst Du nicht", rief ihr Annabella verwundert nach. „Dafür ist sie ja da."

Aber Natalie war schon außer Reichweite.

„Endlich einmal jemand, der nicht so verwöhnt zu sein scheint. Verdirb sie nicht auch noch", sagte Aurilio mit einem kleinen Seitenblick auf Caroline, die diesen Kommentar geflissentlich überhörte.

Natalie war froh, den Augen von Aurilio entkommen zu sein. Irgendwie hatte sie immer Herzklopfen in seiner Nähe. Aber jetzt kam noch ein anderes Gefühl hinzu. Sie konnte es nur nicht definieren.

Nach dem Tee, zu dem es wundervoll süßes Gebäck gab, mussten sie sich auch schon bald auf ihre Zimmer zurückziehen, um sich für den Abend schön zu machen. Caroline und Natalie hatten großen Spaß, die vielen Designerstücke anzuprobieren.

„Annabella hat einen ganz anderen Geschmack als meine Tante. Annabellas Kleider wirken irgendwie aufregender."

„Die Kleider von Deiner Tante waren aber auch sehr schön. Schade, dass nun alles weg ist. Ich kann es immer noch nicht glauben", sagte Natalie traurig.

Sie war ganz vorsichtig, als sie in ein stahlblaues Seidenkleid von Dior schlüpfte. Es hatte ein raffiniertes Oberteil, das das Dekolletee betonte. Der Rock hingegen ließ sie durch den fließenden Stoff noch zierlicher erscheinen.

„Meinst Du, ich kann das heute tragen?" Natalie drehte sich vor dem bodenlangen Spiegel hin und her.

„Natürlich. Du siehst zauberhaft aus. Jetzt brauchst Du nur noch die passenden Schuhe und das richtige Täschchen. Wie findest Du mich?"

Caroline hatte gerade ein Kleid von Gucci an, das durch die gelbe Farbe und die Volants richtig frech wirkte.

„Wow! Du siehst klasse aus. Ich glaube, es ist fast egal, welches Kleid wir anziehen. Die Kleider sind alle unglaublich schön", seufzte Natalie glücklich. „Was gäbe ich darum, auch so ein Leben führen zu können."

„Glaub mir, manchmal kommt es mir so vor, als würden sich die Reichen Leute unglaublich langweilen. Wir sind noch nicht so verwöhnt. Aber wenn wir das hier immer haben könnten, dann würde es uns vielleicht auch keinen Spaß mehr machen. Ich finde es zwar ganz nett, in den Sachen meiner Tante oder ihrer Freundin Annabella zu wühlen, aber ich freue mich dann auch wieder auf meine Jeans und mein T-Shirt."

Natalie betrachtete sich nachdenklich im Spiegel. Sie sah das ganz anders, aber irgendwie konnte sie Caroline auch verstehen. Caroline hatte sich schon immer alles kaufen können, was sie wollte. Die Ferienjobs, die sie sich gemeinsam suchten, die günstigen Urlaube, die sie buchten, das machte Caroline nur ihrer Freundschaft zuliebe. Normalerweise würden Carolines Eltern ihrer Tochter alles finanzieren. Aber sie selbst hatte noch nie etwas geschenkt bekommen und musste sich alles selbst erarbeiten. Ihre Eltern waren nicht arm, aber sie konnten auch keine großen Sprünge machen. Natalie wäre sich schäbig vorgekommen, wenn sie von ihren Eltern Geld annehmen würde, wo sie sich doch selbst seit Jahren keinen Urlaub und auch sonst nichts Großes leisten konnten.

Umso mehr genoss sie den Luxus hier bei Annabella.

* * *

Aurilio holte José ab und fuhr ihn zu Moarito. „Du musst ab und zu bei ihm vorbeischauen, damit er keine Dummheiten macht. Und merk Dir alles, was er sagt. Es könnte wichtig sein", mahnte Aurilio eindringlich.

Aurilio hielt vor dem Haus, in dem er Moarito gefangen hielt.

„Er ist im Keller, der Schlüssel steckt in der Türe. Gib ihm etwas zu essen und zu trinken, aber dann fessel ihn wieder. Ich schaue heute Nacht noch einmal vorbei. Ach ja, er spricht nur Englisch. Ich denke, es dürfte für Dich kein Problem sein, oder?"

José bejahte alles und sah Aurilio hinterher, wie dieser mit quietschenden Reifen davonfuhr. Wohl fühlte er sich nicht bei dem Gedanken, einen Menschen gefangen zu halten.

Es half nichts. Er musste es tun, wenn er nicht den Unmut von Aurilio auf sich ziehen wollte. Wie so etwas ausgehen könnte, wusste er ja.

Langsam ging er die Treppe hinunter. Im Keller machte er das Licht an und schaute sich um. Nachdem nur eine Kellertür geschlossen war, bei der ein Schlüssel von außen steckte, musste das wohl der Kellerraum sein, in dem der Gefangene saß.

Vorsichtig drehte er den Schlüssel und erschrak, als die Tür gleich einen Spalt aufsprang. Sein Herz klopfte und er fühlte sich sehr unwohl in seiner Haut. Als er das Licht anmachte, sah er eine zusammengerollte Gestalt auf einer Matratze liegen.

Moarito kniff die Augen zusammen. Die plötzliche Helligkeit schmerzte, obwohl er froh war, dass jemand kam. Er hatte schon befürchtet, dass man ihn hier verhungern und verdursten lassen wollte. José betrat den

Raum und traute seinen Augen nicht, als er Moarito sah. Eine armselige, magere Gestalt mit großen ängstlichen Augen, in denen ein stummes Flehen lag.

José war ganz erstaunt. Das sollte ein gefährlicher Mann sein?

„Ich habe Dir etwas zu Essen und zu Trinken mitgebracht. Ich hole es herunter und bin gleich wieder da." Moarito gab nur ein dankbares Geräusch von sich. Er konnte vor Angst kaum sprechen.

José beeilte sich und brachte gleich die ganze Tüte Lebensmittel mit in den Keller. Er löste Moarito die Fesseln und gab ihm zuerst eine Flasche Wasser. Moarito setzte an und trank sie in einem Zug aus. Dann ließ er die Flasche sinken und bedankte sich mehrmals, so dass es José schon fast peinlich war. Anschließend verschlang er dankbar das belegte Baguette. Eine Tomate und ein Apfel folgten.

José sah ihm die ganze Zeit zu und versuchte zu ergründen, was dieser Mensch angestellt hatte, dass Aurilio ihn hier einsperrte. Sie raubten zwar Häuser aus, aber Menschen hatten sie noch nie gefangen genommen oder gequält.

Moarito rieb sich die Arme und Beine, wo die Fesseln die Haut verletzt hatten.

„Wie bist Du hierher gekommen? Und vor allem warum? Was will Aurilio von Dir?", fragte José.

Moarito sah ihn an. Dieser Mann war zwar sehr freundlich zu ihm, aber er gehörte irgenwie doch zu den Bösen, sonst wäre er jetzt nicht hier. Sicherheitshalber würde er ihm die wahre Geschichte mit den Diamanten besser nicht erzählen.

Stattdessen überlegte er sich spontan eine andere Geschichte, die möglichst harmlos klingen sollte. „Ich bin hier auf der Durchreise und habe in dem Schuppen übernachtet, als mich dieser Mann packte und behauptete, ich hätte irgendetwas, was er wiederhaben will. Ich bin völlig unschuldig. Ich hatte gesehen, wie in dem Haus gegenüber eingebrochen wurde und bin anschließend hineingegangen und habe mir eine Decke und etwas zu essen mitgenommen. Das war alles. Ich schwöre es. Bitte lass mich gehen."

„Ich kann Dich nicht gehen lassen, selbst wenn ich es wollte. Aber ich verstehe nach wie vor nicht, warum er Dich hergebracht hat. Ich werde Dir die Hände vorne fesseln, damit Du wenigstens essen und trinken kannst. Das ist alles, was ich für Dich tun kann."

José holte aus einem anderen Zimmer einen Eimer und stellte ihn ins Eck.

„So, jetzt muss ich Dich leider wieder fesseln, aber ich schau nachher nochmal bei Dir vorbei. Die Lebensmittel und die Flasche Wasser lasse ich hier stehen."

Moaritos Herz klopfte. Er wollte nicht schon wieder hier im Dunkeln allein liegen. Aber wenn er sich jetzt widersetzte, hatte er ganz verloren. Er hielt ihm die Hände und Füße hin und legte sich wieder hin, nachdem José ihn gefesselt und die Tür hinter sich abgesperrt hatte.

Um nicht dauernd an die Hoffnungslosigkeit seiner Situation denken zu müssen, fing er an, leise zu singen. Moarito fiel auf, das er schon lange nicht mehr gesungen hatte. Nach und nach fielen ihm die Lieder wieder ein, die seine Mutter immer gesungen hatte.

José hörte oben sein leises Singen. Das machte ihm seinen Job nicht leichter. Er nahm sich fest vor, Aurilio zu überreden, Moarito wieder frei zu lassen. Er setzte sich auf einen Stuhl und legte die Beine hoch. Am liebsten wäre er jetzt zu Hause und würde sich mit seinen Kindern beschäftigen.

$$* \quad * \quad *$$

Aurilio beeilte sich, damit er sich noch umziehen konnte, bevor er seine Schwester, Natalie und Caroline zu dem Empfang begleitete. Er kam ein wenig abgehetzt bei seiner Schwester an.

„Na endlich! Ich dachte nur wir Frauen brauchen so lange, bis wir uns schön gemacht haben. Jetzt haben wir den Aperitif alleine zu uns genommen. Kann ich Dir auch etwas anbieten?"

„Ja, gern einen kleinen Whiskey." Aurilio trank ihn in einem Zug aus. „So meine Damen, dann darf ich euch bitten, mir zu folgen." Sie nahmen die Limousine von Annabella und Aurilio hielt ihnen galant die Türen auf, bevor er schwungvoll auf dem Fahrersitz Platz nahm.

Aurilio fuhr schweigend, während die Frauen sich angeregt unterhielten. Seine Gedanken kreisten nur um ein Thema: Die Diamanten. Er musste sie bekommen. Nur wie?

Irgendetwas musste er übersehen haben. Vielleicht sollte er doch noch einmal die Kleidung von Cecile durchsuchen. Irgendwo musste die Filmdose ja sein. Er glaubte nicht, dass der Schwarze sie hatte. Sonst wäre er ja nicht mehr gebenüber des Hauses auf der Lauer gelegen. Aurilio nahm sich vor, nach dem Empfang nochmals in seine Lagerhalle zu fahren.

Natalie staunte nicht schlecht über den Prunk in der Villa der Gastgeber. Während Annabella und Caroline vorgingen, reichte Aurilio Natalie charmant den Arm. Natalie fühlte sich wie im siebten Himmel. Aurilio roch so angenehm und er sah unglaublich gut aus. Vorsichtig sah Natalie an ihm hoch. Sein Gesicht schien wie gemeißelt. Sie hatte noch nie einen so schönen und männlichen Begleiter gehabt.

Natalie und Caroline genossen den Abend in vollen Zügen. Nach dem offiziellen Teil des Abends wurde zum Tanz aufgespielt. Caroline hatte gleich mehrere Verehrer, die sie um einen Tanz baten.

Natalie hatte nur Augen für Aurilio, der sie gekonnt über das Parkett schweben ließ. Während Natalie es genoss, dachte Aurilio nur an die Diamanten.

In einer Tanzpause meinte Natalie dann schüchtern: „Sollen wir uns ein wenig auf die Terrasse setzen?"

„Natürlich. Sehr gerne", erwiderte Aurilio.

Als Aurilio Natalie auf die Terrasse folgte, konnte er nicht umhin, von ihrer Anmut fasziniert zu sein. Sie wäre eigentlich die richtige Frau, mit der ich ein neues Leben beginnen könnte, dachte sich Aurilio. Sie war fleißig, nicht so verwöhnt und bildschön. Aber um ein neues Leben beginnen zu können, musste er die Diamanten finden. Zumindest bildete er sich das so ein.

Natalie stolperte bei einer Stufe und wäre sicher hingefallen, wenn Aurilio sie nicht blitzschnell aufgefangen hätte. Als er sie so fest in seinen Armen hielt, hatte Aurilio das Gefühl, sie nicht mehr loslassen zu wollen. Natalie schmiegte sich an ihn und hauchte ihn atemlos an: „Danke, Du hast mich gerettet."

Aurilio beugte sich zu ihr hinunter und küsste sie ganz zart auf ihren weichen Mund. Natalie genoss und erwiderte seine vielen zarten Küsse und seufzte glücklich.

Aurilio bemerkte bei einem Seitenblick die neugierigen und teils entsetzten Blicke der umstehenden Gäste. Schnell nahm er Natalie an seinen Arm und führte sie in den Garten.

Natalie fühlte, wie ihr Herz immer lauter schlug. Es war so schön, mit ihm hier ganz allein zu sein. Sie blieben stehen, blickten auf die großen, hell erleuchteten Rundbogenfenster und beobachteten die tanzenden Paare. Sie lauschten der gedämpften Musik, während ein warmer Wind an ihren Körpern entlang strich. Aurilio zog Natalie wieder eng an sich. Er streichelte sanft ihren Rücken und küsste sie immer wieder. Seine Küsse wurden fordernder und härter. Seine Hände glitten tiefer. Natalie schmiegte sich bereitwillig an ihn und ließ sich von den immer höher schlagenden Wogen ihrer Gefühle davontragen.

Caroline konnte indes nicht genug bekommen. Sie ließ keinen Tanz aus und genoss es, dass drei junge temperamentvolle Spanier um ihre Gunst kämpften. Annabella sah schmunzelnd zu, während sie sich von ihren Freundinnen die neuesten Neuigkeiten erzählen ließ.

Nach ein paar Stunden wurde Annabella müde. Sie ging zu Caroline und bat sie, ihr bei der Suche nach Aurilio und Natalie zu helfen. Als sie auf die Terrasse gingen, kamen Aurilio und Natalie eng aneinander geschmiegt aus dem Garten. Annabella sah ungläubig von einem zum anderen.

„Hoppala, das schaut nach einem Liebespärchen aus", sagte sie wenig diplomatisch, während sie ihrem Bruder einen bösen Blick zuwarf.

Aurilio kümmerte sich nicht um seine Schwester. Er zog Natalie noch fester an sich. „Neidisch, Schwesterchen?"

„Nein, nur erstaunt."

Auf der Rückfahrt plauderten nur Annabella und Caroline.

„Ihr zwei habt wirklich sehr hübsch in meinen Kleidern ausgesehen. Hat euch das Anprobieren Spaß gemacht?"

„Oh ja, danke. Du darfst es nicht meiner Tante sagen, aber mit ihren Kleidern haben wir auch schon eine private Modenschau in ihrem Haus veranstaltet. Wirklich schade, dass all diese schönen Sachen jetzt einfach nicht mehr da sind", antwortete Caroline.

Aurilio wäre bei diesem Satz beinahe von der Straße abgekommen. „Und ist euch dabei irgendetwas seltsames in die Finger gekommen?", fragte er.

„Etwas seltsames in die Finger gekommen?", fragte Caroline erstaunt.

„Ja, Du hast meine Frage schon richtig verstanden", erwiderte Aurilio scharf. Natalie, die vorn bei Aurilio saß, sah ihn erstaunt von der Seite an.

Er konnte so aggressiv sein, dachte sie sich. Ihr fiel wieder der Vorfall im Pool ein. Wahrscheinlich gehörte das zu seinem spanischen Temperament, beruhigte sie sich. Und dieses Temperament hatte bestimmt auch seine guten Seiten, dachte sie sich glücklich lächelnd.

Aurilio versuchte seine Wut mit aller Macht zu unterdrücken. Blöde Gänse, dachte er sich. Vermutlich hatten die beiden die Filmdose gefunden und führten ihn jetzt an der Nase herum.

Aber so weit weg konnte die Filmdose dann ja nicht sein. Sobald die beiden wieder etwas unternahmen, würde er ihre Zimmer etwas genauer unter die Lupe nehmen. Langsam beruhigte er sich wieder.

Als sie die geschwungene Auffahrt hochfuhren, fiel sein Blick auf Natalies Auto. Dort könnte sie die Steine auch versteckt haben. Er wurde ganz unruhig. Da könnte er heute Nacht schon nachschauen.

Aurilio verabschiedete sich gleich nach der Ankunft von seiner Schwester, Caroline und Natalie. Er zwang sich, Natalie zu küssen, weil er wusste, dass sie das von ihm erwartete. Es fiel ihm schwer, denn er sah sie jetzt als seine Gegnerin. Sie verschwieg ihm etwas. Sie hatte sicher die Filmdose. Aber er würde die Filmdose schon finden und als Strafe würde er Natalie nicht in sein neues Leben mitnehmen.

Natalie wünschte allen eine gute Nacht, denn sie wollte jetzt allein sein, um den Tag noch einmal Revue passieren zu lassen. Sie konnte nur noch an Aurilio denken. Es war so schön und aufregend, verliebt zu sein. Sie freute sich schon auf den nächsten Tag.

* * *

Aurilio fuhr zuerst zu José, um zu sehen, wie er mit Moarito klar kam. José war inzwischen eingenickt. Als Aurilio zur Tür herein kam, schreckte er hoch.

„Und? Hat sich was bei dem Schwarzen da unten getan?", fragte Aurilio José, wobei er ihn mit Adleraugen fixierte.

„Nein, eigentlich nicht. Ich habe ihm die Hände vor dem Körper gefesselt, damit er etwas essen und trinken kann und sein Geschäft verrichten kann. Aber gesagt hat er nicht viel."

„Was heißt nicht viel? Was hat er gesagt?", fragte Aurilio verdächtig leise. José wurde ganz heiß. Er wusste genau, dass es wirklich gefährlich wurde, wenn sein Chef diesen Blick, diese Haltung und diese seltsame Stimme hatte.

„Er hatte mich nur gebeten, ihn freizulassen, was ich natürlich nicht getan habe. Er weiß noch nicht einmal, warum er hier festgehalten wird. Er hat gegessen und getrunken, dann habe ich ihn wieder gefesselt und bin nach oben gegangen. Wir haben uns sehr wenig unterhalten." José hielt den Augenkontakt zu Aurilio, so schwer es ihm in diesem Moment auch fiel. Er wusste, er hatte verloren, wenn Aurilio den Eindruck gewann, er würde ihn anlügen.

Aurilio ging in Richtung Keller. Als José mitgehen wollte, winkte er ab. „Ich gehe alleine runter", sagte Aurilio bestimmt.

José setzte sich wieder auf den Stuhl und zündete sich eine Zigarette an. Er inhalierte tief, bevor er die Luft langsam wieder ausblies. Diese Geschichte gefiel ihm ganz und gar nicht, aber er wusste auch, dass es für ihn kein Entrinnen gab. Er musste da durch und er hoffte, es würde für ihn gut ausgehen.

Moarito lag ausgestreckt auf der Matratze und hörte die Stimmen der beiden Männer; der Fiese, der ihn hier eingesperrt und der Nette, der ihm zu Essen gegeben hatte. Leider konnte er nicht verstehen, worüber sie sprachen.

Nach kurzer Zeit verstummte das Gespräch und er hörte Schritte auf der Kellertreppe. Hoffentlich war das nicht der Fiese, der jetzt herunterkam. Moarito fürchtete sich vor ihm. Würde er ihm wieder wehtun? Wenn er die

Filmdose nicht fand, würde er ihn vielleicht hier verhungern lassen. Wie sollte er sich verhalten, damit der Mann nicht aggressiv wurde? Moarito drehte sich so, dass er mit dem Gesicht zur Tür lag. Der Schlüssel drehte sich im Schloss.

„Und ist Dir jetzt endlich eingefallen, wo die Filmdose ist?" fuhr Aurilio ihn an, kaum dass er die Tür geöffnet hatte.

„Nein, Sir, tut mir leid, ich suche sie ja selbst", antwortete Moarito unterwürfig.

Aurilio wurde wütend und trat Moarito mit solcher Wucht in den Magen, dass ihm schwarz vor Augen wurde. Dann stellte er einen Fuß auf seinen Bauch.

„Du suchst gar nichts mehr, das verspreche ich Dir", sagte er drohend. „Entweder sagst Du mir bald, wo die Diamanten sind oder Du kannst hier in diesem Keller Abschied von der Welt nehmen." Aurilio trat ihm zum Abschied noch einmal in den Magen und ging die Treppe hoch.

„Ich fahr Dich heim", sagte Aurilio zu José, dem so gar nicht wohl war bei dem Gedanken, den Schwarzen hier allein zu lassen. Aber andererseits konnte er jetzt auch gut ein bisschen Schlaf gebrauchen.

„Ich würde gern noch kurz nach ihm sehen. Ich komme gleich nach", sagte er mutig, doch Aurilio machte ihm einen Strich durch die Rechnung.

„Wir fahren jetzt. Du hast Dich wohl mit ihm angefreundet?", fragte er mit düsterer Miene.

„Nein, Chef, aber ich dachte..."

„Das Denken überlässt Du wie immer besser mir. Und jetzt komm! Vielleicht brauche ich Dich morgen noch einmal."

„Okay, Chef."

Aurilio fuhr erst José heim und anschließend fuhr er noch einmal zu seiner Schwester. Die Lichter im Haus waren aus. Er blieb noch eine Weile ruhig im Auto sitzen, um zu sehen, ob ihn irgendjemand gehört hatte.

Als er sich sicher war, dass sich nichts mehr rührte, machte er leise die Autotür seines Porsche 911 auf und schlich zu Natalies altem Mazda. Das Öffnen der Tür war für ihn keine Schwierigkeit. Er setzte sich hinein und durchsuchte das Handschuhfach. Er holte alles heraus. Aber außer Autopapieren, Straßenkarten, Kassetten, Lippenstiften und sonstigen Kosmetikartikeln war nichts drin. Er wurde wütend.

„Nichts außer Ramsch! Diese blöden Gänse!"

Wutentbrannt nahm er den abgegriffenen - und wie er fand - hässlichen Teddy und schmiss ihn nach hinten auf die Hutablage.

Er suchte in den Seitentüren, auf dem Rücksitz und im Kofferraum. Als er dort auch nichts fand, verließ er das Auto, ohne vorher aufzuräumen. Er hatte seine Wut nicht mehr unter Kontrolle, aber er kannte da jemanden, an dem er sie auslassen konnte.

* * *

Moarito konnte sich nicht wehren, als Aurilio ihn grün und blau schlug und schließlich erschöpft von ihm abließ. „Ich weiß zwar immer noch nicht, wo die Diamanten sind, aber wenigstens habe ich mich ordentlich abreagiert", dachte Aurilio als er die Kellertür wieder abschloss und den stöhnenden und blutenden Moartio sich selbst überließ.

* * *

Am nächsten Morgen wachte Natalie gutgelaunt auf. Sie fühlte sich zum ersten Mal im Leben so richtig verliebt und glücklich. Der Gedanke an Aurilio zauberte ihr ein Lächeln ins Gesicht. Sie lag einfach nur da und ließ die Geschehnisse des gestrigen Abends noch einmal vor ihrem geistigen Auge ablaufen. Sie wünschte sich, dass die Zeit hier stehen blieb. Nie wieder wollte sie zurück nach Deutschland. Es gefiel ihr hier so gut. Sie konnte sich richtig gut vorstellen, in der Nähe von Annabella mit Aurilio zu leben.

Ob Aurilio sie mal mit in sein Haus nahm? Wie es bei ihm wohl aussehen mochte? Wahrscheinlich sehr elegant, eher in Schwarz gehalten. Er trug fast nur schwarze Kleidung. Sie fand, dass ihm schwarz auch sehr gut stand. Es unterstrich seinen bronzenen Teint und seinen feurigen Gesichtsausdruck.

Wie gut er küssen konnte. Wenn sie die Augen schloss, konnte sie seine fordernden Lippen spüren. Ein wohliger Schauer lief ihr über den Rücken, als sie an das heutige Wiedersehen dachte.

Der Zeiger der Uhr schlich unglaublich langsam vorwärts. Wann wachten denn die anderen endlich auf? Sie ging zum Fenster und zog die Stoffgardinen zur Seite. Sie öffnete das Fenster ganz weit und atmete die frische Luft tief ein. Von hier aus konnte sie das Meer riechen. So gern würde sie mit Aurilio allein zum Meer fahren. Sie konnte es gar nicht mehr erwarten, ihn zu sehen. Eilig ging sie in ihr luxuriöses Bad und machte sich für diesen wunderschönen Tag fertig.

Leise ging sie dann in die Küche und war ganz glücklich, dass Theresa schon Kaffee gekocht hatte.

„Guten Morgen, Theresa. Hier riecht es ja super lecker", grüßte sie fröhlich.

„Ich habe schon Kaffee für Dich und Caroline gekocht und frisch gebacken. Die Señora schläft nach diesen Abenden immer sehr lang."

Theresa stellte Natalie eine Tasse dampfenden Kaffee auf den Tisch, dazu gab es duftende frischgebackene Hörnchen, Marmelade und viel Obst.

„Danke, Theresa. Du musst heute schon sehr früh angefangen haben zu backen! Die sehen ja köstlich aus."

Mit großem Appetit biss sie in das erste Hörnchen.

„Lecker! Und die hast Du ganz allein gebacken? Das Rezept musst Du mir unbedingt geben." Begeistert nahm Natalie sich ein zweites Hörnchen.

Theresa war ganz verlegen vor Freude. So viel Lob hatte sie von der Señora oder ihrem Besuch noch nie bekommen.

Nach dem Frühstück waren Caroline und Annabella immer noch nicht aufgetaucht. Natalie beschloss eine Runde im Pool schwimmen zu gehen. Nachdem sie einige Bahnen geschwommen war, schlüpfte sie erfrischt in ihren Bademantel und wollte zurück ins Haus. Dabei sah sie aus dem Augenwinkel ihr im Hof geparktes Auto. Der Kofferraum stand offen. Und die Fahrertür auch.

Langsam ging sie näher. Es war aber niemand zu sehen. Sie sah hinein und erschrak. Alle ihre Sachen lagen verstreut im Auto herum. Schnell lief sie ins Haus.

„Hast Du heute schon jemanden die Auffahrt hoch kommen sehen?", fragte sie Theresa, die ihr gerade entgegenkam.

„Nein, tut mir leid. Ich habe noch niemanden gesehen. Was ist denn los?" Ohne zu antworten stürmte Natalie die Treppe hoch und weckte Caroline.

Caroline war sofort hellwach und schlüpfte in ihren Bademantel. Eilig gingen sie gemeinsam zum Auto. Theresa hastete ihnen hinterher. Caroline wurde ganz blass.

„Fehlt irgend etwas?", fragte Caroline.

Nachdem Natalie sich genau in ihrem Auto umgesehen hatte, erwiderte sie „Nein, zumindest ist mir nichts aufgefallen."

Caroline war ganz nachdenklich „Vielleicht suchen die Einbrecher irgendetwas, was sie bei uns vermuten, aber was nur? Was haben wir denn noch?"

„Ich weiß auch nicht. Auf jeden Fall wissen sie, dass wir jetzt hier wohnen. Als nächstes ist dann Annabellas Haus dran, wenn wir Pech haben." Sie machten die Autotüren und den Kofferraumdeckel zu und gingen langsam ins Haus.

„Vielleicht sollten wir doch besser heimfahren", bemerkte Caroline nachdenklich.

„Oh nein! Gerade jetzt wo Aurilio und ich uns näher gekommen sind. Das geht nicht, Caro. Ich würde ihn dann vermutlich nie wieder sehen", erwiderte Natalie panisch.

„Bevor man uns um die Ecke bringt. Ich bin mir sicher, dass meine Eltern mich sofort nach Hause zitieren, wenn sie von diesem neuerlichen Einbruch hören."

„Bitte, Caro! Du verstehst mich doch sicher. Ich kann hier jetzt noch nicht weg", bettelte Natalie.

„Also gut, dann rufen wir daheim nicht an. Aber Annabella musst Du dann überreden, dass sie Tante Cecile nichts sagt."

„Danke, Caro! Das schaffe ich schon", sagte Natalie erleichtert.

Als Annabella endlich aufgestanden war, erzählten Natalie und Caroline ihr von dem nächtlichen Einbruch.

„Das ist ja furchtbar! Jetzt waren die Einbrecher schon bei meinem Haus. Dann bin ich als Nächstes dran."

Sie wurde ganz blass, griff sofort zum Telefon und rief Aurilio an. „Aurilio, Du musst sofort kommen. Die Einbrecher waren heute Nacht hier. Sie haben Natalies Auto durchsucht. Wir müssen die Polizei holen. Jemand muss uns ab jetzt beschützen."

„Langsam Schwesterchen, langsam. Unternimm erstmal nichts, ich komme sofort zu euch", versprach Aurilio. Er hatte schon eine Idee, wie er in aller Ruhe die Zimmer von Natalie und Caroline durchsuchen konnte.

Als Aurilio bei seiner Schwester ankam, waren alle aufgeregt und redeten durcheinander. Vor allem seine Schwester war sich jetzt sicher, dass ihr Haus bald ausgeraubt werden würde. Er versuchte sie zu beruhigen, aber seine Schwester hörte nicht auf zu jammern.

Natalie war ein wenig enttäuscht. So hatte sie sich ihr Wiedersehen mit Aurilio ganz sicher nicht vorgestellt. Er hatte sie noch nicht einmal zur Begrüßung in den Arm genommen, geschweige denn geküsst! Die einzige Person, um die er sich kümmerte, war Annabella. Er hätte sie ja auch ein wenig trösten können, schließlich wurde in ihr Auto eingebrochen!

Alle standen ratlos da, als Aurilio eine Idee hatte.

„Annabella, was hältst Du davon, wenn ihr drei Frauen euch einen schönen Tag in der Stadt macht. Ich bewache so lange das Haus und überlege mir, wie wir es so sicher kriegen, dass die Einbrecher erst gar nicht hinein können.

Ich werde jedes Zimmer auf Sicherheit überprüfen und wenn ihr zurückkommt, präsentiere ich euch eine Lösung."

„Ich weiß nicht, Aurilio. Im Moment mag ich das Haus eigentlich gar nicht verlassen", schniefte sie noch immer, aber Aurilio sah, dass er mit seiner Idee so gut wie gewonnen hatte.

„Ihr könnt hier jetzt eh nichts machen, außer euch den schönen Tag verderben lassen. Dafür ist er doch wirklich zu schade", sagte er schmeichelnd.

„Also gut, wenn Du hier aufpasst, kann ja nichts passieren. Was sagt ihr dazu, Caroline und Natalie? Sollen wir uns in der Stadt etwas ablenken lassen?"

Es war eigentlich eine rein rhetorische Frage. Für Annabella war klar, dass Natalie und Caroline alles tun würden, was sie vorschlug. Trotzdem wagte Natalie mutig einen Vorstoß, um bei Aurilio zu bleiben.

„Ich könnte doch auch hier bleiben. Zum Einkaufen habe ich nicht mehr viel Geld übrig und hier könnte ich Dir helfen, Aurilio", wandte sie bittend ein.

„Nein, Natalie. Das muss ich allein machen. Du würdest mich nur beim Nachdenken ablenken", sagte er charmant, obwohl er sie am liebsten geohrfeigt hätte. Sie wollte ihm einen Strich durch die Rechnung machen. Gönnte sie ihm die Diamanten nicht? Er versuchte sich seinen Unwillen nicht anmerken zu lassen.

„Meine Schwester lädt euch gewiss zum Stadtbummel ein, dann brauchst Du Deine Reserven nicht anzugreifen, nicht wahr Schwesterchen?"

„Das ist doch selbstverständlich. Es wäre für mich eine Beleidigung, wenn ihr meine Einladung zum Shopping nicht annehmt. Lasst uns fahren, ihr Süßen. Mein Bruder macht das schon."

Natalie war maßlos enttäuscht. Sie mochte schon auch in die Stadt zum Einkaufen fahren, aber noch viel lieber wäre sie jetzt mit Aurilio zusammen geblieben. Er schickte sie einfach weg. Hatte sie sich gestern so in ihm getäuscht?

Aurilio sah Natalie an, dass sie enttäuscht war. Um sie zu beruhigen, nahm er sie in den Arm und küsste sie vor den anderen.

„Glaub mir, wir holen unsere Zweisamkeit schon noch nach", flüsterte er ihr ins Ohr. Tränen der Erleichterung glitzerten in Natalies Augen.

* * *

Moarito lag auf seiner Matratze und konnte sich kaum rühren. Die Schmerzen waren unerträglich. Der Fiesling hatte ihn so brutal verprügelt, dass ihm jedes einzelne Körperteil wehtat. Das Einzige, an das er dachte war: Sehe ich meine Safira jemals wieder? Er unterdrückte das Weinen, da er sonst wieder diese fürchterlichen Kopfschmerzen bekommen würde.

Seine Kinder nahm er in Gedanken eins nach dem anderen in den Arm und liebkoste sie. Er sehnte sie sich so sehr herbei, dass er den Duft der Heimat riechen konnte. Die Seife, die Safira benutzte. Wenn er doch nur in Kimberley geblieben wäre und einfach weiter gelebt hätte wie bisher, ohne Diebstahl, ohne falsche Träume, ohne Diamanten.

Hatte Kalakua noch Geduld oder machte er seiner Familie schon Schwierigkeiten? Hoffentlich konnte Safira sich wehren. Seine Frau war eine sehr starke Frau, das wusste er, aber wie lange würde sie das alles durchstehen? Vor allem, wenn sie Angst um eines ihrer Kinder haben musste. Kalakua war alles zuzutrauen.

Moarito hätte jetzt gerne sein Leben geopfert, wenn er dadurch Safira und die Kinder retten könnte. Aber er lag nur hilflos auf dieser schäbigen Matratze und konnte niemandem helfen. Ganz im Gegenteil, weil er Kalakua die Diamanten nicht bringen konnte, brachte er seine Liebsten in noch größere Not.

Wenn er hier sterben würde, dann würde Safira sich wahrscheinlich ihr Leben lang fragen, ob er nicht doch mit den Diamanten durchgebrannt war. Niemand würde je erfahren, dass er hier umgekommen war. Er musste den Mann, der ihm das Essen brachte, fragen, ob er einen Brief für ihn schreiben und an Safira schicken würde. Das schien ihm die einzige Möglichkeit, Safira und den Kindern wenigstens mitzuteilen, wie es ihm ergangen war. Er fühlte sich erbärmlich.

24. Südafrika

Safira ließ sich von Kalakua nicht beeindrucken.
Kalakua hatte sich schon einiges einfallen lassen, um sie zu
beleidigen und ihr Angst einzujagen. Ständig tauchte er auf
und fragte sie, ob sie denn schon etwas von ihrem
ehrenwerten Mann gehört hätte. Wenn sie wie immer
verneinte, dann lachte er boshaft und erzählte ihr, dass
Moarito wahrscheinlich nicht nur ihn, sondern auch sie
und die Kinder an der Nase herumgeführt hatte und
wahrscheinlich längst mit den Diamanten und einer
anderen Frau über alle Berge war, um ein neues und
besseres Leben zu führen.

Safira winkte immer kalt lächelnd ab und behauptete,
dass sie Moarito wohl besser kennen würde und ganz
genau wüsste, dass er sie nie im Stich lassen würde. Aber
wenn die Kinder am Abend dann eingeschlafen waren und
sie allein im Halbdunkel saß, dann kamen ihr manchmal
auch leise Zweifel.

Sie streichelte dann ihren immer größer werdenden
Bauch und weinte traurig vor sich hin. Vor den Kindern
und den Dorfbewohnern ließ sie sich nichts anmerken,
aber wenn niemand sie sah, weinte sie immer öfter.

Sie versuchte im Geiste Kontakt zu Moarito
aufzunehmen, aber es blieb still. Sie fragte sich, ob sie
wohl spüren würde, wenn ihm etwas zugestoßen wäre.
Wenn er nicht mehr am Leben wäre. Sie wusste nicht, ob

ihre Verzweiflung noch größer werden konnte. Sie vermisste ihn so unendlich. Ihr Moarito. Ihre große Liebe!

Eines Morgens traute sie ihren Augen nicht, als ihre Oma Naomi vor ihrer Hütte stand.

„Oma!" Safira fiel in ihre Arme und weinte bitterlich. Sie hörte gar nicht mehr auf. Sie weinte sich in diesem Moment alles von der Seele, den aufgestauten Schmerz, ihre Angst vor der Zukunft und dass ihrem Liebsten etwas passiert sein konnte.

Oma Naomi hielt sie einfach nur fest und strich ihr beruhigend über den Rücken. Als Safira sich beruhigt hatte, nahm sie Safiras Hände in die ihren und sagte ruhig und liebevoll: „Jetzt erzähl mir erst einmal alles, was Dich bedrückt, damit ich Dir helfen kann."

Safira fing ganz von vorn an und erzählte ihr die gesamte Geschichte, angefangen mit dem Diamantenraub. Oma Naomi schaute ihr tief in die Augen, dann ging sie zur Feuerstelle und kochte einen Tee, in den sie einige mitgebrachte Kräuter hineinrührte. In Gedanken versunken rührte sie minutenlang im Tee und sagte kein Wort. Safira blieb regungslos sitzen und wartete gespannt. Oma Naomi atmete tief ein, hielt die Luft kurz an und atmete dann wieder hörbar aus.

„Moarito wird wiederkommen. Du brauchst Dir keine Sorgen zu machen. Er ist im Moment blockiert und diese Blockade muss er erst überwinden, aber es wird ihm jemand helfen. Er wird es schaffen."

„Gibt es da eine andere Frau?", fragte Safira ängstlich.

„Nicht so, wie Du es befürchtest. Aber es ist eine Frau, die ihm helfen wird. Moarito liebt nur Dich", sagte sie leise.

Sie atmete wieder tief ein und aus und sah Safira eindringlich an.

„Lass Dir von diesem Rüpel da draußen keine Angst machen. Er wird euch nichts tun. Verlass Dich auf Deine alte Oma." Sanft streichelte sie Safira über die Haare und summte leise ein Lied. Safira lehnte sich an sie und fühlte sich so geborgen wie schon lange nicht mehr.

„Jetzt trink diesen Tee. Du und Dein Kleines ihr braucht jetzt viel Kraft."

Bevor sie wieder ging, sagte Safira: „Oma, ich wollte Dich schon des Öfteren aufsuchen, aber Kalakua hat mich nicht fortgehen lassen."

„Ich weiß mein Kind", erwiderte Oma Naomi mild. „Er ist ein böser Mensch. Ich werde dafür sorgen, dass er Dich ab jetzt in Ruhe lässt."

„Du hast gewusst, dass ich Deine Hilfe dringend brauche, nicht wahr? Es ist das erste Mal seit meiner Kindheit, dass Du ins Dorf gekommen bist", sagte Safira dankbar. „Wie geht es Dir denn, Oma?"

Oma Naomi lächelte nur und sagte: „Es wird alles gut, mein Kind. Verliere nie den Mut. Gib niemals auf."

Sie streichelte Safira und küsste sie auf die Stirn, dann verließ sie die Hütte ihrer Enkelin. Draußen stand Kalakua lässig an den Baum gelehnt und grinste Oma Naomi unverschämt an.

„Na, ein Plauderstündchen gehabt?", fragte er sarkastisch.

Oma Namoi ging auf ihn zu und blieb direkt vor ihm stehen. Safira hörte nur ein leises Murmeln, aber an dem plötzlich vor blankem Entsetzen verzerrten Gesichtsausdruck Kalakuas konnte sie sehen, dass es offenbar wirkungsvoll war, was ihre Oma ihm sagte. Kurz darauf lief Kalakua eiligst davon, drehte dabei panisch immer wieder zu Oma Naomi um und schrie laut „Nein! Nein! Nein!".

Ihre Oma sah noch einmal zu Safira und zwinkerte ihr verschwörerisch zu. Dann drehte sie sich um und ging in den Wald. Das war das letzte Mal, dass Safira sie sehen würde.

25. Spanien

Aurilio sah aus dem Fenster und wartete, bis die Frauen die lange Auffahrt hinuntergefahren und auf die Straße in Richtung Stadt abgebogen waren. Dann ging er als Erstes in Natalies Zimmer.

Er sah in jede Schublade, hob jedes noch so kleine Teil hoch, durchsuchte die Kleider, auch wenn sie von seiner Schwester waren und wurde immer unruhiger. Zuerst hatte er sich noch im Griff und legte alles wieder ordentlich auf seinen Platz, aber je länger er suchte, desto wütender wurde er. Zum Schluss warf er die Sachen im Zimmer herum und trat gegen die Schränke.

Aufgebracht ging er in Carolines Zimmer. Als er auch dort nichts fand, brüllte er vor Wut so laut herum, dass Theresa ihn unten in der Küche hörte. Aurilio war ihr noch nie so sonderlich sympathisch gewesen, aber jetzt bekam sie es mit der Angst zu tun. Sie stellte sich in den Hausflur und hörte die unflätigen Beschimpfungen und die lauten Tritte gegen Türen und Schränke.

Sie überlegte kurz, wen sie rufen könnte, aber im Moment war nur sie da. Dem übrigen Personal hatte Annabella frei gegeben, weil sie eigentlich auch verreisen hatte wollen. Aber der geplante Urlaub war einem dienstlichen Termin ihres Mannes zum Opfer gefallen. Jetzt war sie ganz auf sich gestellt. Sie zögerte noch kurz, aber als die Beschimpfungen lauter und immer grober wurden, nahm sie ihre Schürze ab, legte sie einfach auf die nächste Ablage, holte ihre Schuhe und verließ so leise und schnell es ging die Villa.

Als Aurilio auch in Carolines Zimmer nichts fand, verlor er völlig die Beherrschung. Er warf alles durch die Gegend, was er in die Hände bekam.

Irgendwann war er am Ende und setzte sich verzweifelt und ratlos auf ein Sofa. Er vergrub sein Gesicht in seinen großen gepflegten Händen und unterdrückte ein Schluchzen. Die Diamanten wären sein Weg in die Freiheit gewesen. Nie wieder diese lächerlichen Dienste bei seiner Schwester verrichten, nie wieder in seine Wohnung in diesem schäbigen Viertel zurückkehren und nie wieder Villen ausräumen müssen.

Er hatte es einfach satt, dieses zweitklassige Leben. Zwar hatte er schon einiges angespart, aber die Diamanten wären seine große Chance für ein anständiges Leben ohne jegliche finanzielle Sorgen gewesen.

Sein Hass auf die gehobene Gesellschaft war unglaublich groß. Aber im Moment wusste er nicht mehr, ob er mehr Hass auf diesen verfluchten Schwarzen oder auf Natalie oder Caroline oder seine Schwester haben sollte. Irgendwie waren alle gegen ihn. Er musste die Diamanten bekommen. Er musste sie einfach bekommen. Aurilio griff zum Telefon und wählte Josés Nummer. „José, ich brauche Dich, Paco und Alfonso hier bei meiner Schwester und zwar sofort."

Er legte auf, bevor José ihn irgendetwas fragen konnte.

Aurilio wusste, dass das die einzige und letzte Möglichkeit war, die Diamanten zu bekommen. Es blieb ihm sozusagen nichts anderes übrig. Sie ließen ihm ja gar keine andere Wahl, sagte er sich.

* * *

Annabella verwöhnte Caroline und Natalie nach Strich und Faden. Sie hatte unglaublichen Spaß, ihnen immer mehr schöne Kleidungsstücke zu kaufen. Je mehr die Mädchen sich sträubten, desto fester beharrte sie darauf, noch mehr zu kaufen.

Während Caroline Annabellas Kaufrausch irgendwann schulterzuckend akzeptierte, wurde es Natalie immer unangenehmer, sich so viel schenken lassen zu müssen. Sie trugen bereits mehrere Taschen mit den schönsten Kleidern und Accessoires exklusiver Modeboutiquen und Schuhgeschäfte, aber Annabella fiel immer noch irgendein anderes Geschäft ein, in dem sie unbedingt noch vorbeischauen mussten.

Natalie wurde immer stiller. Ihr wurde plötzlich klar, dass das nicht ihre Welt war. Natürlich war es aufregend, sich in dieser Gesellschaftsschicht zu bewegen, aber wenn sie an ihr Zuhause dachte, wurde ihr bewusst, dass sie eigentlich gar nicht so arm waren.

Ihre Eltern hatten zwar immer mit ihrem Geld haushalten müssen und es gab wenig Luxus in ihrem Leben, wie sie ihn hier kennen lernte. Aber in diesem Moment sehnte sie sich trotzdem nach ihrem Zuhause. Nach der gemütlichen Atmosphäre, wenn die Hausarbeit geschafft war und es im Haus nach leckerem Eintopf und frisch gebackenem Kuchen duftete. Wenn sie gemeinsam an dem langen Esstisch saßen und stundenlang aßen und fröhlich plauderten.

Sie genoss es, wenn sie sich mit ihrer Mutter auf die Couch kuschelte und sie zusammen einen der alten Filme anschauten, bei denen sie Rotz und Wasser heulten. Oder sie sich am Mittwoch, ihrem fest eingeplanten Spieleabend, über ihren Vater totlachen musste, weil er mal wieder nicht verlieren konnte und sich furchtbar aufregte.

Sie hatte sich noch nie ernsthaft darüber Gedanken gemacht, aber in diesem Moment wurde ihr klar, dass sie genauso wie ihre Eltern leben und alt werden wollte. Kein Geld der Welt konnte ihr diese herzliche, ehrliche und liebenswerte Art zu leben ersetzen. Sie wollte heim.

Aber Aurilio! Oh, Gott! Was würde er sich wohl denken, wenn er ihr Zuhause sah. Ob für ihn Liebe wichtiger war, als die Gesellschaftsschicht in der man lebte? Wäre Aurilio überhaupt in der Lage, einer anderen Lebensart ohne Vorurteile zu begegnen? Ihr Herz wurde schwer und sie spürte einen ziehenden Schmerz in der Magengegend. Würde Aurilio sie denn überhaupt noch wollen, wenn er wüsste, dass sie aus sehr viel ärmeren Verhältnissen kam?

„Lasst uns dort in dem Cafe eine Kleinigkeit essen und trinken", rief Annabella begeistert. Sie hatte vor Aufregung gerötete Wangen und ihre Augen glänzten glücklich.

„Heute waren wir ja richtig erfolgreich. Ich glaube, diese Pause haben wir jetzt dringend nötig", sagte sie mit einem Seitenblick auf Natalie.

Auch Caroline schätzte die traurigen Augen von Natalie falsch ein. Sie dachte, dass Natalie sehr viel lieber bei Aurilio geblieben wäre und sich nun nach ihm sehnte. Darum sagte sie zu Annabella einschmeichelnd: „Du hast uns so viele schöne Sachen gekauft, die wir uns nie hätten leisten können. Du bist wirklich unglaublich großzügig. Wie sollen wir uns denn jemals dafür revanchieren?"

„Hahaha", lachte Annabella glücklich. „Ihr helft mir die trostlosen Tage ohne Alexander zu überleben. Das ist viel mehr wert, als die paar Sachen. Außerdem macht es mich einfach glücklich einkaufen zu gehen, ganz gleich, für wen."

„Aber sollten wir jetzt nicht langsam ans Heimfahren denken? Vielleicht hat Aurilio einen Hinweis auf die Täter gefunden und wartet schon auf uns", bemerkte Caroline vorsichtig.

„Mein Bruder macht das schon. Er kennt so viele Menschen hier in der Gegend, dass er sicher herausbekommt, wer uns zu nahe gekommen ist."

Mit einem erneuten Seitenblick auf Natalies trauriges Gesicht, fügte sie dann noch hinzu: „Ich werde meinen Bruder bitten, bei uns zu übernachten, damit wir nicht so völlig schutzlos sind."

Ihre Worte hatten den gewünschten Erfolg. Natalies Gesicht hellte sich sofort auf.

26. Südafrika

Safira fühlte sich seit dem Besuch ihrer Oma sehr viel besser, jetzt hatte sie wieder Zuversicht. Kalakua ließ sie seitdem vollkommen in Ruhe. Er spionierte ihr nicht mehr nach und sie musste sich keine Unverschämtheiten mehr gefallen lassen. Er wirkte schon fast ängstlich, wenn er Safira sah und ging ihr aus dem Weg.

Safira hätte nur zu gern gewusst, was ihre Oma zu ihm gesagt hatte. Zumindest hatte es seine Wirkung nicht verfehlt.

Trotzdem sehnte sie sich nach Moarito und machte sich immer noch Sorgen um ihn. Wie es ihm wohl gerade ging? Warum er im Moment wohl blockiert war? Warum dauerte es so lange, bis er zurückkam?

Aber ihre Oma hatte gesagt, dass er wieder kommt, also vertraute sie darauf. Sie musste in der Zwischenzeit nur versuchen, so sparsam wie irgend möglich über die Runden zu kommen.

Als sie wieder in ihre Hütte kam, bemerkte sie ein kleines Leinensäckchen, das ihre Oma wohl vergessen hatte. Safira überlegte, ob sie es aufmachen sollte. Wahrscheinlich hatte Oma Naomi ihr noch ein paar von den Teeblättern da gelassen, die sie zur Beruhigung trinken sollte.

Safira nahm das Säckchen, das oben fest verknotet war, und öffnete es. Ihr blieb fast die Luft weg, als sie den Inhalt des Säckchens sah. Sprachlos holte sie ein Bündel zusammengerollter Geldscheine hervor. Wo hatte ihre Oma das viele Geld her?

Oma Naomi ernährte sich ausschließlich von dem, was der Wald hergab. Sie verdiente kein Geld und gab auch kein Geld aus. Allerdings wurde sie immer wieder von Hilfesuchenden aufgespürt. Es hatte sich herumgesprochen, dass sie heilende Kräuter und Tinkturen hatte und sie diese manchmal weitergab. Ihre liebe Oma, wahrscheinlich verdiente sie sich so nebenher immer wieder etwas Geld. Sie beschloss, sie am nächsten Tag zu besuchen.

Am nächsten Morgen rief sie alle Kinder zu sich und bat ihre älteste Tochter Naomi und ihren Sohn Ramoto auf ihre jüngeren Schwestern Selina und Namira aufzupassen. Dann machte sie sich auf den Weg zu ihrer Oma.

In ihrem Zustand war es schon anstrengend genug allein diesen weiten Weg zu gehen, daher ließ sie diesmal ihre Kinder zu Hause. Kalakua war nirgendwo zu sehen. Das Leben war so schon viel einfacher. Kalakua hatte sie an den Rand des Wahnsinns getrieben, das wurde ihr jetzt erst richtig bewusst, seit sie wieder in Ruhe gelassen wurde.

Der Weg war sehr beschwerlich und sie war schweißnass, als sie endlich vor der Hütte stand. Sie wunderte sich, dass die Tür zu war. Das hatte sie noch nie erlebt. Die Tür von Omas Hütte war immer zumindest halboffen. Sie ging einmal um die Hütte herum, aber es rührte sich nichts. Vielleicht war ihre Oma gerade Kräuter sammeln?

Sie klopfte an die Tür und öffnete sie vorsichtig, nachdem sie keine Antwort bekam. Innen war es ganz düster und sie musste warten, bis sich ihre Augen an das Halbdunkel gewöhnt hatten. Sie sah die Umrisse des Bettes aus Stroh und die Regale, in denen unzählige Töpfe und Tiegel mit Kräutern und Tinkturen standen. Sie ging zur Feuerstelle, die ganz kalt war. Safira fiel auf, wie ungewöhnlich aufgeräumt es bei ihrer Oma aussah. Seit ihre Oma hier lebte, war es noch nie so ordentlich gewesen. Langsam beschlich sie die Sorge, dass ihrer Oma etwas zugestoßen sein könnte.

Safira setzte sich auf den Baumstumpf vor der Hütte und überlegte. Plötzlich schoss ihr ein Gedanke durch den Kopf und ihr Atem stockte. Ihre Oma würde doch noch nicht....

Nein, das konnte nicht sein! Safira wollte es nicht glauben. Das würde aber erklären, warum sie das viele Geld bekommen hatte! Oma Naomi hatte Abschied genommen und ihr nichts gesagt, weil sie gerade so traurig und ängstlich wegen Moarito war.

Jetzt erinnerte sich Safira auch, dass Oma Naomi schon immer gesagt hatte, dass sie allein sein wollte, wenn sie starb. Aber dass sie dann auch ihre Hütte verlassen würde, das hätte Safira nicht gedacht. Vielleicht täuschte sie sich ja?

Safira ging tiefer in den Wald hinein und rief nach ihrer Oma, aber sie bekam keine Antwort. Der Wald wurde immer dichter und dunkler. Verzweifelt bahnte sie sich den Weg durchs Dickicht. Ihre Oma war tot! Diese Erkenntnis nahm Safira die letzte Kraft. Sie ließ sich auf den weichen Waldboden fallen und weinte bitterlich.

27. Spanien

Annabella, Caroline und Natalie waren müde und erschöpft. Der Kofferraum war vollgestopft mit Tüten voller Kleider, Schuhe und Taschen. Sie saßen schweigend in der Limousine und jeder hing seinen Gedanken nach.

In der Abenddämmerung kamen sie bei Annabellas Villa an. Keine der Frauen merkte, dass die Außenleuchten, die normalerweise schon frühzeitig angingen, aus waren.

Annabella hatte gerade den Motor abgestellt, als plötzlich die Autotüren aufgerissen wurden. Es passierte alles so schnell, dass sie noch nicht einmal einen Ton von sich geben konnten.

Tücher, die mit einer übel riechenden Flüssigkeit getränkt waren, wurden ihnen vor den Mund gehalten. Das war das Letzte, was alle drei noch mitbekamen.

Als Annabella wieder aufwachte, sah sie ihren Bruder, der sich besorgt über sie beugte.

„Na endlich! Jetzt hast Du mir aber einen Schrecken eingejagt, Schwesterchen. Ich dachte schon, diese Schurken haben Dich umgebracht."

Schlagartig fiel Annabella wieder ein, was passiert war.

„Wo sind die Mädchen?", flüsterte sie, da ihr Hals wie Feuer brannte. Ihre Augen weiteten sich ängstlich, als sie sein Stirnrunzeln sah.

„Sie hatten mich niedergeschlagen und ich kam erst wieder zu mir, als sie euch in ihr Auto trugen. Die

Mädchen waren schon im Auto und sie wollten Dich gerade holen, als ich zur Tür herausgerannt bin. Als sie mich sahen, sind sie geflüchtet. Dummerweise habe ich mir ihr Nummernschild nicht merken können, weil ich noch zu benommen war. Ich bin so froh, dass ich wenigstens Dich retten konnte."

„Oh nein! Die armen Mädchen!", krächzte Annabella erschrocken. „Was können wir tun? Ich muss Cecile anrufen und ihr alles beichten. Ich bin schuld, dass es überhaupt so weit gekommen ist! Ich hätte sie gleich nach Hause schicken sollen, anstatt einen Einkaufsbummel zu machen. Dann wären sie schon fast zu Hause! Und jetzt? Sollen wir die Polizei anrufen? Wie können wir sie denn finden?" Annabella ließ sich erschöpft in ihre Kissen fallen.

„Lass mich nur machen. Ich habe schon gewisse Bekannte darauf angesetzt. Ich bin mir sicher, dass wir bald mehr wissen."

„Ich Ärmste! Was soll ich denn jetzt nur tun?", jammerte Annabella ununterbrochen weiter, als hätte sie ihrem Bruder nicht zugehört.

Aurilio tätschelte seiner Schwester die Hand und sprach beruhigend auf sie ein, bis sie erschöpft einschlief. Genervt machte er das Licht aus und ging hinunter, um sich einen Drink einzuschenken.

Seine Schwester war schon unglaublich anstrengend, fand er. Kaum dass irgendetwas Ungewöhnliches passierte, jammerte und klagte sie, bis einem die Ohren wehtaten. Dabei waren die Mädchen doch in absoluter Sicherheit, dachte er grinsend, während er es sich mit einem Gin Tonic in einem weichen Sessel bequem machte.

* * *

José, Paco und Alfonso saßen schweigend um den Tisch herum. Niemand traute sich etwas zu sagen. Alle drei starrten bedrückt, fast verzweifelt vor sich hin. Sie dachten wahrscheinlich das Gleiche, aber sie wussten, wenn sie es aussprachen, dann war das ihr Todesurteil. Aurilio kannte in diesen Dingen keinen Spaß.

José stand auf und ging unruhig auf und ab. Irgendwann blieb er stehen und fragte seufzend: „Also wer kommt als Erster mit runter?"

Er schaute von Paco zu Alfonso und wieder zurück. „Komm, Paco", sagte er leise und ging vor zur Kellertreppe. Paco trottete gehorsam hinterher.

Vorsichtig machten sie die Tür auf, hinter der ihre drei Gefangenen lagen. Sie hatten noch zwei weitere Matratzen aus ihrem Lager geholt und in den leer geräumten Raum gebracht, in dem auch Moarito lag. Sie hätten die Mädchen gern in einen separaten Raum gesperrt, aber in dem baufälligen Haus gab es keine weitere Tür mit einem funktionierenden Schloss.

Der Kellerraum, in dem auch Moarito gefangen gehalten wurde, war der einzige Kellerraum, der geeignet war, jemanden über längere Zeit gefangen zu halten. Er hatte einen engen Lichtschacht, durch den genügend Luft in den Raum drang, der aber keine Gelegenheit zur Flucht bot. Der Raum war stockdunkel und nur am oberen Ende der Wand schien die Dunkelheit ein wenig durchbrochen zu sein, als wenn man ein kleines Fenster mit ein paar Brettern zugenagelt hätte.

Caroline und Natalie waren gerade erst aufgewacht. Sie lagen ganz ruhig da, weil sie nicht wussten, wo sie waren.

Als sie Schritte hörten, richteten sie sich auf. Caroline tastete vorsichtig nach Natalies Hand. Natalie drückte diese und flüsterte: „Hab keine Angst. Es wird alles gut werden."

Das Licht, das in den Raum fiel, als die Türe aufgestoßen wurde, blendete sie so, dass sie sich die Augen zuhalten mussten. Nur langsam gewöhnten sie sich an die Helligkeit.

José ging zögernd auf sie zu. Er hasste diesen Job.

„Geht es euch gut?", fragte er freundlich.

Es entstand eine längere Pause, da Natalie und Caroline sich erst fangen mussten.

„Uns würde es besser gehen, wenn wir nicht hier wären. Was ist hier eigentlich los? Was soll das?", fragte Natalie mutig.

Caroline fing an zu zittern. Sie konnte nichts mehr um sich herum klar wahrnehmen. Sie wollte nicht weinen, aber die Tränen liefen ihr einfach über die Wangen und tropften auf ihr T-Shirt. Natalie nahm sie in den Arm und drückte sie.

José schaute zu Caroline und sagte mit einem hilflosen Schulterzucken: „Wir führen nur einen Auftrag aus. Unser Chef sucht eine Filmdose, die in dem Haus der von Minnehagens sein sollte. Leider haben wir sie nicht gefunden. Entweder hat sie der Schwarze da oder aber ihr habt sie."

Als José mit der Hand auf Moarito zeigte, schauten Caroline und Natalie erstaunt zu dem anderen Eck, in dem ein magerer schwarzhäutiger Mann auf einer Matratze lag und traurig zu ihnen herübersah.

Obwohl Natalie sich anstrengte, konnte sie keinen Zusammenhang zwischen der Filmdose und dem schwarzhäutigen Mann herstellen. Die Wut, die in ihr aufstieg, verdrängte ihre Angst.

„Warum sollten wir denn eine Filmdose haben, die ihrem Chef gehört? Wir sind gerade erst nach Spanien gekommen und wollten hier einfach nur Urlaub machen. Zuerst wird in unserer Abwesenheit das ganze Haus leergeräumt und als wir uns von dem Schreck erholt haben, werden wir überfallen und hierher gebracht! Und das alles nur, weil ihr Chef eine Filmdose sucht?"

Empört blickte sie José an, dem es anzusehen war, dass ihm die Situation unangenehm war. Er ging ein paar kleinere Schritte zurück und Natalie verfluchte sich insgeheim, dass sie ihn so hart angegangen war. Es wäre viel intelligenter, ihn zu umgarnen und ihn weicher zu machen. Sie musste ihn überzeugen, dass es Unrecht war, sie hier festzuhalten und er sie alle frei lassen sollte. Krampfhaft überlegte sie, wie sie am geschicktesten vorgehen konnte. Sie fühlte sich durch die Betäubung noch schwach und ausgelaugt, nahm aber alle Kraft zusammen.

„Wir könnten ja gemeinsam noch einmal das Haus durchsuchen. Wenn die Filmdose in dem Haus versteckt ist, finden wir sie sicher eher, wenn wir zu viert oder zu fünft suchen. Außerdem fällt uns vielleicht vor Ort das eine oder andere Versteck ein, wo diese Filmdose sein könnte."

José lächelte entschuldigend: „Nein, die Filmdose muss jemand mitgenommen haben. Ihr könnt uns glauben, dass wenn sie noch im Haus gewesen wäre, wir sie auf jeden Fall gefunden hätten. Einer von euch muss sie haben."

„Sie kann doch verloren gegangen sein, als ihr das Haus ausgeräumt habt", wandte Natalie ein, aber José schüttelte verneinend den Kopf.

Natalie lehnte sich zurück. Ihr Kopf brummte und ihr Hals brannte. Krampfhaft überlegte sie, wie sie ihn dazu bringen könnte, sie frei zu lassen.

„Wir kommen nachher noch einmal, um euch etwas zu essen und trinken zu bringen", sagte José, als sie zur Kellertür gingen.

„Wartet!", rief Natalie panisch. „Könnt ihr das Licht anlassen? Es ist hier so dunkel, dass wir die Hand vor den Augen nicht sehen können."

„Bitte!", rief sie flehend, als keine Reaktion von den Männern kam.

„Wir können ohne die Genehmigung vom Chef nichts machen. Leider", fügte er noch bedauernd hinzu, als er die Kellertür endgültig hinter sich ins Schloss fallen ließ.

José fühlte sich miserabel. Dass der Schwarze hier festgehalten wurde, konnte er noch verstehen, aber dass diese zwei hübschen jungen Mädchen das gleiche Schicksal teilen sollten, tat ihm in der Seele weh. Er stellte sich vor, dass seine eigene Tochter da sitzen könnte. Es würde ihm das Herz brechen. Nein, dachte er sich, ich muss Aurilio davon überzeugen, dass die Mädchen nichts mit der Filmdose zu tun haben.

Als es wieder dunkel war, fing Caroline an zu schluchzen. Sie war außerstande einen klaren Gedanken zu fassen. Natalie redete beruhigend auf sie ein, aber sie konnte nicht aufhören zu weinen. Natalie strich ihr über die Haare und versuchte die richtigen tröstenden Worte zu finden, obwohl sie am liebsten selbst geweint hätte.

Dann hörte sie ein leises Summen. Der Schwarze! Das Summen war irgendwie beruhigend. Natalie kam die Melodie bekannt vor, aber sie konnte sich nicht an den Text erinnern. Carolines Schluchzen wurde immer leiser, bis es ganz verschwand. Endlich war sie eingeschlafen. Vorsichtig legte Natalie Carolines Kopf auf die Matratze. Sie selbst konnte nicht einschlafen, war aber für das beruhigende Summen dankbar.

Der Schwarze war sicherlich kein schlechter Mensch, fuhr es ihr durch den Kopf. Wenn jemand so beruhigend wirkte, dann konnte er nicht böse sein.

Natalie überlegte, was die Männer gesagt hatten und da fiel ihr wieder die Filmdose ein. Sie hätte es Caroline sagen müssen! Zu spät, jetzt war der Zug abgefahren. Sie hatte den Gedanken an die Filmdose bereits völlig verdrängt. Vor allem wusste sie selbst nicht, warum sie diese blöde Filmdose eingesteckt hatte. Es war ein seltsames Gefühl gewesen, das sie dazu verleitet hatte. Wie hatte sie so etwas nur tun können?

Und wie sollte sie Caro beibringen, dass sie im Kostüm ihrer Tante eine Filmdose gefunden und diese einfach an sich genommen hatte? Warum war dieser blöde Film so wichtig? So wichtig, dass Menschen dafür bereit waren zu töten?

Natalie war im ersten Moment über diese Gedanken erschrocken. Aber sie wusste schließlich als Einzige, wo die Filmdose war und jetzt musste sie versuchen, mit dem Anführer einen Deal zu schließen. Ihr Leben gegen die Filmdose. Was interessierten sie schließlich so ein paar Filmaufnahmen.

Sie musste es nur so anstellen, dass Caroline nichts davon erfuhr. Denn was sollte ihre beste Freundin von ihr denken, wenn sie erfuhr, dass sie ihre Tante bestohlen hatte. Mit diesem Vorsatz schlief Natalie ein.

Moarito war froh, als das Schluchzen des Mädchens aufhörte. Es tat ihm furchtbar leid, dass sein Diebstahl der Diamanten so viel Unheil nach sich zog. Als würde ein Fluch auf den Diamanten lasten. Wenn er doch einfach nur alles rückgängig machen könnte.

Immer wieder fragte er sich, ob sich seine Familie noch über Wasser halten konnte oder ob ihnen das Ersparte ausging. Vor allem, ob Kalakua sie in Ruhe ließ oder ihnen das Leben noch zusätzlich schwer machte. Außerdem vermisste er seinen Freund Rando.

Moarito schloss müde die Augen und versuchte einzuschlafen. Er hatte keine Kraft mehr.

* * *

José ließ der Anblick der beiden gefesselten Mädchen einfach keine Ruhe. Die Mädchen waren ohne Wasser und Lebensmittel im Keller eingesperrt. Er brachte Paco und Alfonso nach Hause und fuhr dann, nachdem er im Supermarkt ein paar Lebensmittel und zwei Flaschen Wasser eingekauft hatte, zurück zu dem baufälligen Haus.

Als er den von außen mit Brettern zugenagelten Lichtschacht sah, holte er sich Werkzeug und entfernte ein schmales Brett, damit sie wenigstens sehen konnten, ob es Tag oder Nacht war.

Als Natalie, Caroline und Moarito die Geräusche am Lichtschacht hörten, hatten sie einen Augenblick lang die Hoffnung, dass jemand sie befreien würde. Der kleine schmale Lichtstreif, der sich nun seinen Weg in den dunklen Keller bahnte, war zumindest so hell, dass man

Konturen wahrnehmen konnte. Erleichtert atmeten sie auf.

Als José den Keller betrat, sank ihre Hoffnung auf Befreiung.

„Ich habe euch Wasser und etwas zu essen mitgebracht! Außerdem habe ich ein Brett vor dem Lichtschacht entfernt. Mehr kann ich momentan nicht für euch tun", sagte er. Natalie konnte sehen, wie leid es ihm tat. Sie riss sich zusammen und versuchte so freundlich wie möglich zu danken.

„Vielen Dank. Zumindest können wir die Umrisse unserer Hand nun erkennen. Vielleicht kannst Du Deinen Chef überzeugen, dass wir unschuldig sind. Wenn wir irgendetwas hätten, was uns helfen würde hier herauszukommen, würden wir es sicher herausgeben. Hier bleibt doch niemand freiwillig drin."

José trat verlegen von einem Bein auf das andere. „Ich weiß, ich weiß. Aber der Chef lässt sich nicht so einfach überzeugen."

Als er die enttäuschten Gesichter von Natalie und Caroline sah, versprach er: „Ich werde noch einmal mit ihm reden." José machte das Licht wieder aus und verließ das Haus.

„Zumindest versucht er uns hier herauszubringen", seufzte Natalie. „Hoffentlich schafft er es, seinen Chef zu überzeugen."

Caroline, Natalie und Moarito hatten sich zwischenzeitlich bekannt gemacht. Sie waren so durstig, dass sie die zwei Flaschen Wasser bald geleert hatten. Dabei war jeder von ihnen darauf bedacht, dass sie gerecht teilten. Das Schicksal schweißte sie zusammen.

Anschließend legte Caroline sich wieder hin. Ihre Tränen waren versiegt. Sie schlief vor Erschöpfung sofort ein, während Natalie und Moarito ihren Gedanken nachhingen.

* * *

Annabella lief aufgeregt durch ihr Wohnzimmer.

„Warum ruft uns denn niemand an und stellt eine Lösegeldforderung! Sie müssen doch Geld aus der Entführung herausschlagen wollen. Ich verstehe das nicht. Vielleicht sollten wir doch die Polizei anrufen." Fragend sah sie zu ihrem Bruder, der für ihren Geschmack viel zu ruhig in dem Sessel saß.

„Aurilio! Was ist denn mit Dir los? Du bist so anders!"

Aurilio stand auf. „Er bewegt sich wie eine Raubkatze", dachte Annabella in diesem Augenblick. Irgendwie strahlte er etwas Gefährliches aus.

„Schwesterchen! Mach Dir nicht zu viele Sorgen. Ich habe die besten Männer, die ich finden konnte, auf die Suche geschickt. Sie werden die Mädchen bestimmt bald finden." Aurilio versuchte so ruhig wie möglich zu bleiben. Er fand es gar nicht gut, wie seine Schwester ihn beobachtete.

„Ich hole uns einen Tee, der wird Dich beruhigen", sagte er und war froh, den Blicken seiner Schwester entfliehen zu können.

Er hatte so leise die Küche betreten, dass Theresa ihn nicht gehört hatte. Sie war gerade dabei, die Küche zu putzen. Als sie sich umdrehte und direkt vor Aurilio stand, ließ sie einen spitzen Schrei los.

„Theresa! Warum erschreckst Du Dich denn so?" Sein böses Grinsen jagte ihr eiskalte Schauer über den Rücken. Sie war sich sicher, dass Aurilio wahnsinnig war. Sein Tobsuchtsanfall in den oberen Räumlichkeiten und seine seltsamen Ausreden seiner Schwester gegenüber, ließen sie vermuten, dass er etwas mit dem Einbruch bzw. mit der Entführung der zwei liebenswerten Mädchen zu tun hatte.

Sie hatte vorsichtshalber ihren Onkel, der Verbindungen zur Polizei hatte, gefragt, was man in solch einem Fall tun könne. Ihr Onkel hatte es sehr seltsam gefunden, dass die Polizei noch nicht mit der Suche nach den Mädchen beauftragt worden war. Er wollte Erkundigungen einziehen und ihr dann Bescheid geben.

Theresa hätte gern mit Annabella darüber gesprochen, aber sie hatte Angst, ausgelacht zu werden oder dass Aurilio davon erfuhr. Vor ihm hatte sie schon seit dem ersten Augenblick Angst. Sie spürte das Böse in ihm.

Als Theresa ihn nun so erschreckt anstarrte, wurde Aurilio bewusst, dass sie etwas ahnte. Hatte sie ihn beobachtet? Sie hatte nach seinem Wutausbruch in den Zimmern von Natalie und Caroline stillschweigend alles wieder aufgeräumt. Er konnte ihre Angst förmlich riechen. Ihm war klar, was er nun tun musste.

* * *

José wartete am Ortsausgang auf Aurilio. Er traute sich nicht, ihn bei seiner Schwester anzurufen. Man konnte nie wissen, wie Aurilio reagierte und er wollte ihn auf keinen Fall verärgern. Er saß in einem Gebüsch am Feldrand und konnte alles beobachten, ohne selbst gleich gesehen zu werden. Wenn der Sportwagen von Aurilio kam, würde er ihn ohnehin hören, noch bevor er ihn sah.

Als er eine hübsche junge Frau aus dem Ort kommen sah, wich er instinktiv etwas tiefer in das Gebüsch zurück. Kurz darauf hörte er den Motor von Aurilios Sportwagen. Konnte er es wagen Aurilio anzuhalten, obwohl das Mädchen noch in der Nähe war? Während er überlegte, was er tun sollte, hielt Aurilio direkt neben dem Mädchen an.

José konnte sehen, wie er auf sie einredete und sie ängstlich mit dem Kopf schüttelte. Dann fuhr Aurilio seinen Sportwagen an den Feldrand und stieg wütend aus seinem Wagen aus. Er ging zu dem Mädchen, packte sie an den Haaren und zog sie ins Feld. Das Mädchen wimmerte leise, während er sie immer wieder grob schüttelte.

José blieb der Atem weg. Er wollte dem Mädchen helfen, aber er war wie gelähmt. Mit starrem Blick beobachtete er die beiden.

Aurilio zerrte das Mädchen weiter, das sich nun weinend und bettelnd wehrte. Voller Wut packte Aurilio sie von hinten am Kinn und brach ihr mit einem Ruck das Genick. José konnte das Knacken der Wirbel hören.

Wie aus einer Trance erwacht, rannte er nun schreiend auf Aurilio zu, der das leblose Mädchen einfach fallen ließ und sich anschließend die Hände an seinem Hemd abwischte, als hätte er sich schmutzig gemacht.

„Neeeiiiiii!", schrie José und beugte sich zu dem Mädchen hinunter. Er sah in ihre starren Augen. Er fühlte ihren Puls. Nichts! Sie war tot! Langsam richtete er sich auf und sah Aurilio ins Gesicht.

Aurilio sah Wut, Verständnislosigkeit und Angst zugleich in Josés Augen.

„Warum hast Du das getan?", fragte José. Als er Aurilios hämisches Grinsen sah, wechselten seine Gefühle in endlosen Hass.

In diesem Augenblick war ihm auch klar, dass er die Mädchen und den Schwarzen befreien musste. Und zwar so schnell wie möglich.

„Sie wusste zu viel! Es blieb mir nichts anderes übrig, als sie zu beseitigen!"

José antwortete nicht. Er hätte am liebsten geweint. Es hätte genauso seine Tochter treffen können, wenn sie Aurilio in die Quere gekommen wäre. Er musste diesem Spuk ein Ende bereiten. Selbst wenn er Aurilio ins Gefängnis bringen musste. Aber er wollte bei diesem Spiel nicht mehr mitmachen.

Aurilio fiel die veränderte Haltung von José auf.

„Steig ein, ich fahr Dich heim", sagte er, während er zum Auto ging.

„Nein, danke. Ich bin selbst mit dem Lieferwagen da", sagte José leise, drehte sich um und ging in die entgegengesetzte Richtung.

Aurilio fühlte sich gut, richtig gut. Es hatte ihm einen gehörigen Adrenalinstoß verpasst, der sich heftig wehrenden Theresa den Hals umzudrehen. Er hatte gar nicht gewusst, dass es so einfach war. Ein Gefühl von Macht und Erhabenheit ließ ihn wie auf Wolken schweben.

Als er in seinem Porsche saß, drehte er die Musik voll auf und gab richtig Gas. Er liebte diese Landschaft und heute war es nicht zu heiß. Gerade richtig für eine kleine Spazierfahrt.

Plötzlich hielt er inne. José würde doch keinen Blödsinn machen? Er hatte viel zu viel Mitleid mit

Caroline und Natalie und wahrscheinlich sogar mit diesem blöden Schwarzen. Aurilio bremste und wendete mit quietschenden Reifen. Er fuhr so schnell es ging zu dem Haus, in dem sie die drei gefangen hielten. Den Lieferwagen konnte er nirgendwo entdecken. Aurilio parkte seinen Sportwagen ein Stück weiter weg und versteckte sich auf dem Grundstück.

Vielleicht hatte er sich ja getäuscht, aber er musste sicher gehen, dass José nicht heimlich zu seinen Gefangenen ging.

* * *

José saß unterdessen in seinem Lieferwagen. Er wusste nicht, was er tun sollte. Sollte er Paco und Alfonso um Rat fragen? Nein, die beiden hatten noch mehr Angst vor Aurilio als er. Er musste das jetzt allein durchziehen und dann mit den beiden Mädchen und dem Schwarzen zur Polizei gehen. Ihm wurde ganz übel, wenn er an die Konsequenzen dachte, die auf ihn und wahrscheinlich auch auf seine Familie zukommen würden. Aber es gab keinen anderen Ausweg. Mit zitternden Fingern ließ er den Motor an und fuhr langsam los.

Als er in die Nähe des Hauses kam, vergewisserte er sich zuerst, dass der Sportwagen von Aurilio nirgendwo in der Nähe parkte. Nachdem er ihn nicht entdecken konnte, ging er zum Haus. Als er aufsperren wollte, nahm er im Augenwinkel eine Bewegung wahr. Er konnte gerade noch Aurilios hasserfüllten Blick sehen, da landete die schwere Metallschaufel auch schon mit voller Wucht auf seinem Kopf. Anschließend trat ihm Aurilio noch mehrmals wütend in den Leib. Erst als José das Blut aus Mund, Nase und Ohren lief, ließ er keuchend von ihm ab.

„Da hab ich Dich doch gerade noch rechtzeitig erwischt, Du alter Schweinehund", dachte Aurilio. Dann packte er die Schaufel und begann ein Loch zu graben.

* * *

Moarito und Natalie hörten Geräusche. Während Natalie sie noch nicht zuordnen konnte, wusste Moarito, dass jemand ein Loch grub.

„Hoffentlich ist das nicht unser Grab", sagte Moarito unbedacht.

Natalie, die ihn sehr wohl verstanden hatte, bekam einen Schrecken und fragte ängstlich: „Meinst Du, die bringen uns jetzt um?"

Genau dieses Gefühl hatte Moarito, aber um das Mädchen nicht weiter zu ängstigen erwiderte er: „Ich glaube eher, dass sie sich gegenseitig umbringen. Wenn es um Geld geht, werden die Menschen immer gieriger und wollen am Ende nicht teilen."

„Vielleicht haben sie ja, nachdem die Filmdose unauffindbar ist, Lösegeld gefordert. Vielleicht werden wir jetzt endlich freigelassen." Hoffnung schwang in Natalies Stimme mit.

„Selbst wenn für euch Lösegeld gezahlt werden würde und ihr freikommt, werde ich hier wohl noch länger bleiben müssen", sagte Moarito traurig.

„Wir holen Dich hier raus. Das verspreche ich Dir!", sagte Natalie aufmunternd. Dann erst fiel ihr ein, dass sie ja gar nicht wusste, wo sie sich befanden.

„Du weißt auch nicht, wo wir ungefähr sind, oder?"

Moarito überlegte, ob er ihr seine Geschichte erzählen sollte. Zu verlieren hatte er ja nichts mehr. Er glaubte sowieso nicht mehr daran, freigelassen zu werden. Seine Stimme hörte sich müde an, als er langsam anfing zu erzählen.

Zuerst verstand Natalie ihn kaum, weil er so nuschelte und sein Englisch gewöhnungsbedürftig war, aber als er von der Filmdose erzählte, in der Diamanten versteckt sein sollen, wurde seine Stimme immer deutlicher und Natalie hörte ihm gespannt zu.

Caroline bekam von all dem nichts mit, da sie immer noch schlief.

„...also habe ich mich auf den Weg zu dem Ferienhaus des Botschafters gemacht. Ich versteckte mich auf dem Grundstück gegenüber und beobachtete alles, in der Hoffnung, bald den Botschafter wieder zu sehen. Dann hätte ich ihn nach meinen Diamanten fragen können."

„Dann hast Du auch gesehen, wie das Haus ausgeräumt wurde?", warf Natalie angespannt ein.

„Ja, natürlich! Aber ich konnte nichts tun. Vor allem wusste ich nicht, ob es ein Raub oder ein geplanter Umzug war. Auf jeden Fall war ich anschließend selbst im Haus, um nach der Filmdose zu suchen, habe sie aber nicht gefunden. Wenn ich nicht mit den Diamanten heimkomme, wird ein skrupelloser Komplize meiner Frau das Leben zur Hölle machen, falls er sie und die Kinder überhaupt am Leben lässt. Ich sehne mich so sehr nach meiner Frau und meinen Kindern. Ich bin wirklich verzweifelt. Dass ich die Diamanten wiederbekomme, daran glaube ich ja gar nicht mehr. Aber meine Hoffnung hier jemals wieder lebend herauszukommen, schwindet auch mit jedem Tag." Moarito liefen die Tränen runter und er bemühte sich nicht, sie wegzuwischen.

Natalie ließ nicht locker. „Und warum hat man Dich entdeckt? Wer hat Dich hierher gebracht? Wo sind wir denn überhaupt?"

„Wir sind auf dem Grundstück gegenüber vom Haus des Botschafters. Da, wo ich mich auch versteckt hatte. Dieser Mann in Schwarz, der wie der Teufel höchstpersönlich aussieht, ist mir irgendwie auf die Schliche gekommen. Er hat mich in diesem Keller eingesperrt und brutal zusammengeschlagen. Wenn der andere Mann nicht da gewesen wäre, dann wäre ich schon längst verdurstet oder verhungert."

„Auf dem gegenüberliegenden Grundstück! Dann muss uns doch jemand finden."

„Das ist nicht sehr wahrscheinlich. Das Grundstück ist völlig eingewachsen. Hier hört und findet uns so schnell niemand."

Natalie lehnte sich an die Wand. Sie fragte sich, wie sie gehandelt hätte, wenn sie gewusst hätte, was in der Filmdose ist. Und vor allem fragte sie sich wieder einmal, warum sie die Filmdose eingesteckt und dies vor Caroline geheim gehalten hatte? War es vom Schicksal so gewollt? Eines war Natalie klar. Den Entführern würde sie die Filmdose nicht aushändigen. Es sei denn....

Sie schaute zu den leeren Wasserflaschen. Bevor sie verdursteten, würde sie das Versteck preisgeben. Aber vorher würde sie kämpfen.

Sie hörten draußen jemanden laut fluchen und wieder dieses seltsame Geräusch. Moarito war sich sicher, dass es sich um sein Grab handelte.

Die Stimme, die gerade geflucht hatte, kannte er. Sie verfolgte ihn schon in seinen Alpträumen. Er hatte Angst. Er wollte noch nicht sterben. Er wollte zu seiner Frau. Oh Gott. Und seine Kinder.

In Gedanken verabschiedete er sich von jedem seiner Kinder. Er streichelte ihnen über den Kopf und sprach Ihnen Mut zu. Seine Frau drückte er fest an sich. Er wollte noch einmal ihren wohlgeformten Körper spüren. Moarito vergrub sein Gesicht in ihrem nach Kräutern duftendem Haar und weinte. Er bat sie um Verzeihung, weil er so viele Dummheiten gemacht und am Ende auch noch versagt hatte.

Er wollte der Familie mit den Diamanten so viel Gutes tun und stürzte sie nun ins Unglück. Wie sollte seine Familie überleben? Safira, mit dem fünften Kind schwanger, würde nicht arbeiten gehen können.

Und dann war da noch Kalakua. Seine Gedanken drehten sich immer wieder im Kreis. Seine Tränen flossen ohne Unterlass.

Natalie hörte das leise Schluchzen und krabbelte zu ihm hin.

„Wir werden hier schon wieder rauskommen. Nicht verzweifeln. Das bezwecken die doch nur. Die wollen uns mürbe machen, aber das dürfen wir nicht zulassen. Reiß Dich zusammen und denk an Deine Familie. Wir werden es schaffen, hier herauszukommen. Koste es, was es wolle."

Natalie löste Moaritos Fesseln an den Händen und Füßen.

„Das hätten wir schon längst tun sollen", sagte sie mutig.

Das Schaufeln hatte aufgehört. Die Stille danach war gespenstisch. Kurz darauf hörten sie einen dumpfen Aufprall. Es wurde wieder still. Angsterfüllt warteten Sie, was als nächstes passieren würde. Dann begann wieder das metallene Geräusch der Schaufel.

„Er hat gerade jemanden begraben", flüsterte Moarito ängstlich. Zumindest war es noch nicht sein Grab. Erleichtert legte er sich wieder auf sein Kissen. Er rieb seine Handgelenke, die jetzt wieder besser durchblutet wurden. Das Kribbeln war sehr unangenehm. Er bewunderte Natalies Mut und ihre Zuversicht. Er wusste, er hatte eine starke junge Frau vor sich.

„Was würdest Du mit den Diamanten machen, wenn Du sie wiederbekommen würdest?", fragte Natalie leise.

„Mein größter Traum wäre in eine große Stadt zu ziehen, meinen Kindern eine ordentliche Schulbildung zu ermöglichen und meiner Frau schöne Kleider zu kaufen. Aber das wird nur ein Traum bleiben. Ich glaube, die Diamanten sind verschwunden", endete Moarito traurig.

„Gibt es in eurem Dorf keine Schule?"

„Nein und in der Stadt gibt es nur eine Schule für wohlhabende Kinder."

„Wären es genügend Diamanten, um mit dem Geld eine Schule in eurem Dorf zu bauen? Ich meine eine Schule, in die alle Kinder gehen könnten, die im Umkreis leben? Ganz gleich, welche Hautfarbe sie haben und wie arm oder reich die Familie ist?"

„Natürlich! Mit dem Geld könnte man bei uns wahrscheinlich ein ganzes Dorf bauen", sagte Moarito.

„Also gut. Wenn wir hier lebend herauskommen, werde ich dafür sorgen, dass Du die Diamanten wieder bekommst. Aber unter einer Bedingung: Du musst mir versprechen, dass Du die Diamanten nicht nur für Deine Familie verwendest, sondern für das Wohl des ganzen Dorfes. Du läßt eine Schule für die Armen bauen und kümmerst Dich darum, dass gute Lehrkräfte die Kinder unterrichten. Natürlich darfst Du Dir auch selbst ein paar Träume erfüllen. Aber Du bleibst im Dorf und hilfst allen Kindern, bessere Voraussetzungen für ihre Zukunft aufzubauen."

„Wie willst Du denn die Diamanten finden?", fragte Moarito misstrauisch.

„Vielleicht habe ich sie ja schon", antwortete Natalie geheimnisvoll.

Moarito spürte neuen Lebensmut. Sein Herz schlug schneller, seine Hände wurden ganz feucht vor Aufregung und in seinem Inneren breitete sich eine wohlige Wärme aus. Dennoch verstand er Natalies Forderung nicht.

„Warum interessierst Du Dich für die armen Kinder in meinem Dorf? Was hättest Du denn davon, wenn ich diese Schule aufbauen würde?", fragte Moarito.

„Ich weiß auch nicht. Es fühlt sich für mich falsch an, wenn Du die Diamanten nur für Dich und Deine Familie ausgibst. Wenn ich hier schon wegen gestohlener Diamanten leiden muss, dann soll es zumindest einen guten Ausgang, einen Sinn haben".

Moarito dachte nach. Sein Traum von Glück sah es eigentlich vor, dass er aus dem Dorf verschwand. Er wollte mit Safira ausgehen können. Vielleicht sogar tanzen gehen. Er sah sich in einem hellen Anzug und Safira in einem geblümten weitschwingenden Kleid Arm in Arm durch die Stadt laufen, in einem Kaffee sitzen oder eng aneinandergeschmiegt tanzen. Wenn er die Diamanten bekommen sollte und in dem Dorf blieb, würden sie ihm das Leben zur Hölle machen. Vielleicht würden sie ihn festnehmen lassen, weil sie ihm den Wohlstand nicht gönnten. Selbst wenn er das gesamte Geld in eine Schule investieren würde. Wie sollte er es erklären, dass er plötzlich zu Geld gekommen war? Es wäre viel einfacher, Safira und die Kinder abzuholen, bei Nacht und Nebel das Dorf zu verlassen und irgendwo ganz neu anzufangen. Aber wenn er sich nun falsch entschied, hätte er gar nichts. Er hätte noch nicht einmal die Chance, seine Kinder zur Schule gehen zu lassen. Angenommen, Natalie wusste tatsächlich, wo die Diamanten waren und sie würden lebend aus diesem Loch heraus kommen. Ja, dann fühlte es sich richtig an, die Diamanten für das Wohl der armen Menschen in seinem Heimatdorf einzusetzen. Damit konnte er zumindest Buße tun und den Diebstahl abarbeiten. Denn dass er mit dem Diebstahl Unrechtes getan hatte, war ihm mittlerweile klar geworden. Aber er wollte auch kein falsches Versprechen geben.

„Ich weiß nicht, wie die Situation in meinem Dorf ist, wenn ich wieder dort bin. Könnte ich es nicht spontan entscheiden?"

„Nein, Moarito. Ich will Dein festes Versprechen haben."

„Du hast meine Diamanten?", fragte er flüsternd noch einmal.

„Vielleicht. Du hast mir Dein Versprechen noch nicht gegeben."

„Ich würde alles dafür tun, hier herauszukommen und meine Familie wieder in den Arm nehmen zu können", sagte Moarito aufgeregt. „Mit dem Geld für die Diamanten würde ich auch eine Schule in unserem Dorf bauen, wenn es sein muss."

„Also gut. Ich glaube Dir. Wenn ich in meinen nächsten Ferien in Dein Dorf komme, will ich schon die ersten Anfänge sehen."

„Ich schwöre es Dir bei meinem ungeborenen Kind! Ich werde mein Versprechen halten."

Moarito war glücklich. So richtig glücklich. Er schöpfte nun wieder neuen Lebensmut und fühlte, wie kraftvolle Energie seinen Körper durchflutete.

Wenn dieser schwarzgekleidete Teufel es wagen würde, hier runter zu kommen, würde er ihn überwältigen. Er schwor sich, für seine Befreiung aus diesem Verlies zu kämpfen.

Wie sein Dorf wohl reagieren würde, wenn er dafür sorgen könnte, dass eine Schule gebaut wird? Der Gedanke gefiel ihm nun sogar besser, als in eine fremde Stadt zu ziehen und von vorn zu beginnen.

Helia wäre die beste Lehrerin, die die Kinder bekommen könnten. Das wusste er aus eigener Erfahrung und Papiano musste mithelfen, die Schule aufzubauen.

Am liebsten wäre er gleich aufgestanden, heimgefahren und hätte sofort den Bau der Schule in die Wege geleitet. Aber da galt es erst noch ein kleines Hindernis zu überwinden.

* * *

Annabella lief fassungslos von einem Zimmer zum anderen. Niemand kümmerte sich um sie! Ihr Bruder war den ganzen Tag telefonisch nicht erreichbar und Theresa, die ihre Arbeit sonst sehr ernst nahm und immer pünktlich war, hatte noch nicht einmal angerufen und war einfach nicht aufgetaucht.

Annabella wählte Theresas Nummer und klopfte nervös auf die Tischplatte. Warum ging denn niemand ans Telefon? Ärgerlich ließ sie sich auf das Sofa fallen. Sie zog sich ein Kissen über den Kopf und schlief ein.

Als am nächsten Morgen das Telefon neben ihr klingelte, fuhr sie erschreckt hoch.

„Fernandez", murmelte sie schlaftrunken in das Telefon.

„Guten Morgen, Frau Fernandez. Hier ist Carmen Martinez, Theresas Mutter. Ich wollte nachfragen, wann meine Tochter wieder nach Hause kommt, da ich sie dringend brauche."

„Theresa war gestern nicht bei mir, ich warte schon die ganze Zeit auf sie. Aber lassen Sie mich schnell nachschauen, ob sie heute gekommen ist."

Annabella legte das Telefon kurz aus der Hand und rief im Hausflur nach Theresa. Sie bekam keine Antwort.

„Nein, Theresa ist heute wieder nicht gekommen!"

„Wo kann mein Kind denn stecken? Sie ist doch sonst immer so verantwortungsbewusst! Sie hat noch nie Dummheiten gemacht und sie löst mich einmal am Tag am Krankenbett ihres Vaters ab."

Die Stimme der Mutter klang ängstlich und Annabellas Puls stieg schon wieder an. Sie wird doch nicht auch entführt worden sein, dachte sie sich voller Panik.

„Rufen Sie am besten gleich die Polizei an. Irgendetwas stimmt da nicht. Theresa war auch bei mir immer sehr zuverlässig. Sie hätte uns Bescheid gegeben, wenn sie nicht in der Lage wäre, zu kommen. Es sei denn..."

„Nein!", rief die Mutter weinend ins Telefon. Schluchzend legte sie auf und rief sofort ihren Schwager an, der bestimmt wusste, was in einer solchen Situation zu tun sei. Vor allem kannte er wichtige Leute bei der Polizei. Die einheimische Polizei reagierte bei Vermisstenanzeigen etwas träge, daher waren gute Beziehungen in so einem Fall von Vorteil.

Ihr Schwager Ramon war sofort bereit, die Suchaktion in die Hand zu nehmen, um Theresa schnellstmöglich zu finden.

Ramon hatte das ungute Gefühl, dass Theresa etwas zugestoßen war. Er versuchte sich an das Gespräch zu erinnern, das er vor Kurzem mit seiner Nichte geführt hatte. Sie hatte ihm irgendetwas von dem Bruder ihrer Arbeitgeberin erzählt und von den beiden Mädchen, die verschwunden waren. Eigentlich hatte er Theresa versprochen, bei der Polizei nachzufragen, aber er hatte so viel zu erledigen gehabt, dass er es einfach vergessen hatte.

Er rief ein paar Freunde und Bekannte an und bat sie, ihm bei der Suche nach Theresa zu helfen. Als Erstes mussten sie den Weg absuchen, den sie zu ihrer Arbeitsstelle bei der Familie Fernandez nahm.

Die Männer trafen schneller ein, als er gehofft hatte. Ramon gab ihnen die Eckdaten, die sie wissen mussten und verteilte ein paar Fotos von Theresa, die er aus einem Album gerissen hatte. Er teilte sie in mehrere Gruppen ein, damit sie gleichzeitig auch im Dorf nachfragen konnten.

Er selbst ging mit seinem besten Freund Alberto und dessen Bruder Theresas Arbeitsweg ab. Schweigend und angespannt liefen sie aus dem Ort hinaus. Es war schwieriger, als er gedacht hatte, denn zwischen den beiden Dörfern lagen ein Wald und anschließend dichte Felder. Sie mussten auch im Wald suchen, aber das würde jetzt zuviel Zeit in Anspruch nehmen.

Wenn sie Theresa im ersten Anlauf nicht fanden, würde er die Polizei alarmieren. Aber noch hoffte er, sie würden irgendwelche Lebenszeichen von ihr finden. Vielleicht hatte sie sich ja nur den Fuß gebrochen und saß hilflos am Straßenrand oder sie tauchte doch noch schuldbewusst zu Hause oder bei Frau Fernandez auf, weil sie sich mit einem jungen Mann vergnügt und darüber einfach die Zeit vergessen hatte. Sie war für ihr Alter eh viel zu brav, schoss es ihm durch den Kopf.

Er wollte nicht daran denken, dass ihr Schlimmeres passiert sein könnte. Theresa war sein kleiner Liebling. Wenn sie Schwierigkeiten oder Fragen hatte, kam sie immer zu ihm. Sie war so etwas wie eine Tochter für ihn, die er selbst nie bekommen hatte.

Theresas Vater war seit einem Unfall pflegebedürftig. Ihre Mutter übernahm die Pflege und Theresa brachte das Geld nach Hause. Sie war ein sehr tapferes und fleißiges Mädchen.

Diese Gedanken gingen ihm durch den Kopf, während er den Straßenrand nach Spuren absuchte. Als er an den Feldern vorbeiging, dachte er sich, wenn sie jemand dort hineingezogen hatte, werden wir sie nie finden. Schnell verdrängte er diesen Gedanken wieder.

Kurz vor den ersten Häusern des nächsten Ortes sah er einen Schuh am Feldrand liegen. Sein Magen krampfte sich instinktiv zusammen. Er lief sofort hin und rief seine Freunde.

Alberto und sein Bruder überquerten im Laufschritt die Straße, während Ramon sich langsam in das Feld vortastete.

Als er Theresa fand, schrie er auf und kniete sich neben sie. Ihr Körper war starr und kalt. Sie hatte die Augen weit aufgerissen und er konnte die Angst spüren, die sie im Moment ihres Todes gehabt haben musste.

Unter Tränen schwor Ramon Rache. Er würde den Täter finden und ihm das gleiche antun. Ramon schwankte zwischen Wut und Schuldgefühlen. Warum nur hatte er nicht sofort reagiert, als Theresa ihm von den verschwundenen Mädchen erzählt hatte? Er blieb neben Theresas Leiche sitzen, bis die Polizei da war. Selbst dann musste man ihn zwingen Theresa loszulassen, damit die Spurensicherung ihrer Arbeit nachgehen konnte.

Der Gang zu seiner Schwägerin war der Schwerste in seinem Leben. Seine arme Schwägerin. Wie sollte sie mit diesem Schicksalsschlag zurechtkommen? Er würde sie unterstützen, das war klar, aber Theresa konnte er ihr nicht ersetzen.

* * *

Natalie machte sich jetzt langsam Sorgen um Caroline. Sie lag nur noch apathisch auf Ihrem Lager. Sie schlief sehr viel, aber auch wenn sie wach war, bewegte sie sich kaum. Der Durst machte ihnen allen dreien sehr zu schaffen.

Moarito fühlte sich schlapp. Er hatte die letzten Reste Lebensmittel den beiden Mädchen überlassen.

Caroline wachte gerade stöhnend auf. Natalie beugte sich über sie und fragte: „Caro! Bist Du wach?", während sie ihr sanft übers Haar streichelte.

„Wasser! Ich brauche Wasser", stöhnte Caroline.

„Es tut mir leid, Caro. Wir haben schon den ganzen Tag kein Wasser mehr."

Caroline rappelte sich auf und schrie: „Ihr Schweine! Ihr habt alles ausgetrunken. Ihr lasst mich hier einfach verdursten." Weinend fiel sie auf ihre Knie und stammelte wirres Zeug. Irgendwann fing sie an, nach ihrer Mutter zu rufen.

Natalie hielt sich verzweifelt die Ohren zu, weil sie Carolines Schreien nicht ertragen konnte. Moarito fing wieder leise an zu summen. Das schien Caroline zu beruhigen. Bald lag sie wieder apathisch da und sagte gar nichts mehr.

Natalie hatte auch Durst. Sie schüttelte nochmals alle Wasserflaschen, in der Hoffnung, dass irgendwo noch ein Tropfen Wasser drin war. Nichts!

Natalie legte sich hin und durch Moaritos Summen schlief auch sie bald ein.

Moarito hatte durch die Andeutungen von Natalie über die Diamanten neuen Lebensmut bekommen. Er glaubte jetzt ganz fest daran, dass irgendjemand sie befreien würde oder sie den Nächsten, der zu ihnen herunterkam, überwältigen würden. Er betete und sang, was ihm weiteren Mut gab. Mit dieser Gewissheit schlief auch er ein.

* * *

Ramon hielt Carmen liebevoll im Arm. Sie hatte eine Beruhigungsspritze bekommen und saß still da. Nur die Tränen liefen unentwegt über ihre Wangen. Sie konnte nicht verstehen, dass jemand ihrem Mädchen so etwas angetan hatte.

„Er wird dafür büßen, das verspreche ich Dir", flüsterte Ramon.

Ramon blieb noch eine Weile bei ihr, bis die Spritze wirkte und sie einschlief. Anschließend machte er sich auf den Weg zur Polizei.

Er parkte sein Auto vor dem Gebäude und machte den zuständigen Ermittlungsbeamten ausfindig. Kommissar Gonzalez war zunächst nicht besonders kooperativ. Das änderte sich schlagartig als Ramon sagte, dass Theresa ihm kurz vor ihrem Tod etwas über ihre Arbeitgeberin und vor allem über deren Bruder erzählt habe, das bei den Ermittlungen weiterhelfen könnte.

„Was hat sie Ihnen erzählt?", fragte der Kommissar und seine Augen verengten sich zu schmalen Schlitzen.

„Sie hat mir gesagt, dass zwei Mädchen, die bei Ihrer Arbeitgeberin zu Besuch waren, plötzlich verschwunden waren. Frau Fernandez wollte gleich die Polizei rufen, aber ihr Bruder hatte sie überredet, es nicht zu tun, weil er erstmal selbst nach den Mädchen suchen wollte. Der Bruder scheint aggressiv zu sein. Er muss in Abwesenheit seiner Schwester die Zimmer der Mädchen durchwühlt und dort herumgewütet haben. Theresa hat die Zimmer danach stillschweigend wieder in Ordnung gebracht. Aber ich habe deutlich gespürt, dass Theresa Angst vor ihm hatte. Den sollten Sie sich vielleicht einmal näher ansehen."

„Wir entscheiden selbst, wen wir uns näher ansehen. Aber ich danke Ihnen trotzdem für Ihre Informationen", fügte er etwas milder hinzu.

Ramon verließ das Polizeigebäude, setzte sich in sein Auto und überlegte, was er tun könnte, um Theresas Mörder zu finden. Dieser Bruder von Frau Fernandez interessierte ihn immer mehr. Vielleicht sollte er ihr einen Besuch abstatten und sich die Sache einmal selbst ansehen.

Er ließ den Motor an und fuhr zum Anwesen der Fernandez. Nicht schlecht, dachte er sich, als er die geschwungene Auffahrt sah. Ramon gab sich einen Ruck und fuhr die Auffahrt hoch. Als er ausstieg öffnete eine sehr gepflegt aussehende Dame bereits die Tür.

„Wer sind Sie?", begrüßte ihn Annabella vorsichtig und mit hochgezogener Augenbraue.

„Guten Tag, Sie müssen Frau Fernandez sein. Ich bin Ramon Martinez, der Onkel von Theresa."

„Wo steckt das Mädchen denn! Ich brauche sie so dringend", sagte Annabella vorwurfsvoll.

Ramon blieb stehen und beobachtete Annabella aufmerksam, als er erbost erwiderte: „Sie wird nie wieder hierher kommen. Sie ist tot!"

Ramon achtete auf jede Regung von Annabella, als sie etwas theatralisch aber ehrlich erschrocken die Hände vor Ihren Mund hob und ihn mit schreckgeweiteten Augen ansah. Sie wurde schlagartig blass und setzte sich auf die Stufen ihrer Eingangstreppe.

„Oh nein!", rief sie zutiefst erschrocken. „Das darf nicht wahr sein."

Annabella wurde übel. Sie hatte das Gefühl, sich übergeben zu müssen und obwohl sie bereits saß, verlor sie den Halt. Ramon konnte sie gerade noch auffangen, bevor sie die Treppe herunterfiel.

Er nahm sie auf den Arm und trug sie in Ihr Haus. Er ging einfach geradeaus durch die Eingangshalle, in der Hoffnung bald eine Möglichkeit zu finden, auf der er seine Last ablegen konnte. Erleichtert stellte er fest, dass gleich hinter der Halle ein großes Wohnzimmer mit einem ausladenden Sofa war. Vorsichtig legte er Annabella auf das Sofa und schob ein Kissen unter ihren Kopf. Danach suchte er die Küche, um ihr ein Glas Wasser zu holen.

Als er mit dem Wasser zurückkam, schlug sie gerade wieder die Augen auf.

„Caroline und Natalie!", rief sie verzweifelt. „Wurde meinen Mädchen das gleiche angetan?"

„Wer sind denn Caroline und Natalie?", fragte Ramon, obwohl er sich bereits dachte, dass es sich dabei um die beiden Mädchen handelte, von denen Theresa berichtet hatte. „Vielleicht kann ich Ihnen ja helfen, wenn sie mir die ganze Geschichte erzählen."

Annabella war froh, dass sich endlich jemand für die Vorkommnisse der letzten Tage zu interessieren schien. Sie erzählte ihm alles seit dem Einbruch bei den von Minnehagens.

Ramon hörte gespannt zu. Als sie fertig war und sich erschöpft zurücklehnte, fragte er erstaunt: „Und Sie haben nicht die Polizei gerufen, nachdem die Mädchen entführt wurden?"

„Nein!", rief Annabella verzweifelt. „Mein Bruder wollte alles in die Hand nehmen. Er kennt so viele Leute, da habe ich mir gedacht, dass es sehr viel mehr bringt, wenn er sie sucht. Die Polizei interessiert sich doch eh nicht für solche Vermisstenmeldungen und reagiert eher träge und lustlos."

„Sie müssen die Entführung sofort der Polizei melden. Ich habe darüber nämlich heute schon mit der Polizei gesprochen."

Als er ihren verwirrten Blick sah, fügte er erklärend hinzu: „Theresa hatte mir davon erzählt, weil sie sich so große Sorgen um die Mädchen gemacht hatte."

„Hier passieren in letzter Zeit so viele seltsame Dinge. Ich bin total überfordert! Wenn doch nur mein Mann hier wäre." Sie begann zu weinen.

Ramon versuchte sie zu beruhigen, wusste jedoch, dass seine Worte hohl klangen, als er leise sagte: „Den Mädchen wird bestimmt nicht das Gleiche passiert sein wie Theresa. Vielleicht hatte Theresa irgendetwas gesehen, was ihr zum Verhängnis wurde."

„Aber was kann sie in meinem Haus gesehen haben? Ich war ja immer da!"

„Wissen Sie, was ich seltsam finde?" Nachdenklich legte Ramon seinen Kopf auf die rechte Seite, als er weitersprach. „Dass die Mädchen entführt wurden, aber Sie nicht."

Annabella schaute ihn ängstlich an. Sie konnte nicht verstehen, worauf Ramon hinauswollte.

„Sie glauben jetzt aber nicht, dass ich etwas mit der Entführung zu tun habe?"

„Nein. Sie ganz sicher nicht! Das wollte ich damit nicht sagen."

„Ich mache mir so große Sorgen um die Mädchen. Wo können sie denn nur sein?"

„Sie sagten doch vorhin, dass Ihr Bruder im Haus war, als die Mädchen entführt wurden. Hat er denn gar nichts bemerkt? Und warum hat es die Entführer nicht von ihrem Vorhaben abgehalten?"

„Die Entführer haben ihn vorher zusammengeschlagen. Er war selbst wohl längere Zeit bewusstlos, hat er gesagt."

„Was macht ihr Bruder eigentlich beruflich?"

„Ich weiß es ehrlich gesagt nicht. Er hatte eine sehr schwere Kindheit und ich stecke ihm hin und wieder etwas zu. Er ist meistens in seiner Wohnung wenn ich ihn anrufe, aber in den letzten Tagen habe ich ihn gar nicht mehr erreicht oder gesehen. Ich wollte schon die Polizei informieren, aber dann habe ich mir gedacht, ich warte besser ab, was mein Bruder mir rät. Es hätte ja sein können, dass er schon erfolgreich war und die Mädchen gleich mitbringt.

Ramon beobachtete Annabella schweigend und dachte sich, wie man nur so naiv sein konnte. Er stand auf und sagte freundlich: „Ich lasse Ihnen gern meine Telefonnummer da. Wenn Ihnen noch etwas einfällt oder Sie Hilfe brauchen, können Sie mich jederzeit anrufen."

Annabella brachte ihn zur Tür. Es tat ihr leid, dass er ging. Er hatte etwas Aufrichtiges und Warmherziges in seinem Blick.

* * *

Caroline hatte schon seit Stunden Halluzinationen. Sie hörte das Meer rauschen und wollte einen Schluck Wasser aus dem Meer. Oder sie bat Ihre Mutter um ein kleines Glas Wasser. Anschließend weinte sie immer herzzerreißend.

Anfangs hatte Natalie sich liebevoll um sie gekümmert, aber jetzt nervte sie das Geschluchze. Sie lag mutlos da und fühlte sich zu schwach, um auch nur einen Ton von sich zu geben. Sie hatte das Gefühl, hohes Fieber zu haben. Hoffentlich überleben wir das hier, dachte sie sich.

Wenn jetzt jemand kam, dann würde sie ihm das Versteck der Diamanten verraten. Sie war am Ende.

Aber es kam niemand. Man hatte sie wohl vergessen. Traurig und durstig schloss sie die Augen.

Moarito ging es noch am besten. Sein Körper war es gewohnt, mit wenig Flüssigkeit auszukommen. Außerdem wollte er so kurz vor dem Ziel nicht aufgeben. Er betete die ganze Zeit und glaubte fest daran, dass jemand sie befreien wird. Moarito verdrängte die Schmerzen, die der Hunger und der Durst verursachten. In seinen Träumen sah er seine Mutter, die sich über ihn beugte und ihn anlächelte. Diese Gedanken waren für ihn sehr beruhigend und spendeten ihm Kraft. Seine Mutter war zwar schon gestorben, als er ein kleiner Junge war, aber er konnte ihre Nähe spüren und den Duft der Kräuter riechen, der sie immer umgab. Die Erinnerung kam wieder. Sie hatte ihm von Jesus erzählt und viele schöne Lieder gesungen. Jesus passte allerdings nicht in sein Leben voller Armut, Krankheit und Entbehrung. Daher hatte er Jesus bisher immer aus seinem Leben verdrängt.

Aber jetzt hatte er das Gefühl, seine Mutter war bei ihm, um ihm etwas Vertrautes und Warmes zu übermitteln. Wenn es Gott wirklich gab, dann musste er doch wissen, dass er hier kurz vor dem Verdursten war, während seine schwangere Frau in Südafrika ums Überleben kämpfte.

Würde er ihm helfen? Würde er rechtzeitig dafür sorgen, dass sie gefunden wurden?

Seine Lippen bewegten sich kaum, als er zum ersten Mal seit seiner Kindheit die Hände faltete und zu Gott betete. Eine warme Welle erfasste seinen Körper. Obwohl er von der Anstrengung müde und schlapp war, formte sich nun deutlich spürbar eine Gewissheit in seinem Inneren: Er würde es schaffen!

* * *

Aurilio lag auf seinem Bett und dachte nach. Zum tausendsten Mal fragte er sich, was er übersehen hatte. Diese verdammte Filmdose musste doch irgendwo sein.

Es machte ihn wahnsinnig. Voller Unruhe sprang er wieder auf und lief rastlos in seiner Wohnung herum. Wütend zertrümmerte er sein Geschirr und warf alles um sich, was er in die Finger bekam.

Er beschimpfte lauthals alle, die ihm einfielen, und dachte sich die fürchterlichsten Strafen für alle möglichen Menschen aus, bis er wieder schlapp ins Bett sank.

Als das Telefon klingelte und ihn aufweckte, erfasste ihn wieder der Zorn und er hätte es am liebsten zum Fenster hinausgeschmissen. Aber es könnten ja wichtige Informationen über die Filmdose sein, dachte er im gleichen Moment und versuchte sich zusammen zu reißen.

„Hallo Aurilio, hier ist Paco. Josés Frau hat mich soeben angerufen. Er ist letzte Nacht nicht heimgekommen und hat sich auch heute noch nicht gemeldet. Weißt Du, wo er ist?"

Aurilio überlegte fieberhaft, was er antworten sollte und sagte dann möglichst nachdenklich klingend: „Er hatte etwas von einem Auftrag erwähnt, der sofort erledigt werden müsste. Ich glaube, er wollte in den Norden, aber so genau hat er es mir nicht gesagt. Er wirkte ziemlich hektisch."

„Ich dachte, er sollte sich um die Gefangenen kümmern?"

„Ja, das dachte ich auch und ich war auch ziemlich sauer auf ihn. Aber er meinte, sein Auftraggeber verstünde keinen Spaß. Er müsse sofort los. Was blieb mir denn anderes übrig, als ihn fahren zu lassen."

„Ja, Chef. Wer kümmert sich jetzt um die drei im Keller? Soll ich da mal vorbeischauen?"

„Nein, nein. Lass nur. Ich mach das schon. Ich sag Dir Bescheid, wenn es mir zuviel wird."

„Okay! Werde gleich mal Josés Frau anrufen, damit sie sich keine Sorgen macht."

Paco beendete das Telefonat und rief gleich darauf bei Alfonso an.

„Du Alfonso, irgendetwas stimmt da nicht. Ich habe gerade mit Aurilio telefoniert und er hat mir gesagt, dass José irgendeinen Auftrag bekommen hat, für den er in den Norden fahren muss. José hat ganz sicher keinen Auftrag angenommen, ohne seiner Frau oder einem von uns Bescheid zu geben."

„Ja, seltsam. Aber warum sollte Aurilio etwas sagen, was nicht stimmt?"

„Er ist in letzter Zeit so seltsam. Seine Augen gefallen mir nicht. Wenn ich ihn ansehe, läuft es mir eiskalt den Rücken runter. Es muss mit dem letzten Einbruch zusammenhängen."

„Mich hat vor allem gewundert, dass wir die Mädchen entführen sollten. Wie will er sie denn je wieder frei lassen? Sie wissen wie wir aussehen! Wer kümmert sich denn jetzt um sie, wenn José nicht da ist?"

„Er will sich selbst um die drei kümmern."

„Oh je, der arme Schwarze. Der hatte schon das letzte Mal eine ordentliche Tracht Prügel von Aurilio abbekommen."

„Ja. José hatte schon befürchtet, der Schwarze hätte innere Blutungen von Aurilios Tritten. Sein ganzes Gesicht war blutverschmiert und er hat sich vor Schmerzen tagelang gekrümmt."

„Das mit den Gefangenen gefällt mir nicht", sagte Alfonso nachdenklich.

„Mir auch nicht. Hoffentlich kommen wir aus der Sache wieder sauber raus", erwiderte Paco.

„Das hoffe ich auch. Ruf mich an, wenn Du was von José hörst."

„Ja und Du genauso. Bis dann."

* * *

Natalie wachte auf, als Caroline im Dunkeln stolperte.

„Caro, was machst Du?"

Nachdem Caroline nicht antwortete, stand sie auf und tastete sich zu Caroline, die am Fenster des Lichtschachtes stand und das Kondenswasser vom Fensterglas leckte.

Natalie konnte sich auch nicht mehr zurückhalten. Gemeinsam leckten sie die Kellerfenster ab. In Ihrem Wahn dachten sie nicht an Moarito, sie versuchten jeden Tropfen zu erwischen.

Anschließend standen sie auf wackeligen Beinen an die Wand gelehnt da und schnauften vor Anstrengung.

„Ich brauche so dringend Wasser", jammerte Caroline. Natalie schluckte mehrmals in der Hoffnung, dass sich mehr Speichel bildete. Ihre Mundhöhle fühlte sich so staubtrocken wie eine Wüste an, aber sie wusste, jammern half hier nicht. Sie nahm Carolines Hand und drückte sie. Worte sparte sie sich, sie mussten ihre Verzweiflung unterdrücken.

Langsam bewegten sie sich wieder zu ihrem Lager.

Die wenigen Tropfen Wasser hatten ihnen gut getan. Vor lauter Verzweiflung hatten sie schon den Eimer ihrer Notdurft geleert, aber die Ausscheidungsmenge hatte sich drastisch reduziert. Sie waren gierig nach Flüssigkeiten. Ekelgefühle gab es nicht mehr. Es ging nur noch ums nackte Überleben.

Sie lagen ohne ein Wort zu sagen nebeneinander. Natalie schwor sich, nie wieder ein Glas Wasser zu verschwenden. Wie oft hatte sie schon stundenlang unter der Dusche gestanden. Dieses viele Wasser, das sie einfach in den Abfluss laufen ließ. Wenn sie jetzt nur eine klitzekleine Menge davon hier hätte, wären sie alle gerettet.

„Meinst Du, wir schaffen es?", flüsterte Caroline ängstlich.

Natalie war froh, dass Caroline einen lichten Moment hatte. Sie schien die ganze Zeit dem Wahnsinn so nahe, dass Natalie um sie bangte.

„Wir schaffen es. Aurilio wird uns finden. Ich bin mir ganz sicher. Wir müssen es nur schaffen durchzuhalten, bis er da ist." Zur Bekräftigung nahm sie Carolines Hand und drückte sie.

Irgendwann schliefen sie Hand in Hand ein.

* * *

Annabella versuchte zu schlafen, aber sie musste die ganze Zeit an das Gespräch mit Theresas Onkel denken. Irgendetwas stimmte hier nicht. Warum bekam sie keine Lösegeldforderung? Ob Caroline und Natalie noch lebten?

Sollte sie Cecile vielleicht doch Bescheid sagen? Aber Cecile war mit Ihrem verletzten Mann schon genug bestraft. Nein, das konnte sie ihr nicht auch noch antun. Morgen würde sie zur Polizei gehen. Auf ihren Bruder war momentan kein Verlass. Er rief nicht an und hob auch nicht ab, wenn sie ihn anrief. Wenn doch nur Alexander da wäre.

Annabella fühlte sich verlassen und allein in dem großen Haus. Sie kuschelte sich ganz fest in ihre weiche Decke und weinte sich voller Selbstmitleid in den Schlaf. Am nächsten Morgen gab sie sich einen Ruck. Sie durfte nicht länger warten, mahnte sie sich. Also machte sie sich zurecht und fuhr zur Polizei.

Als sie vor Kommissar Gonzalez saß und ihm die Geschehnisse der letzten Tage schilderte, war sie ein einziges Nervenbündel.

„Frau Fernandez! Warum kommen sie erst heute, wenn ihre Gäste schon vor fast einer Woche entführt wurden?"

„Ich weiß es nicht. Es ist schwierig zu erklären", stotterte die sonst selbstbewusste Annabella vor sich hin. Was hatte sie eigentlich erwartet, dachte sie sich. Wie stand sie nun da?

„Dann versuchen Sie es einfach", forderte sie der Kommissar auf.

„Mein Bruder wollte die Mädchen selbst finden! Er hat gute Kontakte und er sucht Tag und Nacht nach Ihnen. Telefonisch erreiche ich ihn gar nicht mehr. Er ist nur unterwegs. Bevor er gegangen ist, hat er mir versprochen, mit den Mädchen heimzukommen. Ich habe mich einfach auf ihn verlassen", jammerte Annabella.

„Erzählen Sie mir alles, was Ihnen einfällt, ab dem Einbruch im Haus der von Minnchagens", forderte der Kommissar in harschem Ton.

Annabella seufzte tief und begann zu erzählen. Sie versuchte nichts auszulassen, aber sie konnte es nicht lassen, sich selbst in den Mittelpunkt zu stellen und als besonders hilfsbereit und sozial engagiert zu erscheinen.

Der Kommissar nahm alles auf Band auf. Als sie fertig war, bedankte er sich etwas freundlicher und verabschiedete sie.

„Was werden sie nun unternehmen?", fragte Annabella, die sich nicht so einfach abservieren lassen wollte.

Abweisend antwortete der Kommissar: „Wir werden uns bei Ihnen melden, wenn wir weitere Fragen haben. Solange sollten sie sich gedulden." Mit einem abfälligen Lächeln fügte er hinzu: „Abwarten ist doch Ihre Stärke, oder?" Bevor sich Annabella darüber aufregen konnte, schob er sie sanft aber bestimmt zur Tür hinaus.

Annabella wollte jetzt nicht wieder in ihr leeres Haus zurückkehren, also entschied sie sich, in die Stadt zu fahren. Lustlos bummelte sie durch die exklusiven Einkaufsstraßen. Zum Einkaufen fehlte ihr die Lebensfreude. Niedergeschlagen setzte sie sich in ein kleines Cafe und trank einen Cappuccino.

Ihre Stimmung wurde einfach nicht besser, daher entschied sie sich nun doch wieder nach Hause zu fahren. Der Gedanke an die Mädchen ließ ihr keine Ruhe. Was hätte sie denn anders machen können?

Kurz vor ihrem Haus überlegte sie es sich anders und fuhr zu Cecils Ferienhaus. Sie parkte ihr Auto direkt vor dem Haus. Die Haustür war versiegelt, darum ging sie um das Haus herum. Das bodenlange Fenster im Schlafzimmer war noch nicht repariert worden. Man hatte es einfach mit einer Folie zugeklebt. Sie versuchte die Folie vorsichtig einen Spalt breit zu entfernen, damit sie hineinschlüpfen konnte.

Drinnen bekam sie einen Schock. Die Diebe hatten wirklich alles mitgenommen, was wertvoll oder einfach nur schön gewesen war.

Cecile wird einen Heulkrampf bekommen, wenn sie hierher kommt und dieses Chaos sieht, dachte sich Annabella. Sie ging von Zimmer zu Zimmer und wurde immer deprimierter. Aber je länger sie durch das Haus ging desto weniger wusste sie, was sie hier eigentlich wollte. Hatte sie insgeheim gehofft, die Mädchen hier zu finden? Was für eine blödsinnige Idee, dachte sie sich.

Sie gelangte durch das Schlafzimmerfenster wieder ins Freie und klebte die Folie vorsichtig zu. Als sie zu ihrem Auto ging, parkte Aurilio gerade seinen Sportwagen am Straßenrand. Annabella blieb stehen, da sie dachte, er hätte den gleichen Einfall gehabt, sich noch einmal in dem Haus umzuschauen. Aber Aurilio schien tief in Gedanken versunken über die Straße gehen zu wollen.

„Aurilio", rief Annabella erstaunt.

Aurilio erschrak sichtbar und blieb mitten auf der Straße stehen.

„Was machst Du denn hier?", fragte Aurilio immer noch verwirrt und ging auf sie zu.

Annabella ging ihm entgegen. „Ich wollte nicht einfach nur zu Hause herum sitzen, da habe ich mir gedacht, ich schau einfach nach, was Cecile noch geblieben ist und ob ich vielleicht doch noch irgendeinen Hinweis entdecke."

„Und? Ist ihr noch etwas geblieben?", fragte Aurilio, der sich inzwischen wieder gefangen hatte.

„Nichts! Absolut nichts! Die ärmste Cecile." Annabella stutzte. „Aber ich dachte, Du warst auch schon im Haus und hast Dich umgesehen?", Annabella verstand seine Bemerkung nicht.

„Ja, ja, aber so gut wie Du kenne ich das Haus nicht. Ich glaube, wir sollten jetzt doch lieber zu Dir fahren. Ich könnte jetzt einen Gin Tonic gebrauchen."

„Jetzt warte mal kurz. Erstmal will ich endlich wissen, welche Fortschritte Deine Suche nach Caroline und Natalie macht. Du verschwindest einfach und meldest Dich tagelang nicht. Meinst Du ich mache mir keine Sorgen?"

Annabella fühlte Wut in sich aufsteigen, als Aurilio nur desinteressiert mit den Schultern zuckte.

„Du hast mir versprochen, dass Du alles dransetzen wirst, sie zu finden! Wahrscheinlich hast Du alles andere erledigt, nur das Wichtigste wieder einmal übersehen, weil es vielleicht zu anstrengend ist."

„Hey Schwesterchen, nun bleib mal ganz ruhig. Nicht hier auf der Straße. Lass uns das bei Dir ausdiskutieren. Ich habe sie zwar noch nicht gefunden, aber wir sind nahe dran. Ich erzähle Dir gleich alles was ich herausgefunden habe. Versprochen!"

Annabella setzte sich wütend und enttäuscht ins Auto und fuhr mit halsbrecherischer Geschwindigkeit die Auffahrt hinunter.

Aurilio sah ihr stirnrunzelnd hinterher.

Wenn seine Schwester in dieser Stimmung war, musste er sich zusammenreißen. Eigentlich wollte er seine drei Gefangenen fragen, ob ihnen schon eingefallen war, wo die Filmdose ist. Langsam müssten sie redselig werden. Aber jetzt ging das nicht, seine Schwester durfte keinen Verdacht schöpfen. Er setzte sich ebenfalls in sein Auto und fuhr ihr hinterher.

Annabella hatte die Haustür offen gelassen und war schon dabei, seinen Gin Tonic einzuschenken. Aurilio nahm den Drink dankbar an. Ohne ihren Bruder eines Blickes zu würdigen, ging Annabella in den Salon.

„So, jetzt bin ich sehr gespannt, was Du in der Zwischenzeit alles unternommen hast, um die beiden zu finden", sagte sie streng.

„Ich habe alles getan, was in meiner Macht steht. Ich selbst suche die Mädchen rund um die Uhr. Ich habe Freunde gebeten die Augen offen zu halten und ich fahre jetzt gleich wieder los, um weiterzusuchen", entgegnete Aurilio genervt.

„Mit anderen Worten: bisher hast Du noch gar nichts herausgefunden. Stimmts? Dann musst Du Dich eben noch mehr anstrengen! Ich lasse Dir immer alles durchgehen, weil Du es in der Kindheit ja so viel schwerer hattest als ich. Aber ich habe mich auch nie hängen und andere für mich arbeiten lassen. Ich habe mich selbst aus dem Dreck gezogen und Dich mit. Immer habe ich versucht, für Dich da zu sein und für Dich zu sorgen. Aber Du, Du hast nur ein blödes Grinsen auf den Lippen und denkst, es geschieht mir recht. Weißt Du eigentlich, warum ich dir immer wieder unter die Arme greife? Weil Du meine Familie bist. Familie ist das Wichtigste auf der Welt. Füreinander einzustehen und auch zu verzeihen. Dieses Band findest Du bei keinem Freund und wirst es auch bei keiner Frau finden! Aber auch dieses Band muss gepflegt werden. Du setzt Dich einfach her und machst immer nur die Hand auf und meinst, ich bekäme alles auf einem Silbertablett serviert, daher kann ich auch was für dich abdrücken. Tolle Einstellung, Bruderherz! Jetzt bitte ich Dich einmal um Deine Hilfe, weil mir die beiden Mädchen so sehr am Herzen liegen und ich wahnsinnige Angst habe, dass ihnen das gleiche wie Theresa passiert sein könnte! Und Du, Du zuckst nur mit den Schultern! Ich habe so gehofft, dass Du Dich einmal meldest und mich informierst, was Du gerade unternimmst, um sie zu finden. Aber von Dir kommt gar nichts. Langsam bin ich auch davon überzeugt, dass es Dir vollkommen egal ist, was mit den Mädchen passiert ist!"

„Theresa?", unterbrach Aurilio ihre Schimpfkanonade fragend. Irgendwie hatte Annabella den Eindruck, dass er gerade eine Spur blasser geworden war.

„Ja Theresa! Irgendein Schwein hat ihr das Genick gebrochen! Vielleicht waren das die Entführer! Sie wurde achtlos auf das Feld am Ortsende geworfen. Die Polizei ist dran, aber sie tappen noch im Dunkeln."

„Wer hat Dir davon erzählt?"

„Ihr Onkel! Und übrigens, im Gegensatz zu Dir hat er Theresa innerhalb von ein paar Stunden gefunden. Theresa hatte zu ihm ein sehr gutes Verhältnis und hat ihm scheinbar viel erzählt. Er hat sich geschworen, den Täter selbst zu finden, um Theresa zu rächen. Ich glaube, er wird es auch schaffen. Die Fragen, die er stellt und wie er kombiniert, hört sich wirklich sehr gut an."

Aurilio war aufgesprungen und fragte mit noch blasserem Gesicht: „Welche Fragen hat er Dir gestellt und was hat er kombiniert?"

„Er wollte alles über Theresas Arbeit hören und was hier so in letzter Zeit passiert ist, weil Theresa ihm von der Entführung der Mädchen berichtet hatte. Er hat mir dringend geraten, zur Polizei zu gehen, weil er dort schon von der Entführung erzählt hatte."

Aurilios Gesichtsfarbe wechselte von blass in rot über und seine Halsschlagader trat etwas hervor.

„Was hatte ihm Theresa sonst noch erzählt?"

„Sonst hatte er nichts erwähnt." Nachdenklich sah Annabella zur Decke. „Nein, an Weiteres kann ich mich nicht erinnern. Er hat nur mehrmals betont, dass ich zur Polizei gehen sollte. Er ist ein ausgesprochen sympathischer Mann."

„Sympathischer Mann, pahh! Er kann Theresa auch nicht mehr zurückholen!"

„Das leider nicht, aber ich finde es gut, dass er der Polizei hilft, den Täter zu überführen. Und ich bin mir sicher, dass er den Täter vor der Polizei findet."

„Oder der Täter findet ihn."

„Aurilio, welches Interesse sollte der Täter an Theresas Onkel haben?"

„Wenn der Täter mitbekommt, dass der Onkel zu viel weiß?"

„Er wird sich schon wehren können. Die arme Theresa konnte es nicht. Wie furchtbar! Ich darf mir gar nicht vorstellen, was unseren Mädchen passiert sein könnte." Annabella stand auf und holte sich auch einen Drink.

„Warst Du schon bei der Polizei?", fragte Aurilio leise.

„Ja, heute. Nachdem Du Dich nicht mehr gemeldet hast, war ich total verunsichert. Jetzt bin ich froh, dass ich dort war. Vielleicht stoßen sie auf etwas, das auch im Zusammenhang mit der Entführung von Natalie und Caroline steht. Mein Gott, hoffentlich finden sie sie lebend."

„Du weißt doch selbst, dass die Polizei nichts unternimmt."

„Doch, in einem Mordfall schon. Und nachdem Theresa auf dem Weg von mir nach Hause umgebracht worden ist und die Mädchen direkt vor meinem Haus entführt worden sind, sind die Fälle miteinander verknüpft. Sie werden die Fälle gemeinsam lösen. Ich fürchte mittlerweile auch, dass Theresa irgendetwas gewusst oder gesehen hat und deshalb sterben musste."

„Was hast Du denn der Polizei alles erzählt?", fragte Aurilio betont ruhig.

„Alles."

„Was heißt denn alles?", fragte er jetzt gereizt.

„Alles was seit dem Einbruch in dem Ferienhaus der von Minnehagens passiert ist. Was wir unternommen haben, wen wir getroffen haben. Ich habe ihnen auch erzählt, dass Du unermüdlich nach ihnen suchst", sagte Annabella stolz.

„Na toll. Da kann ich gleich einen Bericht für die Polizei verfassen. Du weißt doch ganz genau, dass ich mit Leuten zusammenarbeite, die nichts mit der Polizei zu tun haben wollen. Wenn die erfahren, dass ich mit der Polizei zusammenarbeite, bin ich vielleicht der Nächste, der im Feld liegt", sagte Aurilio dramatisch.

„Du warst ja nicht erreichbar", antwortete Annabella schnippisch.

„Trotzdem hättest Du auf mich warten können. Du wirfst mir vor, dass ich immer nur da hocke und die Hand aufhalte. Kaum bin ich mal nicht da, verfällst Du in Panik und machst Blödsinn. Du gibst und gibst und erstickst mich fast mit Deinen mütterlichen Gesten. Du tust das nicht nur für mich, Schwesterlein. Du tust es vor allem für Dein Ego. Es ist ja so schick, dem armen Bruder unter die Arme zu greifen, um ihn dann immer wieder einmal den gelangweilten Damen gehobener Klasse im feinen Anzug vorzuführen.

Was Du mit mir machst, ist noch viel grausamer. Die Blicke der Damen sind unmissverständlich. Entweder denken sie sich: Hoppla, ich wusste gar nicht, dass man so etwas zivilisieren kann oder sie beobachten mich mit lüsternen Blicken und denken sich: Ja! Einmal wilden animalischen Sex haben. Einfach genommen zu werden von dem bösen gutaussehenden Mann. Vermutlich haben die meisten Deiner modischen Freundinnen gar keinen Sex mehr, weil dabei ja ein Fingernagel abbrechen oder die Schminke verlaufen könnte. Ihr tut mir ja so leid in eurer unnatürlichen und gestelzten Welt!"

„Bisher hatte ich den Eindruck, dass es Dir Spaß macht, mich auf die Partys zu begleiten. In Zukunft werde ich ohne Dich hingehen. Und dass ich Dich mit meinem Geben erdrücke, hättest Du mir schon viel früher sagen können. Dann hätte ich mir einiges sparen können. Du hast mir immer das Gefühl gegeben, schuld daran zu sein, dass Du es in unserer Kindheit viel schwerer hattest. Irgendwie hatte ich die ganze Zeit ein schlechtes Gewissen, das ich damit besänftigen wollte. Aber warum ich ein schlechtes Gewissen habe, weiß ich ehrlich gesagt gar nicht. Ich habe gekämpft wie ein Löwe, um nicht so zu enden, wie unsere Mutter. Ich wollte mehr als nur überleben. Ich wollte schöne Kleider und schöne Schuhe, ich wollte nicht jeden Cent umdrehen müssen und mich jedes Mal fragen: Kann ich mir das wirklich leisten? Morgens aufzuwachen und schöne Dinge um mich zu haben, Leckereien bis zum abwinken, Champagner und jede Menge feiner Partys, wo man wichtige und interessante Menschen trifft. Das wollte ich! Genau das habe ich erreicht und darauf bin ich stolz! Modeln ist harte Arbeit, bei der man hoch konzentriert und vor allem diszipliniert sein muss. Ich habe es weit gebracht als Model und Du? Was hast Du auf die Beine gestellt? Lass mich raten. Du hast Freunde, die unglaublich gute Beziehungen haben? Wo sind sie denn, Deine tollen Freunde? Da sind zwei junge Mädchen in Lebensgefahr, aber wer hilft Dir denn, sie zu finden? Ich sehe niemanden, der sich die Auffahrt anschaut und herumsucht, ob er vielleicht ein Indiz findet, das auf den Täter hinweist. Es hat mich auch niemand gefragt, wo wir an dem besagten Tag überall waren und ob uns vielleicht schon vorher irgendetwas aufgefallen ist. Was die Mädchen an diesem Tag für Kleidung, Schuhe etc. trugen. Nichts! Und was hast Du beruflich auf die Beine gestellt? Irgendwie muss es mir entgangen sein, dass Du einen Beruf erlernt hast. Hand aufhalten war wohl lukrativ genug, hm?"

Annabellas Augen blitzten zornig, während sich um ihren Mund ein zynisches Lächeln legte.

„Ich kaufe Dinge günstig ein, restauriere sie und verkaufe sie dann für viel Geld an interessierte Händler. Auch wenn Du es nicht glaubst, ich arbeite sehr viel."

Bevor Annabella darauf etwas erwidern konnte, klingelte das Telefon.

„Fernandez", Annabellas Stimme klang gereizt.

„Hier ist Kommissar Gonzalez. Es sind Ungereimtheiten aufgetreten, wir würden Sie gern kurz besuchen."

„Natürlich! Sie können jederzeit vorbei kommen", sagte sie mit einem bösen Lächeln in Aurilios Richtung.

„Vielen Dank, Frau Fernandez, dann kommen wir sofort."

„Bis gleich."

Als sie aufgelegt hatte, sagte Annabella: „Du kannst der Polizei gleich selbst erzählen, wo Du die Mädchen schon überall gesucht hast, damit sie dort nicht vergeblich noch einmal suchen. Sie sind gleich da."

„Ich werde nicht bleiben. Wenn die Polizei mir Fragen stellen will, dann sollen sie zu mir kommen. Ich gehe jetzt."

„Wovor hast Du eigentlich Angst, Aurilio? Irgendwelche unsauberen Geschäfte am laufen? Egal, jetzt geht es um die Mädchen und ich möchte, dass Du hier bleibst und wir der Polizei helfen, ihren Job zu machen. Denn offensichtlich sind sie ja doch aktiv, sonst würden sie nicht extra hier vorbei kommen", sagte Annabella, die von der Diskussion noch recht verärgert war.

Aurilio kam mit einem bösen Grinsen auf sie zu und gab ihr einen Kuss auf die Stirn. „Ich habe vor niemandem Angst, dass weißt Du doch! Ich mag nur ganz einfach keine Polizisten. Bis morgen."

* * *

Kaum war Aurilio weg, klingelte es schon an der Tür.

„Herr Kommissar! Sie sind wirklich schnell. Kommen Sie doch herein", sagte Annabella jetzt wieder freundlich.

Kommissar Gonzalez hatte einen jungen Polizisten mitgebracht, der sich aber nicht vorstellte. Sie gingen in den Wohnbereich und setzten sich auf das Sofa, auf dem Aurilio gerade noch gesessen hatte.

„Sie hatten wohl eben Besuch?", fragte der Kommissar mit Blick auf das Glas von Aurilio. „Ich hoffe, wir haben ihren Besuch nicht in die Flucht geschlagen."

„Nein, nein. Mein Bruder wollte sowieso gerade gehen. Er war sehr müde."

„Oh! Ihr Bruder war da! Schade, dass wir das nicht vorher gewusst haben. Wir hätten ihn gern gebeten, noch einen kurzen Augenblick zu bleiben, um ein paar Fragen an ihn los zu werden."

„Ich kann ihm Bescheid geben, dass er morgen bei Ihnen im Präsidium vorbeischaut!"

„Nein, danke. Es wäre das Beste, wenn sie mit ihm nicht über unsere Fragen sprechen würden, damit wir unbefangen mit ihm reden können."

„Welche Fragen haben sie denn?"

„Wir hätten gern noch einmal den gesamten Ablauf des Entführungstages rekonstruiert. Lassen Sie sich ruhig Zeit, aber wir brauchen jede einzelne Kleinigkeit. Wie hat der Tag begonnen und wer hat an diesem Tag was gemacht." Erwartungsvoll sahen sie Annabella an.

Annabella wurde es flau in der Magengegend, aber sie erzählte tapfer und begann mit dem frühen Morgen des besagten Tages:

„Als ich an diesem Morgen aufwachte, erzählten mir Caroline und Natalie aufgeregt, dass in Natalies Auto eingebrochen worden war. Ich glaube, der Einbrecher hatte nichts entwendet, aber alles durchsucht und den Inhalt des Handschuhfachs im Auto verstreut. Ich war sehr ängstlich, weil ja kurz vorher das Haus meiner Freundin Cecile ausgeraubt worden war. Daher habe ich meinen Bruder angerufen, damit er uns hilft. Er kam dann auch sofort und versprach mir, sich um alles zu kümmern. Vor allem wollte er sich überlegen, wie er unser Haus vor Einbrechern absichern könnte. Er wollte in Ruhe nachdenken und schlug vor, dass ich mit den Mädchen einen Ausflug mache. Nachdem er mir versprochen hatte auf mein Haus aufzupassen und sich um alles zu kümmern, fuhr ich mit den Mädchen nach Alicante.

Es war ein sehr schöner Tag und wir konnten uns beim Einkaufsbummel alle ein bisschen ablenken. Natalie sah zwar manchmal etwas traurig aus, aber ich bin mir sicher, dass auch sie den Tag genoss. Als wir in der Abenddämmerung heimkamen, also wir hielten hier auf der Auffahrt, wurden plötzlich die Türen meines Autos aufgerissen und jemand hat mir ein übel riechendes Tuch vor Mund und Nase gehalten. Danach habe ich nichts mehr mitbekommen.

Als ich wieder aufwachte, war mein Bruder bei mir. Ich fragte gleich nach den Mädchen, aber mein Bruder erzählte mir, dass er nur noch mich retten konnte. Jemand hatte ihn k.o. geschlagen und er war in genau dem Augenblick wieder zu sich gekommen, als die Entführer Caroline und Natalie in ihrem Auto verstaut hatten und mich holen wollten. Er ist so schnell er konnte zu den Autos gelaufen. Daraufhin haben sie mich sitzen lassen und sind mit den beiden Mädchen abgehauen. Mir ging es an diesem Abend sehr schlecht, deshalb ist mein Bruder bei mir geblieben." Annabella zitterte bei dem Gedanken an diesen Abend, hatte sich aber gleich wieder unter Kontrolle.

„Konnten Sie jemanden erkennen, als Sie die Auffahrt herauf gefahren sind? Oder als Ihre Autotür aufgerissen wurde?"

„Nein, es war zu dunkel. Die Laternen auf der Auffahrt waren aus."

„Sie verstehen sicher, dass wir ihren Bruder auch befragen müssen. Können Sie uns bitte seine Anschrift nennen?"

„Ich weiß nur, dass er in Alicante wohnt. Allerdings habe ich keine genaue Anschrift, weil ich noch nie in seiner Wohnung war."

„Sie waren noch nie in seiner Wohnung?", fragte der Kommissar sichtlich erstaunt.

„Nein, er möchte es nicht. Ich denke, er schämt sich, weil er nicht so viel Geld hat wie wir und in einer kleinen Wohnung lebt", sagte Annabella entschuldigend.

„Okay, dann bräuchten wir bitte seine Telefonnummer."

„Natürlich." Annabella holte einen Zettel und Stift und schrieb schnell die Nummer auf.

„Haben Sie Fotos von Natalie und Caroline?"

„Nein, leider nicht, aber ich kann sie sehr genau beschreiben."

„Gut, dann kommen sie bitte so schnell wie möglich noch einmal bei unserer Dienststelle vorbei, damit wir die Beschreibung aufnehmen und Fahndungsbilder machen können."

„Ja natürlich. Ich hoffe, sie finden Natalie und Caroline. Es sind zwei so wunderbare Mädchen."

„Wir werden alles dafür tun. Haben Sie den Eltern der Mädchen schon Bescheid gesagt?" Der Kommissar sah sie prüfend an und kannte die Antwort, bevor Annabella den Kopf schüttelte.

„Ich wollte niemanden umsonst ängstigen. Außerdem geht es Frederic von Minnehagen ziemlich schlecht, da haben die beiden ohnehin schon genug Sorgen."

„Eine Mutter will doch wohl wissen, wenn mit ihrem Kind irgendetwas nicht in Ordnung ist. Und von umsonst ängstigen kann hier nicht mehr die Rede sein. Nach Theresas Tod", erwiderte der Kommissar eindringlich.

„Ja, ich werde es sofort nachholen."

„In Ordnung. Auf Wiedersehen, Frau Fernandez und rufen sie Ihren Bruder nicht an. Sie würden damit niemandem einen Gefallen tun."

„Nein, ich rufe ihn nicht an, Herr Kommissar. Ich habe es Ihnen ja versprochen. Auf Wiedersehen und viel Erfolg! Bitte melden Sie sich so schnell wie möglich."

Als der Kommissar in seinem Fahrzeug saß, ließ er per Funk die Adresse von Aurilio Gomez heraussuchen und fuhr schon einmal in Richtung Alicante.

„Ich freß 'nen Besen, wenn der Kerl nichts mit der Sache zu tun hat. Wenn alle drei Frauen gleichzeitig ein Tuch vor den Mund gelegt bekommen haben, dann müssen es drei Täter gewesen sein. Also hätten die drei Täter auch die drei Frauen gepackt und sie gleichzeitig in ihren Transporter geworfen. Warum sollten sie Frau Fernandez erst einmal im Auto sitzen lassen? Die wiegt nicht mehr als 50 Kilo, wenn überhaupt. Das schafft ein Mann doch locker."

„Es sei denn, einer von denen hat einen Bandscheibenschaden", warf der junge Polizist lächelnd ein.

„Ich sag Dir wie es wirklich war: Die Einbrecher, die in dem Haus der von Minnehagens irgendetwas gesucht haben, dachten, dass die Mädchen es mitgenommen haben. Als sie auch im Auto der Mädchen nicht fündig wurden, haben sie sich um die Mädchen selbst kümmern müssen. Die Alte betäuben sie und lassen sie einfach im Auto sitzen, weil sie nichts mit der Sache zu tun hat. Sie wäre nur zusätzlicher Ballast."

„Und Theresa? Wie passt die da hinein?"

„Theresa war zum Zeitpunkt der Entführung schon zu Hause, aber sie hatte ihrem Onkel über das dubiose

Verhalten von Herrn Gomez erzählt. Es kann nur der Bruder von Frau Fernandez gewesen sein."

Der Kommissar ging in Gedanken schon die Fragen durch, die er Aurilio stellen wollte, als per Funk die genaue Adresse durchgegeben wurde. Sie fuhren mit Blaulicht durch Alicante und erreichten kurz darauf das Haus, in dem Aurilio Gomez leben sollte.

„Eine feine Gegend hat er sich nicht gerade ausgesucht", sagte der Kommissar, während sie im Fahrstuhl in den fünften Stock fuhren.

An der Wohnungstür klingelten sie Sturm, aber nichts rührte sich. Sie klopften und riefen seinen Namen, da öffnete sich die Nachbartür und eine alte Frau schaute heraus.

„Er ist gerade erst weggefahren", sagte sie mit brüchiger Stimme, während ihr Blick neugierig die Situation erfasste.

„Was hat er denn angestellt?", fragte sie.

„Hatte Herr Gomez Gepäck dabei?", fragte der Kommissar, ohne auf ihre neugierige Frage einzugehen.

„Ja, er hatte zwei große Taschen dabei." Jetzt fühlte sie sich in ihrem Element und kam ins Treppenhaus hinaus.

„Ich habe mir schon gedacht, da muss etwas passiert sein, weil er sich gar so sehr beeilt hat! Dass mit dem jungen Mann etwas nicht stimmt, habe ich mir schon immer gedacht. Es ist ja nicht normal, wenn jemand so gut aussieht und nie eine Frau mit in seine Wohnung nimmt." Sie holte tief Luft und wollte noch mehr erzählen, aber der Kommissar bedankte sich schnell und ließ sie einfach stehen. Sie gingen zur Tür und öffneten sie geschickt mit einem Dietrich.

In der Wohnung herrschte unendliches Chaos. Scheinbar hatte er in aller Eile gepackt. Sie verließen die Wohnung und liefen die Treppen hinunter, um per Funk eine Suchmeldung herauszugeben. Anschließend fuhren sie noch einmal zu Frau Fernandez.

* * *

Natalie, Caroline und Moarito lagen erschöpft auf ihrem Lager. Ihre Hoffnung auf Rettung wurde immer schwächer.

Natalie dachte an ihre Mutter, an ihre lieben Augen, die sie traurig und wehmütig anschauten. Es tut mir leid, dass ich Dir das antun muss, Mama. Aber ich kann es jetzt nicht mehr ändern! Nach dem Einbruch hätte ich nach Hause fahren müssen, ich weiß ja, aber ich wollte dieses neue Leben und den Luxus noch ein wenig genießen. Wenn ich noch einmal die Wahl hätte, dann würde ich mich anders entscheiden. Ich will nicht, dass die Trauer um mich Deinen Lebensmut und Deine Lebensfreude trübt. Wenn ich mir eine Mutter hätte aussuchen dürfen, dann würde ich mich immer nur für Dich entscheiden, denn Du hast mir die wahren Werte vermittelt und mir in jeder Situation gezeigt, dass Deine Liebe zu mir unendlich ist. Ich habe mich zu Hause immer sehr wohl gefühlt und ich würde euch so gerne selbst sagen, dass ich euch liebe, aber ich glaube, ich werde es nicht mehr hinkriegen, so lange wach zu bleiben. Papa pass auf Mama auf! Du musst sie von dem Schmerz ablenken und ihr neue Kraft schenken. Du schaffst es! Du bist der stärkste Mann, den ich je kennen gelernt habe. Ich bewundere und liebe Dich sehr.

Langsam löste sich eine Träne aus ihrem Auge und ran ihr hinter das Ohr. Sie fühlte, wie es an der Schläfe kribbelte, als die salzige Träne auf ihrer Haut langsam trocknete. Sie schluckte. Ihr Rachen und die Zunge fühlten sich ausgedörrt und geschwollen an. Mit letzter Kraft faltete sie ihre Hände über ihrem Bauch und betete in Gedanken. „Lieber Gott, ich weiß, dass ich selbst schuld an meiner Lage bin. Ich bitte Dich, doch noch jemanden hierher zu schicken, der uns rettet. Danke." Vollkommen am Ende ihrer Kräfte schlief sie ein.

Caroline war unruhig. Sie wollte immer wieder nach der Hand ihrer Mutter greifen, aber wenn sie meinte sie zu erreichen, verschwand sie wieder in weiter Ferne. Dann sah sie ihren Hund, der fröhlich kläffend über die Wiese hinter dem Haus lief. Kurz darauf war sie in ihrem Klassenzimmer und wollte sich für ihr Fehlen im Unterricht entschuldigen. Tante Cecile, die an ihr vorbeiging und sie gar nicht wahrnahm, als wäre sie ein Geist. Sie wollte rufen, aber ihre Kehle war so trocken, dass kein Ton herauskam. Immer wieder schlief sie ein und hatte den gleichen Traum, dass sie durch die Luft schwebte. Dieses Gefühl gefiel ihr, dort wollte sie bleiben!

Moarito hielt sich immer noch an seiner Familie fest. Er wollte nicht schweben. Er bat Safira, ihn festzuhalten und nie mehr loszulassen. Er wollte es schaffen! Er wollte die Schule aufbauen und den Kindern eine gute Bildung ermöglichen. Er würde sich für die Ärmsten einsetzen und mit seiner Frau und seinen Kindern ein einfaches aber sorgloses Leben führen. Er war nicht bereit, das alles jetzt aufzugeben. Noch nicht, betete er, bitte noch nicht jetzt!

* * *

Annabella überlegte, ob sie tatsächlich heute bei Cecile anrufen sollte oder ob es auch am nächsten Morgen noch reichen würde. Sie wurde aus ihren Gedanken gerissen, als ein Auto die Auffahrt heraufgefahren kam. So schnell fährt nur Aurilio hier hoch, dachte sie sich und ging zur Tür. Sie war ganz erstaunt, als der Kommissar aus dem Auto stieg.

„Haben Sie die Mädchen gefunden?", fragte sie erstaunt.

„Nein, aber Ihr Bruder ist mit Sack und Pack davon. Haben Sie ihn doch noch angerufen?"

„Nein, ganz sicher nicht. Wir haben nicht miteinander telefoniert."

„Wir werden es herausbekommen, falls Sie uns angelogen haben. Wir werden jedes Ihrer Telefonate von heute überprüfen", sagte der Kommissar grimmig.

„Nein, wirklich! Sie können mir glauben", versicherte Annabella nochmals. „Aber warum ist mein Bruder mit Sack und Pack verreist? Er hat mir nichts davon erzählt."

„Das weiß ich auch nicht, Frau Fernandez. Vielleicht hat ja Ihr Bruder mit der Entführung und mit dem Tod von Theresa etwas zu tun?", mutmaßte der Kommissar grob.

„Nein!" Annabella schüttelte den Kopf. „Nein, das kann nicht sein!", antwortete sie, aber tief in ihrem Inneren wusste sie plötzlich, dass der Kommissar Recht hatte.

„Frau Fernandez, sie müssen uns helfen, die Mädchen zu finden, bevor es zu spät ist. Sie müssen jetzt tapfer sein", rief der Kommissar.

„Warum tut er mir das an. Er könnte mir ja wenigstens sagen, wo die Mädchen versteckt sind, bevor er abhaut." Annabella fing an zu weinen.

„Frau Fernandez, die Mädchen sind in Gefahr. Wir müssen sie finden. Versuchen sie sich zu erinnern, wo sie versteckt sein könnten. Gibt es in der Nähe eine Scheune oder sonst einen Unterschlupf, wo er sie hingebracht haben könnte?"

Annabella schüttelte den Kopf. „Er hat mit mir nie über irgendwelche Angelegenheiten, die ihn betrafen, geredet."

„Was hat er denn beruflich gemacht?"

Annabella lachte bitter. „Er und Beruf? Er hat sich fleißig von mir aushalten lassen. Er hat keinen Beruf gehabt."

„Denken Sie nach! Irgendetwas muss er doch mal gemacht haben. Er kann doch nicht immer in seiner Wohnung oder hier herumgesessen haben."

„Wenn Sie wüssten", lachte Annabella verbittert. Plötzlich fiel ihr ein, was er ihr vorhin gesagt hatte.

Dem Kommissar fiel ihr veränderter Gesichtsausdruck sofort auf.

„Frau Fernandez, Sie müssen uns alles sagen, was uns helfen könnte, die Mädchen zu finden."

„Er hatte gesagt, dass er Möbel aufkauft, sie restauriert und sie dann wieder verkauft."

„Das heißt, er braucht eine Werkstatt oder eine Lagerhalle. Können Sie sich vorstellen, wo er die Möbel unterstellen könnte?"

Annabella zuckte mit den Schultern. „Nein, da habe ich keine Idee."

„Darf ich Ihr Telefon benutzen?"

„Natürlich!"

Der Kommissar rief im Büro an.

„Überprüfen Sie bei allen Werkstätten und Lagerhallen in den Gewerbegebieten im Umkreis von Busot und Alicante, ob ein Aurilio Gomez dort Mieter oder Eigentümer ist. So schnell wie möglich! Wenn Sie etwas finden, schicken Sie gleich eine Einheit hin und sagen mir Bescheid."

„Versuchen Sie, sich alle Gespräche der letzten Tage oder Wochen ins Gedächtnis zu holen. Wohin ist er gefahren? Welche Freunde hat er? Hat er eine Freundin? Es muss doch irgendwelche Anhaltspunkte geben."

Annabella schüttelte traurig den Kopf. „Er war meistens bei mir. Seine Freunde habe ich nie kennen gelernt. Er wollte sie mir nie vorstellen, weil sie nicht in unsere Gesellschaftsschicht passten, hat er gesagt. Er hat sich über die finanziell Bessergestellten gern lustig gemacht. Andererseits hat er es auch genossen, wenn ich ihn auf Partys mitgenommen habe. Aber wenn ich jetzt darüber nachdenke, dann fällt mir auf, dass er nie etwas von sich selbst preisgegeben hat. Er war sehr verschlossen. Ich hatte immer angenommen, dass es ihm unangenehm ist. Vielleicht hätte ich ihn ändern oder ihm einen Halt bieten können, wenn ich mich näher mit ihm befasst hätte."

Annabella liefen Tränen über die Wangen. Sie ließ sie einfach laufen. Ihr Make-up war sowieso schon ruiniert.

„Sie brauchen sich jetzt nicht mit Selbstvorwürfen zu quälen. Wir müssen uns nun darum kümmern, dass der Schaden möglichst gering gehalten wird. Darf ich noch einmal Ihr Telefon benutzen?"

„Natürlich, Sie brauchen nicht zu fragen."

„Kommissar Gonzalez am Apparat. Ja. Sehr gute Arbeit. Wir fahren gleich hin."

Nachdem er aufgelegt hatte, sah er Annabella aufmunternd an.

„Ihr Bruder hat eine Lagerhalle im Gewerbegebiet von Busot gemietet!"

„Lassen Sie mich mitfahren. Bitte! Wenn die Mädchen dort sind, brauchen sie mich vielleicht."

Widerwillig nahm der Kommissar sie mit.

Als sie bei der Lagerhalle ausstiegen, hatte Annabella ein mulmiges Gefühl. Das Vorhängeschloss wurde aufgebrochen und das Rolltor hochgeschoben. Ein muffiger Geruch kam ihnen entgegen, als sie die Lagerhalle betraten.

Annabella traute ihren Augen nicht. Sie ging von einem Möbelstück zum anderen. Viele der Möbelstücke kannte sie. Es waren die Sachen ihrer Freunde, die in letzter Zeit ausgeraubt worden waren. Sie bekam den Mund nicht mehr zu. Ihr Bruder war tatsächlich der Einbrecher.

„Wenn meine Freunde das erfahren, habe ich keine Freunde mehr."

Der Kommissar sah sie fragend an.

„Das sind die Schränke der von Minnehagens, die Antiquität da im Eck gehört den Raondelas. Da hängen Ceciles Kostüme. Oh Gott! Ich halt es nicht mehr aus. Er hat meine Freunde ausspioniert, sie dann **ausgeraubt** und mir immer gesagt, er würde seine Verbindungen spielen lassen, damit sie ihre Sachen zurück bekämen. Er hat mich die ganze Zeit belogen und betrogen."

Annabella setzte sich auf ein Ledersofa, das einer ihrer Freundinnen gehörte. Sie ertrug es nicht. Sie begann zu zittern und schlug die Hände vors Gesicht.

Der Kommissar setzte sich neben sie und nahm sie fest in den Arm. Annabella begann zu weinen. Sie weinte sich den ganzen Schmerz von der Seele. Sie war dankbar für den starken Arm des Kommissars und weinte haltlos weiter.

Die übrigen Polizisten durchsuchten die Lagerhalle nach Klapptüren und Hohlräume, in denen Natalie und Caroline versteckt sein könnten, aber sie fanden nichts. Nach einer guten halben Stunde waren sie abfahrbereit. Sie hatten das Tor versiegelt und einbruchsicher abgesperrt.

Sanft führte der Kommissar Annabella zu seinem Dienstfahrzeug.

„Haben Sie eine Freundin oder irgendjemanden, den sie jetzt bei sich haben wollen?".

„Nein, ich glaube ich habe jetzt keine Freunde mehr. Ich schäme mich so, dass ich nicht schon viel früher auf diesen Gedanken gekommen bin. Eigentlich hätte ich es erkennen müssen. Jetzt fällt mir so vieles ein, was ich nur kombinieren hätte müssen. Überall wurde eingebrochen, nur bei mir nicht. Aurilio interessierte sich immer ganz besonders für die wertvollen Gemälde und Antiquitäten, wenn wir bei meinen Freunden auf einer Party waren. Ich war immer ein wenig stolz, dass er sich so für Kunst und Antiquitäten interessierte und sich wirklich gut auskannte. Dabei suchte er immer nur nach Opfern, die er ausrauben konnte. Es ist mir so peinlich."

„Sie sind nicht für die Taten Ihres Bruders verantwortlich. Wenn es gute Freunde sind, werden sie das genauso so sehen."

„Nein, wir werden hier wegziehen müssen. Diese Schande halte ich nicht aus."

Sie brachten Annabella nach Hause.

„Wenn Ihnen noch irgendetwas einfällt, wo wir nach den Mädchen suchen könnten, rufen Sie mich an. Es darf auch mitten in der Nacht sein."

„Danke, Herr Kommissar. Ich werde ganz bestimmt nachdenken."

„Das wäre sehr hilfreich. Rufen Sie uns an."

28. Hohenschäftlarn

Natalies Mutter konnte nicht einschlafen. Sie musste die ganze Zeit an ihre Tochter denken. Irgendwie hatte sie das Gefühl, dass Natalie nicht glücklich war. Aber das konnte ja nicht sein. Sie waren im Haus von Carolines Tante. Sie hatten ihr mehrfach versichert, dass ihr dort nichts passieren konnte. Morgen würde sie auf jeden Fall bei der Familie von Caroline anrufen und einmal nachfragen. Sie drehte sich auf die andere Seite und machte das Licht aus.

Sie wälzte sich hin und her, aber immer wieder erschien Natalies trauriges Gesicht in ihren Gedanken. Sie gab schießlich auf und stand auf, um sich ein Buch zu holen. Am liebsten hätte sie jetzt sofort dort angerufen, aber wenn die Familie sie dann als hysterisch abstempelte, würde es Natalie auch nicht einfacher haben. Und Caroline war nun mal ihre beste Freundin.

Sie las mehrere Seiten, ohne den Sinn zu verstehen. Daher klappte sie das Buch wieder zu und schloss die Augen. Wieder sah sie Natalies traurig lächelndes Gesicht. Jetzt war sie sich sicher. Natalie musste etwas Schlimmes passiert sein.

Bitte lass ihr nichts passiert sein, betete sie still. Sie ist doch das einzige Kind, das ich habe. Sie weckte ihren Mann.

„Herbert, ich habe so ein seltsames Gefühl, dass es Natalie nicht gut geht."

„Ach Marianne. Warum sollte es ihr denn schlecht gehen? Du musst sie auch einmal loslassen. Sie wird erwachsen. Sie braucht jetzt ihre Freiheiten. Du hast immer Angst um sie, wenn sie nicht zu Hause ist. Jetzt versuch einzuschlafen und morgen rufen wir sie an. Du wirst schon sehen, ihr geht es bestimmt gut in Spanien."

Herbert nahm seine Frau fest in den Arm und streichelte ihr liebevoll den Rücken. Marianne beruhigte sich und fiel in einen unruhigen Schlaf. Immer wieder schreckte sie hoch, weil sie ihre Tochter rufen hörte.

Am nächsten Morgen rief sie gleich um acht Uhr morgens bei Carolines Familie an.

„Niedermayer!"

„Marianne Huber, guten Morgen! Ich hoffe, ich habe niemanden geweckt. Ich mache mir große Sorgen um die Mädchen, weil ich seit ihrer Abreise nichts von ihnen gehört habe. Ich wollte fragen, ob es eine Möglichkeit gibt, Natalie in Spanien telefonisch zu erreichen."

„Ja, die Mädchen haben sich bei uns auch schon lange nicht gemeldet. Ich frage meine Schwester, der das Haus in Spanien gehört und rufe Sie gleich zurück. Geben Sie mir doch schnell Ihre Telefonnummer." Marianne Huber gab ihr die Nummer und bedankte sich überschwänglich.

Franziska Niedermayer rief gleich ihre Schwester Cecile an, die bei ihren Eltern untergebracht war.

„Minnehagen", meldete sich Cecile verschlafen.

„Guten Morgen Cecile. Entschuldige bitte, dass ich Dich geweckt habe, aber Natalies Mutter hat eben angerufen und nach der Telefonnummer in Spanien gefragt. Sie möchte dort anrufen, weil die Mädchen sich schon lange nicht gemeldet haben."

Cecile war schlagartig wach.

„Ach, Franziska. Sie schlafen für eine Weile bei meiner Freundin. Sie nimmt sie auf ein paar Partys mit und geht mit ihnen Shoppen. Für die Mädchen ist es eine schöne Abwechslung. Ich rufe sie schnell an und sag den Mädchen, dass sie zu Hause anrufen sollen."

„Warum hast Du mir denn nichts davon gesagt, dass sie zu Deiner Freundin umziehen? Ist irgendetwas passiert?"

„Ehm, nein, eigentlich nicht. Aber es hatte sich so ergeben. Ich rufe Dich gleich zurück." Cecile hasste es zu lügen. Hoffentlich war alles in Ordnung. Schnell wählte sie die Nummer von Annabella.

Annabella hatte die ganze Nacht nicht geschlafen. Sie konnte es noch immer nicht fassen, dass ihr eigener Bruder ein Krimineller war, der ihre besten Freunde mit ihrer Hilfe ausspionierte und sie dann ausraubte. Und die beiden Mädchen! Hoffentlich hatte er sie nicht auf dem Gewissen. Das würde sie sich nie verzeihen. Sie hätte schon viel früher drauf kommen müssen, dass mit ihrem Bruder etwas nicht stimmte.

Als das Telefon klingelte, zuckte sie zusammen.

„Fernandez."

„Hallo Annabella. Du bist ja schon wach. Wie geht es den Mädchen? Fallen sie Dir schon auf die Nerven?"

„Nein, Cecile. Sie fallen mir nicht auf die Nerven. Aber ich wollte Dich heute sowieso anrufen, weil ich Dir etwas Furchtbares gestehen muss. Sie wurden entführt."

„Entführt?", schrie Cecile ins Telefon. „Wann und von wem wurden sie denn entführt? Warum entführt?"

„Ich weiß es nicht." Annabella fing an zu weinen. „Es könnte sein, dass es mein Bruder war."

„Dein Bruder?", schrie Cecile erneut.

„Ja, mein Bruder! Er hat auch euer Haus ausgeräumt. Die Polizei hat im Gewerbegebiet eine Lagerhalle mit Diebesgut gefunden, die auf den Namen meines Bruders angemietet ist. Ich war selbst dort, weil wir hofften, dass wir vielleicht die Mädchen dort finden. Die Mädchen waren leider nicht in der Lagerhalle, aber eure Möbel und Deine Kleidung habe ich wiedererkannt." Annabella weinte. „Es tut mir so leid, Cecile."

Cecile konnte gar nichts sagen. Sie war geschockt. Die Mädchen entführt. Wie sollte sie das den Eltern der Mädchen erklären? Sie hatte schon den Einbruch verschwiegen. Jetzt würde alles herauskommen. Aber sie bekäme so vielleicht die Filmdose wieder. Die Diamanten!

„Annabella, hast Du Deinem Bruder die Geschichte mit den Diamanten erzählt?"

Annabella wurde ganz blass. Natürlich! Das war der Grund, warum er in letzter Zeit so anders war. Seit er von der Filmdose wusste, war er wie von Sinnen.

„Annabella! Hast Du oder hast Du nicht?", schrie Cecile ins Telefon.

„Er war gerade bei mir, als Du angerufen hattest. Ich habe mir nichts dabei gedacht. Oh nein, ich bin schuld, dass es so weit gekommen ist." Sie fing wieder an zu weinen.

„Jetzt reiß Dich zusammen! Du musst überlegen, wo er die Mädchen gefangen hält. Denk nach, Annabella! Du bist die einzige, die sie vielleicht noch retten kann. Wo ist Dein Bruder jetzt?"

„Ich weiß es nicht! Er ist einfach abgehauen. Die Polizei sucht ihn. Ich bin wirklich verzweifelt, Cecile."

„Hör auf zu jammern und denk nach! Wo kann er die Mädchen hingebracht haben? Du musst seine Freunde aufsuchen. Irgendjemand von seinen Freunden muss doch auch Dreck am Stecken haben. Er kann mein Haus nicht allein ausgeräumt haben. Die Häuser oder Wohnungen seiner Komplizen müssen auch durchsucht werden. Vielleicht hat einer der Freunde auch eine Lagerhalle angemietet, wo sie die Mädchen hingebracht haben. Denk nach Annabella! Denk nach!", rief Cecile aufgebracht.

„Ich denke schon die ganze Nacht nach, aber meine Gedanken drehen sich immer nur im Kreis, weil ich nichts von meinem Bruder weiß. Er hat ganz einfach nichts aus seinem privaten Umfeld preisgegeben. Denkst Du ich nehme es auf die leichte Schulter, dass Deine Nichte von meinem Bruder entführt wurde? Du hast ja keine Ahnung! Meine Angestellte, Du kennst doch Theresa, sie wurde ermordet. Ich könnte nicht mehr weiterleben, wenn Caroline und Natalie etwas passiert ist."

„Theresa ist ermordet worden?", fragte Cecile geschockt.

„Ja, kurz nach der Entführung."

„Und wie wurde sie umgebracht?"

„Er hat ihr das Genick gebrochen."

„Wurde sie auch misshandelt oder vergewaltigt?", fragte Cecile leise.

„Nein, davon weiß ich nichts."

„Hoffentlich leben die Mädchen noch", sagte Cecile erstickt.

„Ja, Cecile, das hoffe ich von ganzem Herzen. Ich werde mich melden, sobald ich etwas weiß."

Cecile legte auf und hatte das Gefühl, dass ihr der Boden unter den Füßen weggezogen wurde. Wie sollte irgendjemand ihr noch einmal Glauben schenken? Sie hatte jetzt so oft gelogen, dass sie sich selbst nicht mehr leiden konnte. Am liebsten wäre sie vor Scham im Erdboden versunken. Sie wusste nicht, mit wem sie jetzt als Erstes reden sollte und was sie nun als Nächstes tun sollte.

Cecile ging ins Bad und stylte sich. Dann zog sie sich etwas Bequemes an und schaute schnell ins Schlafzimmer, ob Frederic schon wach war. Er schlief zum Glück noch, so konnte sie sich überlegen, was sie ihm sagen würde. Sie schlüpfte in ihre Ballerinas und machte sich auf den Weg zu ihrer Schwester.

Vor dem Haus hätte sie am liebsten wieder kehrt gemacht. Aber ihre Schwester hatte sie schon vom Fenster aus gesehen und öffnete die Tür.

„Cecile! Schön Dich zu sehen."

Dann sah sie Ceciles Gesicht.

„Den Kindern wird doch nichts passiert sein? Sag, dass es den Mädchen gut geht!", rief Franziska ängstlich.

„Ich muss Dir einiges beichten. Darf ich reinkommen?" Wortlos hielt ihre Schwester ihr die Tür auf. Als sie am Esstisch saßen, atmete Cecile tief durch und begann zu erzählen:

„Kurz nachdem die Mädchen in Spanien angekommen sind, wurde in unserem Haus eingebrochen. Caroline und Natalie riefen mich an und ich bat meine Freundin Annabella, die beiden Mädchen bei sich aufzunehmen, was sie auch gern gemacht hatte. Den Mädchen gefiel es dort auch sehr gut und sie baten mich, Dir und Natalies Mutter nichts zu sagen, weil sie befürchteten, dass sie dann gleich wieder heim müssen. Also haben sie dort ihre Ferien fortgesetzt. Heute Morgen rief ich bei meiner Freundin an und sie gestand mir, dass die beiden Mädchen entführt wurden."

„Entführt!" Franziska sprang auf und riss die Augen auf. „Spinnst Du! Und da ruft uns Deine tolle Freundin nicht sofort an. Wann wurden sie denn entführt? Haben sich die Entführer schon gemeldet? Warum entführt man denn unsere Mädchen? Sind das Mädchenschmuggler oder wollen sie Geld? Warum sagst Du denn nichts?" Franziska ging zu ihrer Schwester und schüttelte sie. „Was wollen die von unseren Mädchen?"

„Ich weiß es nicht, Franziska. Die Polizei vermutet, dass der Bruder meiner Freundin der Entführer sein könnte, weil sie in seiner Lagerhalle unsere Möbel und Kleidung sichergestellt haben."

„Wir müssen da sofort hin. Gib mir die Adresse Deiner Freundin und ruf sie an, dass wir kommen."

Sie rief ihren Mann an, der sofort von der Arbeit heimkam und anschließend informierte sie die Eltern von Natalie.

Marianne und Herbert Huber nahmen die Nachricht scheinbar gefasster auf, wollten aber unbedingt mit nach Spanien fahren.

Herbert hielt seine Frau Marianne fest im Arm, während ihr unentwegt die Tränen herunterliefen. Sie versuchte sich immer wieder mit geschlossenen Augen das Bild von Natalie vor Augen zu holen, aber es gelang ihr nicht. Halt durch, mein Kind, halte bitte, bitte durch, sagte sie in Gedanken zu ihrer Tochter.

Franziska saß wie versteinert auf dem Beifahrersitz. Sie konnte nicht glauben, dass ausgerechnet ihrer Tochter so etwas passiert war. Wenn in den Nachrichten von Entführungen berichtet wurde, war sie zwar betroffen, dachte sich aber immer, dass ihnen so etwas ohnehin nie passieren würde. Sie konnte es nicht so zeigen, aber sie litt genauso wie Marianne Huber.

Wilhelm, ihr Mann, fuhr so schnell es verkehrsbedingt ging. An Geschwindigkeitsbeschränkungen hielt er sich nicht. Er wusste nicht, was er von dieser Situation halten sollte. Es konnte sich doch nur um einen bösen Scherz handeln. Auf jeden Fall hatte er unglaublich große Angst, seine Caroline zu verlieren.

* * *

Cecile weckte Frederic, um ihm von der Entführung zu erzählen.

Frederic war sofort hellwach und überlegte, was er tun konnte, um die Ermittlungen in Spanien voran zu treiben. Er griff zum Telefon und rief die deutsche Botschaft in Spanien an. Der Botschafter Stefan Haupt, versprach ihm, sofort alle Hebel in Bewegung zu setzen, die ihm zur Verfügung standen, um die Mädchen zu finden.

„Hoffentlich werden sie gefunden. Warum hat uns Annabella denn nicht früher informiert?" Sorgenfalten bildeten sich auf Frederics Stirn.

„Sie hat so große Schuldgefühle, weil sie nicht besser auf sie aufgepasst hat."

„Wir sollten hinfliegen."

„Du darfst noch nicht fliegen. Du hilfst niemandem, wenn Du in Spanien wieder ins Krankenhaus musst. Meine Schwester und die Eltern von Natalie sind sofort mit dem Auto losgefahren."

„Warum sind sie denn nicht geflogen? Das geht doch viel schneller."

„Ich weiß auch nicht, wir standen alle unter Schock."

Während Frederic ins Bad ging, deckte Cecile den Frühstückstisch. Frederic durfte jetzt schon aufstehen und auch kleinere Spaziergänge unternehmen. Sie nahm sich vor, ihm alles über die Filmdose zu erzählen. Heute wollte sie mit Frederic reinen Tisch machen. Sie wollte sich ändern. Keine Eifersucht und keine Heimlichkeiten mehr. Sie wollte eine gute Ehefrau für ihn sein. Er sollte sich nicht zwischen ihr und seinem Beruf entscheiden müssen. Sie würde ihn unterstützen, ein guter Botschafter zu sein und sie selbst würde sich in Südafrika ein Projekt suchen, bei dem sie mitarbeiten konnte. Vielleicht konnte sie als Gattin von Frederic eher irgendwelche Türen öffnen. Sie freute sich schon fast auf dieses neue Leben, aber jetzt lag erst noch eine große Hürde vor ihr.

Hoffentlich würde Frederic ihr verzeihen. Als letztes pflückte sie im Vorgarten ihrer Mutter noch ein paar Blumen und stellte die Vase auf den Tisch. Sie nahm sich eine Zeitung und wartete auf ihren Mann.

Als er die Treppe herunter kam, spürte sie ihr Herz aufgeregt klopfen.

„Liebling, was ist denn heute los? Habe ich einen wichtigen Tag vergessen?"

„Nein, Frederic, das hast Du nicht. Aber ich habe Dir heute einiges zu sagen und ich habe mir gedacht, dass ein gemeinsames reichhaltiges Frühstück die richtige Grundlage dafür bietet."

„Jetzt machst Du mich aber neugierig. Wie soll ich das denn so lang aushalten?"

„Das schaffst Du schon", antwortete Cecile glücklich.

Obwohl die Nachricht über die Entführung der Mädchen den Tag überschattete, war Frederic heute in der richtigen Stimmung. Da konnte nichts mehr schief gehen, dachte Cecile und spürte, wie ihre Anspannung etwas nachließ. Sie frühstückten gemütlich, anschließend räumten sie gemeinsam den Tisch ab, da das Dienstpersonal heute frei hatte und machten einen Spaziergang im nahegelegenen Wäldchen.

Frederic nahm Cecile in den Arm. „So, jetzt darfst Du mich aber nicht weiter auf die Folter spannen. Was brennt Dir auf der Seele?"

Cecile holte noch einmal tief Luft und fing einfach an zu reden.

„Ich habe in der Vergangenheit einige Fehler gemacht, die mir heute sehr, sehr leidtun. Zum Beispiel, dass ich immer so wenig Verständnis für Deine Arbeit hatte. Ich hatte immer das Gefühl, dass für Dich alles wichtiger ist als ich. Als ich in den letzten Tagen bei meinen endlosen Spaziergängen durch den Wald darüber nachgedacht habe, kam es mir unglaublich lächerlich und bös vor, wie ich mich verhalten habe. Mir ist klar geworden, dass ich Dir das Leben oft sehr schwer gemacht habe und das will ich nun ändern. Allerdings ist es mir erst deutlich geworden, nachdem ich einen schweren Fehler begangen habe, den ich Dich inständig bitte, mir zu verzeihen. Als Du wieder nach Spanien gekommen bist..."

„Und Du mich so herzlich mit dem Schürhaken begrüßt hast!"

Frederic nahm sie in seinen Arm und drückte sie, aber Cecile löste sich sanft von ihm.

„Es tut mir wirklich leid, ich dachte, Du wärst ein Einbrecher. Aber das meine ich gar nicht. Ich habe noch etwas viel Schlimmeres getan. Ich habe Deine Tasche ausgepackt, weil ich eifersüchtig war und nach Hinweisen auf eine andere Frau gesucht habe. Dabei habe ich die

Filmdose gefunden. Ich dachte mir, dass auf dem Film vielleicht Bilder von einer anderen Frau sind. Daher habe ich die Filmdose eingesteckt, um den Film heimlich entwickeln zu lassen."

„Du dachtest tatsächlich, dass ich mit einer anderen Frau zusammen war?"

„Ja, als Du weg warst, dachte ich, dass Du mich gar nicht lieben kannst, so wie ich mich Dir gegenüber immer verhalten habe. Aber anstatt mich zu ändern, bin ich immer tiefer in diese Sackgasse gelaufen. Für einen Menschen, der ganz bei sich ist und der sich so akzeptiert wie er ist, wird das schwer nachvollziehbar sein. Aber ich werde immer nur durch Dich gesehen. Als Deine Frau, als Botschaftergattin, aber nie als die Cecile, nie als ich selbst.

Ich habe vor, das zu ändern. Zum Beispiel habe ich mir überlegt, dass ich mich für karitative Projekte in Südafrika einsetzen könnte, speziell für die schwarzen Kinder in Südafrika. Wenn ich damit Erfolg habe, würde das meinem Selbstbewusstsein helfen und gleichzeitig könnte ich Deine Aufgabe als Botschafter damit etwas unterstützen."

Ceciles Augen glänzten. Sie hätte am liebsten gleich heute damit angefangen.

„Und was soll ich Dir nun verzeihen?", fragte Frederic vorsichtig.

Schlagartig war Cecile wieder in der Realität.

„Ja, ähm, diese Filmdose. Ich habe sie in die Tasche eines meiner Kostüme gesteckt, weil ich sie eben entwickeln lassen wollte. Durch unsere plötzliche Abreise habe ich sie aber in Spanien vergessen. Als bei uns eingebrochen wurde, war auch das Kostüm mit der Filmdose weg. Du hast mich doch nach der Filmdose gefragt, als wir hier in Deutschland waren. Ich habe Dich damals angelogen als ich sagte, dass sie vielleicht in der Reinigung ist usw., weil ich nicht zugeben konnte, dass ich sie an mich genommen hatte. Es tut mir so unendlich leid Frederic und ich verspreche Dir, dass ich mich in Zukunft bessern werde."

Frederic nahm sie liebevoll in den Arm. „Ich bin sehr stolz auf Dich, dass Du mir die Wahrheit gesagt hast und noch stolzer bin ich darauf, dass Du Dein Leben verändern willst. Ich habe mir schon lange gewünscht, dass Du Dich für die Menschen in Südafrika einsetzt. Aber ich habe nie etwas gesagt, sondern die ganze Zeit gehofft, dass Du von selbst die Initiative ergreifst. Wenn wir diesen Menschen nicht helfen, wird es noch Jahrzehnte so weitergehen, dass sie ungebildet, unterdrückt und am Verhungern sind."

„Ich bin so froh, Deine Frau zu sein. Ich verspreche Dir, dass ich mich ab sofort einsetzen werde und ich freue mich schon richtig darauf, von nun an etwas bewirken zu können." Cecile sah ihn mit liebevollem Blick an.

Frederic nahm ihr Gesicht in beide Hände und küsste sie zärtlich.

„Ich liebe nur Dich und ich schwöre Dir, ich habe noch nie etwas mit einer anderen Frau gehabt. Das musst Du mir glauben. Es gibt Situationen im Leben, wo man einander einfach vertrauen muss. Und wenn Du irgendwann mit einer Situation nicht fertig wirst, dann rede bitte mit mir darüber. Gemeinsam bekommen wir alles hin."

Cecile sah ihm in seine lieben ehrlichen Augen. „Ich vertraue Dir."

Arm in Arm gingen sie wieder zurück zum Haus.

29. Spanien

Annabella war mit ihren Nerven am Ende. Sie hielt es nicht mehr aus, allein auf eine Nachricht zu warten. Obwohl Alexander es nicht mochte, wenn sie ihn auf Dienstreisen anrief, griff sie zum Telefon und wählte seine Nummer.

„Fernandez."

„Hallo Alexander! Du hast Dich schon lange nicht gemeldet und hier ist in der Zwischenzeit sehr viel passiert. Ich wollte Dich nur fragen, ob Du schon weißt, wann Du heim kommst?"

„Hallo Annabella. Schön dass Du Dich meldest. Ich wollte schon die ganze Zeit bei Dir anrufen, aber ein Meeting jagt das andere und ich komme kaum dazu, etwas Privates zu erledigen."

„Aber Du könntest doch am Abend, wenn Du fertig bist, anrufen."

„Ja, Schatz, aber ich bin mit der Arbeit meistens erst sehr spät fertig, da hätte ich Dich doch nur aufgeweckt."

„Mir würden doch auch fünf Minuten reichen. Ich will einfach nur Deine Stimme hören, damit ich weiß, dass alles in Ordnung ist."

„Was sollte denn nicht in Ordnung sein?"

„Bei mir ist zum Beispiel nichts in Ordnung! Hier geht es drunter und drüber und ich stehe ganz allein da."

„Annabella! Woher glaubst Du kommt das viele Geld, dass Du zum Einkaufen und sonstigen Luxus zur

Verfügung hast? Was ist denn zu Hause nicht in Ordnung?"

„Die Polizei ist hinter Aurilio her. Er ist verschwunden. Sie haben eine Lagerhalle von ihm entdeckt, in der alle gestohlenen Sachen von unseren Freunden eingelagert sind. Außerdem hat er vermutlich Ceciles Nichte und ihre Freundin entführt. Theresa wurde tot auf einem Feld gefunden. Sie wurde auf dem Nachhauseweg ermordet! Reicht das oder müssen noch mehr Gründe vorliegen, dass für Dich etwas nicht in Ordnung ist?"

„Annabella, beruhige Dich! Aurilio ist doch kein Krimineller."

„Doch, Alexander, doch. Und wenn ich genauer hingeschaut hätte, dann hätte ich vermutlich auch viel früher gesehen, dass bei ihm einiges nicht stimmt."

„Du brauchst Dir keine Vorwürfe zu machen, Annabella. Ich rufe unseren Anwalt an, damit er ihn vertritt."

„Nein! Aurilio soll für seine Taten büßen. Wenn er tatsächlich Theresa umgebracht hat, dann soll er nie wieder aus dem Gefängnis herauskommen. Die Diebstahlserie ist schon schlimm genug, aber wenn er mit der Entführung oder mit dem Mord etwas zu tun hat, dann will ich ihn nie wieder sehen."

„Außer den Diebstählen ist ja noch nichts bewiesen. Vielleicht steckt er in der Sache ja nur unglücklich drin."

„Wer hier unglücklich drinsteckt, dass bin ich. Wenn das alles rauskommt, kann ich mich begraben lassen. Sie werden mich zerfleischen. Ich werde keinen einzigen Freund mehr haben."

„Es wird auch wieder Gras drüber wachsen."

„Wie kannst Du nur so unsensibel sein? Ich will hier weg."

„Wie stellst Du Dir das denn vor. Wir können doch nicht einfach alles aufgeben, nur weil Dein Bruder vielleicht ein paar Einbrüche verübt hat."

„Nicht wegen meines Bruders, sondern wegen mir. Ich kann niemandem hier mehr in die Augen schauen."

„Wir werden mit unseren Freunden reden und erstmal schauen, wie sie reagieren. Sie werden Dich ganz bestimmt nicht für etwas verantwortlich machen, was Dein Bruder begangen hat. Man kann im Leben nicht einfach weglaufen, wenn etwas nicht so läuft, wie man es sich vorstellt."

„Ach, Alexander, wenn Du nur hier wärst. Ich fühle mich so verlassen und allein." Annabella begann zu weinen.

„Jetzt wein doch nicht, Annabella. Es wird sich alles zum Guten wenden, Du wirst schon sehen."

„Wann kommst Du denn nach Hause?"

„Ich bin auf der Zielgeraden mit den Verhandlungen. Wenn wir uns einigen, bin ich vielleicht schon nächste Woche wieder da."

„Und wenn Ihr euch nicht einigen könnt?" Annabella schniefte ins Telefon.

„Sieh nicht immer alles so schwarz, mein Liebling."

„Das versuche ich ja, aber es ist wirklich sehr schwer in dieser Situation."

„Ich weiß, mein Liebling, Du musst jetzt tapfer sein."

„Alexander?"

„Ja?"

„Liebst Du mich eigentlich?"

„Natürlich! Das weißt Du doch. Das muss ich Dir doch nicht jedes Mal sagen."

„Ich würde mich aber freuen, wenn Du mir ab und zu sagen würdest, dass Du mich liebst."

„Annabella, es ist eine feststehende Tatsache, dass ich Dich liebe und daran gibt es nichts zu rütteln. Ich muss das doch nicht immer wiederholen."

„Aber in den ersten Jahren hast Du es mir doch auch immer wieder gesagt."

„Daran kann ich mich nicht mehr erinnern. Annabella, ich muss jetzt dringend los. Ich versuche Dich heute Abend noch einmal anzurufen."

„Also gut. Danke, dass Du Dir jetzt so viel Zeit für dieses Gespräch genommen hast! Viel Glück für Deine Verhandlungen und … ich liebe Dich."

„Ja, danke, bis später! Ich liebe Dich auch."

Annabella ließ sich auf das Sofa sinken. Sie fühlte sich ausgelaugt und leer. Ich mag nicht mehr, dachte sie sich. Vor allem, ich kann auch nicht mehr.

Das Gespräch mit ihrem Mann hatte sie nicht unbedingt weiter gebracht. Solange sie stark war und alles im Griff hatte, fühlte sie sich geliebt und respektiert, aber wehe, es ging ihr schlecht! Damit konnte Alexander überhaupt nicht umgehen. Wahrscheinlich war er froh, so weit weg zu sein, sonst hätte er sie jetzt auch noch trösten und in den Arm nehmen müssen.

Annabella stand auf und machte sich einen Gin Tonic, weil es Aurilios Lieblingsgetränk war. Zum Abschied sozusagen, dachte sie sich. Dass es erst Mittag war, störte sie nicht. Heute nicht.

30. Hohenschäftlarn

Cecile schwebte auf rosaroten Wolken. Sie fühlte sich geliebt und verstanden. So ein Hochgefühl hatte sie schon lange nicht mehr.

Beinahe hätte sie vergessen, Annabella darüber zu informieren, dass die Eltern von Caroline und Natalie auf dem Weg nach Busot waren. Sie wählte ihre Nummer, aber niemand ging ans Telefon.

Wo steckt sie denn nur, fragte sich Cecile und probierte es gleich noch einmal. Kurz bevor sie auflegen wollte, ging Annabella ans Telefon. Sie hörte sich im ersten Moment verschlafen an.

„Annabella, habe ich Dich geweckt?"

„Ja, ich habe mich gerade mit einem kleinen Glas Gin Tonic entspannt."

„Annabella, Du musst sofort nüchtern werden!", rief Cecile panisch.

„Die Eltern von Caroline und Natalie sind bald bei Dir. Ich habe ihnen heute Morgen von der Entführung erzählt und sie haben sich gleich ins Auto gesetzt, um in der Nähe ihrer Töchter zu sein. Wenn Du ihnen betrunken die Tür öffnest, macht das keinen guten Eindruck. Geh Dich kalt duschen und iss etwas. Wann hast Du zum letzten Mal etwas gegessen?"

„Ich weiß nicht. Ich bin einfach nur müde."

„Annabella! Du musst Dich jetzt wirklich zusammenreißen. Bitte! Wenn Du den Eltern der Mädchen so die Türe öffnest, werden sie Dir das Leben zur Hölle machen."

„Schlimmer kann es doch gar nicht mehr werden."

„Dann kennst Du meinen Schwager schlecht."

„Also gut, ich werde etwas essen."

„Und trink ein großes Glas Wasser."

„Ja, bis später."

„Machs gut, Annabella. Ich melde mich heute Abend noch einmal."

Arme Annabella, dachte sich Cecile. In ihrer Haut wollte sie jetzt auch nicht stecken.

31. Spanien

Nach siebzehn Stunden halsbrecherischer Autofahrt erreichten die Eltern von Caroline und Natalie ihr Ziel. Um fünf Uhr morgens war es dann endlich so weit, sie waren in Busot und hatten Annabellas Haus gefunden. Sie parkten vorerst am Straßenrand und gingen die Auffahrt hoch.

Sie klingelten mehrmals, aber nichts rührte sich. Herbert ging um das Haus herum und schaute durch jedes Fenster. Im Wohnbereich sah er schließlich eine Frau auf der Couch liegen. Er klopfte ans Fenster und die Frau hob endlich ihren Kopf. Er konnte ihren erschreckten Gesichtsausdruck erkennen.

Annabella ging langsam zur Terrassentür, als hätte sie Angst zu fallen.

„Was machen Sie auf meiner Terrasse? Verschwinden Sie, sonst rufe ich die Polizei!", schrie sie auf spanisch durch das geschlossene Fenster.

Herbert verstand kein Wort.

„Entschuldigen Sie bitte, dass ich auf Ihrer Terrasse stehe, aber wir haben schon sehr oft geklingelt und es hat niemand die Tur aufgemacht. Wir sind die Eltern von Natalie und Caroline und wollten in dieser Situation unseren Kindern so nahe wie möglich sein. Hat Cecile von Minnehagen uns nicht angemeldet?", antwortete er auf Englisch und hoffte, dass sie ihn verstand.

Peinlich berührt öffnete sie die Terrassentür. „Ja, natürlich! Kommen Sie doch bitte herein."

„Wenn Sie uns die Tür vorn öffnen würden, dann gehe ich um das Haus herum. Die anderen warten dort."

„Ja, gern." Annabella schloss die Tür von innen und ging langsam zur Eingangstür.

Herbert Huber ging zu den anderen und raunte ihnen zu: „Sie ist ziemlich betrunken. Ich weiß nicht, ob wir von ihr eine brauchbare Information erhalten."

Marianne Huber konnte es nicht glauben. Ihre Kinder werden aus diesem Haus entführt und die Dame des Hauses hat nichts Besseres zu tun, als sich einen Drink nach dem anderen zu genehmigen. Sie fühlte Wut in sich aufsteigen.

Annabella öffnete die Tür und versuchte sich zusammenzureißen.

„Kommen Sie doch herein", sagte sie unsicher und führte ihren Besuch in den Wohnbereich. Die Sofakissen lagen teilweise am Boden und auf dem Tisch stand noch ein halbvolles Glas.

„Wie Sie sich sicher denken können, wollen wir alles über den Tag der Entführung wissen. Wir machen uns sehr große Sorgen. Erzählen Sie uns bitte alles, Frau Fernandez."

Annabella verdeckte ihr Gesicht mit den Händen und fing an zu weinen.

Marianne Huber war so betroffen, dass sie zu ihr ging und sie in den Arm nahm. Ruhig sagte sie: „Wir wissen, dass Sie keine Schuld trifft, Frau Fernandez. Sie können uns jetzt nur helfen, unsere Kinder wieder zu finden. Wir müssen jetzt zusammenhalten und das Beste für Caroline und Natalie herausholen. Bitte weinen Sie nicht."

Marianne streichelte Annabella wie einem Kind über die Haare und hielt sie im Arm. Annabella kannte dieses Gefühl noch nicht, das Mariannes liebevolle Art in ihr hervorrief.

Langsam beruhigte sie sich. „Entschuldigen Sie bitte, ich bin gleich wieder bei Ihnen." Sie ging sich das Gesicht waschen und einen Kaffee aufsetzen. Anschließend kam sie wieder ins Wohnzimmer und setzte sich zu den Eltern, die sie erwartungsvoll ansahen.

Annabella begann zu erzählen. Alles was sie wusste. Sie erzählte auch mit traurigem Gesicht, dass es vermutlich ihr Bruder war, der die Mädchen entführt hat. Aber er hatte sich noch nicht bei ihr gemeldet und sie konnte sich überhaupt nicht vorstellen, wo er die Mädchen versteckt halten könnte.

„Wenn er geflohen ist, dann sind die Mädchen jetzt vielleicht ohne Nahrung und Getränke irgendwo eingesperrt", sagte Herbert Huber und merkte, wie der Kloß in seinem Hals immer größer wurde.

„Ich würde gerne mit der Polizei reden", sagte Marianne Huber.

Die Eltern von Caroline stimmten gleich zu. Sie waren sehr zurückhaltend. Sie trauten Annabella nicht. Am liebsten wäre Wilhelm handgreiflich geworden. Sie steckte doch mit ihrem Bruder unter einer Decke, dachte er sich. Um ihre Schuldgefühle nicht so deutlich zu spüren, versuchte sie sie in Alkohol zu ertränken.

In seinem Inneren brodelte es. Er fühlte die Wut übermächtig werden, daher war er dankbar, dass Herbert und Marianne das Wort führten.

Annabella rief den Kommissar an und sagte ihm, dass die Eltern der Mädchen da wären und ihn sprechen wollten. Während sie auf den Kommissar warteten, holte Annabella den Kaffee. Sie tranken ihn schweigend, bis der Kommissar klingelte.

„Guten Tag, mein Name ist Gonzalez und ich bin der Kommissar, der diesen Fall leitet", sagte Kommissar Gonzalez und schüttelte allen die Hände.

„Haben Sie schon irgendeinen Anhaltspunkt, wo die Mädchen sein könnten?", fragte Wilhelm Niedermayer angespannt.

Der Kommissar schüttelte den Kopf. „Nein, leider nicht. Wir haben auch noch keine Spur von Aurilio Gomez, den wir für den Entführer oder zumindest einen bei der Entführung maßgeblich Beteiligten halten. Wir tappen im Moment leider im Dunkeln."

„Können wir etwas tun, um Ihre Ermittlungen zu unterstützen?", fragte Wilhelm Niedermayer angespannt und lauter als es die Situation erforderte.

„Ich kann Ihren Unmut verstehen. Die deutsche Botschaft hat sich auch für ihre Mädchen eingesetzt. Aber sie müssen mir glauben, dass ich die Mädchen auch lieber heute als morgen finden möchte. Und zwar lebend."

Der Kommissar sah mit ernster Miene jeden in der Runde an. Marianne Huber hätte am liebsten geweint. Sie sehnte sich so sehr nach Natalie. Sie wollte sie so gern in den Arm nehmen.

„Wir wollen uns das Haus von meiner Schwester anschauen. Vielleicht finden wir dort einen Anhaltspunkt", sagte Franziska müde.

„Die Tür ist zwar versiegelt, aber die Spurensicherung hat ihre Ermittlungen bereits abgeschlossen. Ich glaube, dass ich das Haus für Sie freigeben kann."

Sie standen alle auf, bis auf Annabella.

„Wollen Sie mit mir mitfahren?", fragte der Kommissar Annabella. Sie tat ihm irgendwie leid. Annabella war über jede Art von Zuwendung glücklich und stand auf, um sich anzuziehen. Die Eltern von Caroline und Natalie warteten ungeduldig vor dem Haus.

Angespannt fuhren sie dem Polizeiauto hinterher bis es vor einem relativ unscheinbaren Haus anhielt. Franziska wunderte sich, dass ihre Schwester eines der einfachsten Häuser in dieser Straße gekauft hatte.

Gemeinsam betraten sie das Haus und Annabella erinnerte sich daran, dass sie letztes Mal ihren Bruder hier getroffen hatte. Sie blieb an der Tür stehen, während die anderen ins Haus gingen. Sie schaute hinunter zur Straße und vor ihrem geistigen Auge sah sie ihren Bruder, wie er vor zwei Tagen seinen Wagen dort parkte. Dieser gutgebaute, braungebrannte und wirklich männlich aussehende Kerl - ein Krimineller! Sie war immer so stolz auf ihn gewesen. Sie hatte ihn wirklich gern vorgezeigt, weil sie um seine Wirkung auf ihre Freundinnen wusste.

Sie sah ihn um sein Auto herumgehen. Sie fragte sich, was er hier vorgestern wollte. Vermutlich nachschauen, ob er die Diamanten doch noch fand. Aber warum wollte er gerade die Straße überqueren, als sie seinen Namen rief. Vielleicht wollte gar nicht zu diesem Haus? Annabella konnte sich keinen Reim darauf machen. Warum parkte er sein Auto hier, wenn er gar nicht zu Ceciles Haus wollte?

Sie ging ins Haus und stellte sich zu den anderen, aber sie bekam gar nicht mit, worüber sie sich unterhielten. Sie versuchte sich noch einmal daran zu erinnern, wie sich ihr Bruder an diesem Tag verhalten hatte. Er hatte sie erschrocken angesehen, als sie ihn rief. Jetzt war ihr klar, warum. Er hatte sich ertappt gefühlt, er musste aus irgendeinem Grund ein schlechtes Gewissen gehabt haben. Aber er bekam sich schnell wieder in den Griff, deshalb war sie nicht gleich stutzig geworden. Warum wollte er über die Strasse gehen? Irgendetwas passte nicht.

Annabella ging noch einmal vor das Haus und sah zur anderen Straßenseite. Da war nichts. Nur eine dichtgewachsene Hecke und weiter hinten schaute der Giebel eines alten Hauses hervor. Das Grundstück sah verwildert und sehr ungepflegt aus.

Sie wunderte sich, warum sich Cecile das gefallen ließ. Annabella hätte sich schon längst beschwert. Für sie war das eine grobe Wertminderung für das eigene Grundstück. Niemand wollte in einer ungepflegten Gegend wohnen. Sie schüttelte den Kopf und ging wieder hinein.

„Wer bringt die gestohlenen Möbel und die gestohlene Kleidung wieder her?", fragte Franziska Niedermayer gerade.

„Sie werden so lange in der Lagerhalle bleiben, bis Herr oder Frau von Minnehagen und die anderen Bestohlenen ihre Sachen identifiziert haben. Aber dazu ist es wie gesagt notwendig, dass ihre Schwester oder ihr Schwager persönlichvor Ort sind", sagte der Kommissar entschuldigend.

„Ja, natürlich. Ich kenne ihre Sachen auch nicht. Da wüsste Frau Fernandez sicher eher, was Cecile gehört. Ich dachte nur, dass wir vielleicht bei Carolines und Natalies Sachen einen Hinweis finden. Allerdings war ich beim Packen nicht dabei."

Annabella sah sie verständnislos an, da sie mit ihren Gedanken bei ihrem Bruder war.

„Sie wüssten sicher, was von den gestohlenen Sachen in der Lagerhalle Cecile gehört", wiederholte Franziska lauter.

„Die meisten Möbel und Kleidungsstücke würde ich erkennen, aber sicher nicht alles."

Annabella konnte Franziska Niedermayers feindliche Einstellung förmlich spüren. Marianne Huber konnte nicht verstehen, wie sie sich hier über Kleidung und Möbel unterhalten konnten, während ihr Kind irgendwo in einem Verlies gefangen gehalten wurde. Sie suchte nach einer Treppe, die in den Keller führte. Vielleicht waren die Mädchen ja näher, als sie glaubten. Als sie keine fand, fragte sie den Kommissar.

„Die meisten Häuser haben keinen Keller. Hier ist es unüblich, einen Keller auszuheben."

Marianne Huber war dem Kommissar sympathisch. Sie schien nicht so abgehoben zu sein, wie der Rest dieser Gesellschaft.

Marianne überlegte fieberhaft, wo sie sonst noch suchen könnte. Sie ging aus dem Haus und setzte sich auf die Bank, die einladend vor dem Haus platziert war. Nach und nach kamen alle aus dem Haus und der Kommissar sperrte die Tür ab. Sie verabschiedeten sich von dem Kommissar und fuhren zurück zu Annabellas Haus. Diesmal fuhr Annabella bei den Eltern von Caroline und Natalie mit.

„Wir müssen die Gegend absuchen", sagte Marianne nachdenklich. „Wir müssten jedes verlassen wirkende Grundstück, Scheunen, verfallene Bauwerke, Waldhütten und Lagerhallen absuchen. Vielleicht haben sie die Mädchen ja irgendwo in der Nähe versteckt."

Marianne wollte nicht herumsitzen und Kaffee trinken. Sie wollte Natalie!

Annabella erstarrte. Verlassenes Grundstück! Natürlich!

„Wenden!", rief sie aufgeregt. „Sofort wenden!

Alle sahen sie verständnislos an.

„Schnell! Fahren sie zurück zum Haus! Dort gegenüber gibt es ein verlassen wirkendes Grundstück!", schrie sie.

Wilhelm bremste, wendete das Auto mit quietschenden Reifen und fuhr mit Vollgas die Strecke wieder zurück.

„Es ist genau gegenüber von Ceciles Haus", sagte Annabella aufgeregt. Sie war sich sicher, dass die Mädchen dort waren. Ihr Bruder wollte über die Straße gehen! Sie schlug sich mit der flachen Hand an den Kopf. Warum war sie nicht schon früher darauf gekommen.

„Die Mädchen müssen auf diesem Grundstück sein!", rief sie. „Als ich mir vorgestern Ceciles Haus angeschaut hatte, war mein Bruder hier und ich glaube, er wollte zu diesem Grundstück gehen!"

Sie rissen die Autotüren auf und bahnten sich mühsam einen Weg durch die dichte Hecke. Die Tür war abgesperrt.

„Geht zur Seite!", schrie Herbert Huber. „Ich versuche sie aufzutreten."

Herbert Huber war ein sehr starker Mann, dem das ohne Weiteres zuzutrauen wäre. Er holte aus und trat mit voller Wucht gegen die Tür. Sie bewegte sich ein wenig. Er versuchte es noch einmal und noch einmal und noch einmal, aber wirklich viel tat sich bei der Tür nicht.

„Wir brauchen eine Axt oder einen schweren Hammer", sagte Wilhelm, nachdem auch er ergebnislos versucht hatte, die Tür aufzutreten. „Ich denke, die Tür dürfte nur aus Holz sein."

„Ich laufe zu den Nachbarn", sagte Annabella. „Auf jeden Fall müssen wir die Polizei verständigen!"

Sie lief, so schnell sie konnte zu den Spaniern, die Caroline und Natalie nach dem Einbruch so lieb aufgenommen und ihnen geholfen hatten. Sie war schnell aus der Puste und bekam Seitenstiche, aber sie achtete nicht darauf. Annabella lief, bis sie bei dem Haus war, das ihr die Mädchen beschrieben hatten.

Sie klingelte Sturm. Die Frau, die ihr die Tür öffnete, sah sie erstaunt an. Annabella erklärte ihr schnell, wer sie war und dass sie eine Tür aufbrechen müssten, um die zwei Mädchen zu retten, die sie vor Kurzem aufgenommen hatten. Der Mann, der im Hintergrund stand, kam jetzt auch zur Tür.

„Schnell! Es geht bestimmt um Leben und Tod! Bitte beeilen Sie sich!"

Da kam Leben in die Spanier. Während sie bei der Polizei anrief, holte er schnell seinen Werkzeugkasten aus der Küche und lief in seinen Hausschuhen mit Annabella zurück zu dem Grundstück.

Er holte ein Brecheisen aus seinem Werkzeugkasten, setzte es in Höhe des Schlosses am Türspalt an und brach die Tür gekonnt in zwei Versuchen auf.

Weil jeder voller Panik die Mädchen befreien wollte, drängten sie sich gleichzeitig durch die Tür. Sie stolperten fast ins Haus. Marianne und der Spanier liefen mit Herbert in die eine Richtung und Wilhelm mit Franziska und Annabella in die andere Richtung. Hektisch suchten sie alles ab, aber sie fanden nichts. „Hier gibt es einen Keller!", schrie Marianne und hastete die schmale Treppe hinunter, während sie sich rechts und links an den Wänden stützte. Hinter ihr schnaufte der Spanier, dicht gefolgt von den anderen. Im dunkeln Keller tasteten sie sich langsamer von Tür zu Tür. Der Gestank war furchtbar. Marianne fühlte, dass ihre Tochter hier war. Franziska hatte im Kellerflur den Lichtschalter gefunden, so dass sie etwas sehen konnten. Die Kellerräume waren schnell durchsucht. Nichts. Nur eine der Türen war verschlossen. War das die Rettung? Der Spanier hatte schon sein Brecheisen angesetzt, rutschte aber zweimal ab. Marianne wurde schon ganz ungeduldig und wollte ihm das Brecheisen abnehmen, als endlich die Tür mit lautem Knirschen nachgab.

Marianne blieb das Herz stehen, als sie Natalie und Caroline auf den Matratzen liegen sah. Sie ließ einen erstickten Schrei los und lief zu den Mädchen. Sie kniete sich neben Natalie, die regungslos da lag.

„Schnell, wir brauchen Wasser", sagte sie. Herbert fühlte einen Stich im Herz, weil er befürchtete, dass Natalie nicht mehr am Leben war. Sie regte sich nicht und am liebsten hätte er sie gepackt und ins nächstgelegene Krankenhaus gebracht. Er löste sich von ihrem Anblick und lief nach oben, um Wasser zu holen.

Franziska und Wilhelm knieten neben Caroline, die sich auch nicht mehr bewegte.

Marianne registrierte, dass Natalies Körper noch warm war. Sie lebte!

Der Spanier schaute erschrocken zu den drei am Boden liegenden Gestalten.

Annabella bat ihn, schnell im Krankenhaus und bei der Polizei anzurufen. Er solle die Namen von Minnehagen und Fernandez angeben, dann wären die drei Krankenwagen vielleicht schneller vor Ort.

Der Spanier beeilte sich, Annabellas Auftrag auszuführen.

Annabella stand geschockt da. Sie schaute zu Natalie und Caroline und befürchtete das Schlimmste.

Annabella erwachte aus ihrer erstarrten Haltung und ging zu dem dunkelhäutigen Mann, der im hintersten Eck lag. Sie nahm an, dass es sich hierbei um Moarito handelte, von dem ihr Cecile am Telefon berichtet hatte. Vorsichtig berührte sie seine Hand, die dünn und schlaff dalag. Er war noch warm und seine Augenlider bewegten sich kurz. Er lebte noch! Während Annabella überlegte, wie sie ihm helfen konnte, gab Herbert ihr eine Schüssel Wasser.

Zuerst benetzte sie nur vorsichtig die Lippen des Mannes. Moarito reagierte unbewusst. Er röchelte und versuchte den Mund ein wenig zu öffnen. Annabella schöpfte mit der einen Hand ein wenig Wasser und ließ es ihm in den Mund laufen. Mit der anderen Hand stützte sie seinen Kopf. Er öffnete den Mund etwas und Annabella konnte sehen, dass seine Zunge dick angeschwollen war. Sie ließ immer wieder eine kleine Menge Wasser in seinen Mund laufen. Beim Schlucken war Moaritos Gesicht jedes Mal schmerzverzerrt.

Annabella hatte großes Mitleid. Sie schaute zu Marianne und Franziska, wie sie ihren Töchtern vorsichtig Wasser einflößten.

Marianne hatte ihr Tuch nass gemacht und versuchte es ganz vorsichtig Tropfen für Tropfen. Sie hätte am liebsten geweint, als Natalie ein leises Stöhnen von sich gab. Sie lebte! Marianne redete leise mit weicher Stimme auf ihre Tochter ein.

„Mein Kind Du musst leben. Ich bin jetzt da und pass auf Dich auf. Aber Du musst mir helfen. Ich hab Dich so lieb, mein Spatz. Du bist mein Ein und Alles." Sie streichelte Natalie und versuchte ihr immer wieder ein paar Tropfen Wasser einzuflößen.

Franziska tat es ihr gleich, aber von Caroline kam kein Lebenszeichen. Sie streichelte sie und rief ihren Namen, aber Caroline regte sich nicht. Als sie ihr über die Hand strich, blieb die gezogene Hautfalte auf ihrer Hand stehen. Schnell versuchte Franziska panisch die Haut wieder glatt zu streichen.

„Bitte, bitte lebe! Du darfst nicht sterben", flüsterte Franziska weinend.

Sie hörten die Sirenen und hofften, dass es der Krankenwagen war.

Die Sanitäter und die Notärzte kamen mit drei Liegen in den Keller gepoltert. Sie fühlten den Puls bei den Mädchen und bei Moarito, legten ihnen eine Infusion an und hoben sie dann vorsichtig auf die Liegen.

Marianne durfte bei Natalie und Franziska bei Caroline mitfahren. Moarito lag allein in dem dritten Krankenwagen. Die anderen fuhren im Auto hinterher.

Im Krankenhaus wartete Kommissar Gonzalez schon auf sie.

„Wie sind Sie denn auf die Idee gekommen, auf diesem Grundstück nachzusehen?", fragte er Annabella.

„Frau Huber hatte auf der Rückfahrt vorgeschlagen, dass wir alle verlassenen Grundstücke absuchen sollten. Da wurde mir plötzlich alles klar. Als ich meinen Bruder das letzte Mal hier traf, hatte ich den Eindruck, dass er gerade über die Straße gehen wollte. Ich hatte es vergessen, weil er gleich zu mir herüber kam, als ich ihn rief."

Der Kommissar begleitete sie ins Krankenhaus zu den Eltern von Caroline und Natalie. Sie standen im Wartebereich, viel zu angespannt, um sich zu setzen.

Als Annabella mit dem Kommissar im Wartebereich ankam, ging Marianne zu Annabella und umarmte sie.

„Danke, Sie haben unsere Töchter gerettet. Wer weiß, wie lange sie es noch ausgehalten hätten." Sie schluchzte laut und Herbert nahm sie gleich in den Arm. „Vielen Dank, Frau Fernandez", sagte auch er.

Franziska und Wilhelm nickten Annabella nur zu. Sie bangten so sehr um Caroline, die ums Überleben kämpfte, dass sie zu keinem Dank fähig waren. Außerdem waren sie nach wie vor der Überzeugung, dass Annabella besser hätte aufpassen müssen.

Es wurde ruhig. Jeder hing seinen eigenen Gedanken nach und versuchte mit der Situation fertig zu werden. Als der Arzt endlich zu Ihnen kam, sahen sie ihn mit einer Mischung aus Angst und Hoffnung an.

„Sie werden es alle schaffen", sagte er ernst. „Ihre Tochter wird vermutlich ein wenig länger brauchen, aber wir werden sie schon aufpäppeln", sagte er zu Carolines Eltern. „Heute können Sie nichts für Ihre Töchter tun, da wir sie noch zahlreichen Untersuchungen unterziehen müssen. Ich versichere Ihnen, dass ihre Töchter bei uns in guten Händen sind. Wenn sie morgen früh wiederkommen, dürfen sie tagsüber bei Ihren Töchtern bleiben."

Als er die enttäuschten Gesichter sah, sagte er weich: „Ich kann sehr gut nachempfinden, wie gern sie jetzt neben dem Bett ihrer Töchter sitzen würden, aber sie behindern damit nur die notwendigen medizinischen

Maßnahmen, die wir zu treffen haben. Ich bitte um Ihr Verständnis."

Marianne und Franziska nickten nur zögerlich und Herbert Huber bat den Arzt, sich telefonisch zu melden, falls es Komplikationen gäbe. Als er einwilligte, fuhren sie gemeinsam zu Annabella.

* * *

Auf der Fahrt sprach keiner ein Wort.

Marianne schickte ein Dankesgebet nach dem anderen zum Himmel und bat darum, dass alle drei es gesund überleben mögen.

Annabella seufzte unbeabsichtigt laut. Sie fühlte sich jetzt zumindest ein wenig besser, da die Mädchen noch lebten. Hoffentlich werden sie wieder richtig gesund. Marianne sah sie an und drückte ihr schweigend die Hand. Sie konnte Annabellas Verzweiflung spüren.

„Wer ist der dunkelhäutige Mann? Kennen Sie ihn?", fragte Marianne.

„Ich kenne ihn nicht, aber Cecile hatte mir am Telefon von ihm erzählt." Cecile erzählte in Kurzfassung, was sie über Moarito wusste.

* * *

In dieser Nacht schlief niemand von ihnen so richtig. Alle warteten auf den nächsten Morgen. Endlich war es soweit. Zum Frühstück tranken sie nur einen starken Kaffee und machten sich auf den Weg ins Krankenhaus. Annabella wollte sich nicht aufdrängen, aber sie wollte jetzt nicht allein bleiben. Dankbar nahm sie das Angebot von Marianne an, mit ins Krankenhaus zu fahren.

* * *

Sie mussten noch eine Weile im Gang warten. Franziska und Wilhelm hielten die Anspannung kaum noch aus. Franziska knetete ununterbrochen ihre Hände, während Wilhelm nicht stillstehen konnte. Er lief den Gang so oft rauf und runter, dass den anderen Wartenden auch ganz mulmig zumute wurde.

Endlich erschien eine Krankenschwester und bat die Eltern von Caroline und Natalie ins Krankenzimmer der Intensivstation. Annabella durfte zu Moarito. Obwohl sie ihn gar nicht kannte, fühlte sie sich ihm innerlich verbunden.

Moarito lächelte Annabella an, als sie sein Zimmer betrat. Annabella zögerte zuerst, ging dann aber auf ihn zu und reichte ihm ihre Hand. Seine Augen strahlten vor Dankbarkeit. Er ließ ihre Hand gar nicht mehr los, aber er brachte auch keinen Ton heraus. Seine Schleimhäute hatten sich durch die Infusion erholt und die Zunge war weitgehend wieder normal, aber das Sprechen tat ihm immer noch weh.

Annabella setzte sich auf den Stuhl neben seinem Bett. Sie hielt seine Hand und konnte den Blick nicht von seinen strahlenden Augen abwenden.

Es klopfte an der Tür und der Kommissar betrat das Krankenzimmer.

„Guten Morgen, Frau Fernandez! Schön, dass Sie sich um Moarito kümmern. Er muss auch jede Menge erlebt haben, seit er hier in Spanien ist." Kommissar Gonzalez nahm sich einen weiteren Stuhl und setzte sich ebenfalls an Moaritos Bett. In Moaritos Augen konnte er Angst sehen, die er ihm aber nehmen wollte. Es war ihm egal, ob Moarito sich hier illegal aufhielt. Darum sollten sich seine Kollegen kümmern. Er wollte nur wissen, was Moarito mit der ganzen Geschichte zu tun hatte. In erster Linie wollte er Aurilio finden, den er nach wie vor für den Täter hielt.

„Der Arzt hat mir soeben bestätigt, dass alle drei durchkommen werden. Die Laborwerte sind zwar noch nicht komplett und bei der Tochter von Herrn und Frau Niedermayer muss vermutlich eine Niere entfernt werden, aber die andere Niere ist voll funktionsfähig und sie wird wieder gesund werden."

Annabella bekam einen Schrecken. „Ihr muss eine Niere entfernt werden?"

„Ihr Zustand war sehr kritisch. Sobald sie sie stabilisiert haben, werden sie den Eingriff vornehmen. Danach geht es ihr mit Sicherheit wieder gut. Natalie Huber hatte sich als Erste erholt. Sie hat uns heute Morgen schon kurz über die Gefangenschaft in dem Kellerverlies berichten können." Er sah dabei Moarito an. „Sie lässt Sie herzlich grüßen. Sie hat zu Protokoll gegeben, dass Sie eine beruhigende Wirkung auf sie ausgeübt haben. Sie war froh, dass Sie bei ihnen waren. Ihre Lieder und die Gespräche mit Ihnen, haben ihr Kraft gegeben." Der Kommissar drückte seine Hand.

„Danke", flüsterte Moarito heiser. Kommissar Gonzales sah, dass Moarito noch zu keiner Vernehmung fähig war.

Eine Krankenschwester kam herein und bat sie, das Krankenzimmer zu verlassen. „Er benötigt noch Ruhe, um sich von den Strapazen zu erholen", erklärte sie freundlich.

„Wenn Ihnen einfällt, wo wir Ihren Bruder finden können, wären wir Ihnen sehr dankbar. Er muss seine Flucht schon länger sorgfältig geplant haben. Es gibt keinen Hinweis, wohin er sich abgesetzt haben könnte", sagte der Kommissar leise zu Annabella, als sie auf dem Gang standen.

„Ich werde darüber nachdenken, Herr Kommissar. Ich verspreche Ihnen, dass ich ihn nicht schützen werde. Wenn er für die Entführung von Caroline und Natalie und den Tod von Theresa verantwortlich ist, dann soll er dafür auch die gerechte Strafe erhalten. Ich habe es anfangs nicht glauben wollen, dass er zu solchen Taten fähig ist, aber seit ich es weiß, sind mir viele Dinge eingefallen, die darauf hinweisen, dass er es tatsächlich gewesen sein könnte. Es ist mir nur so furchtbar unangenehm, mit seinen Taten in Verbindung gebracht zu werden, weil ich ihm die Opfer alle vorgestellt habe."

Traurig sah sie auf den Boden. „Weiß Natalie schon, dass mein Bruder für die Entführung verantwortlich ist?"

„Nein, wir haben sie heute nur kurz befragt. Sobald uns der Arzt grünes Licht für die Vernehmungen gibt, werden wir alle Drei einzeln befragen. Ich bitte Sie, mit ihr auch nicht darüber zu reden, falls Sie sie sehen."

„Nein, natürlich nicht! Ich will mich auch nicht in den Vordergrund drängen. Es ist nur so, dass sich Natalie in meinen Bruder verliebt hatte. Für sie wird es sehr hart, wenn sie alles über meinen Bruder erfährt."

Kommissar Gonzalez dachte sich im Stillen, dass Frau Fernandez doch nicht so oberflächlich war, wie er vermutet hatte. Es sprach zumindest für sie, dass sie sich in erster Linie Sorgen um die Mädchen machte.

Franziska und Marianne waren die Einzigen, die bei ihren Töchtern sitzen bleiben durften. Herbert und Wilhelm sahen immer wieder nach ihren Töchtern, mussten aber auf Anweisung der Ärzte das Zimmer wieder verlassen.

Am Abend fuhren sie müde und erschöpft zu Annabella.

Während Marianne und Herbert aufatmen konnten, weil sich die Laborwerte von Natalie als zufriedenstellend herausgestellt hatten, mussten Franziska und Wilhelm weiterhin um ihre Tochter zittern. Ihr sollte am nächsten Tag die linke Niere entfernt werden.

32. Hohenschäftlarn

Cecile und Frederic buchten einen Flug nach Alicante. Frederic, der sich mittlerweile wieder erholt hatte, kam nicht zur Ruhe. Annabella hatte Cecile telefonisch auf dem Laufenden gehalten.

„Ich bin gespannt, wie es in unserem Haus aussieht und vor allem was von unseren gestohlenen Sachen wiedergefunden wurde", sagte Cecile nachdenklich, als sie ihre Koffer packte.

„Es wurde ja alles in dieser Lagerhalle entdeckt. So schnell werden sie unser Hab und Gut nicht verscherbelt bekommen haben", versuchte Frederic seine Frau zu beruhigen, obwohl er sich selbst so schnell wie möglich vor Ort ein Bild machen wollte.

Ceciles Eltern ließen es sich nicht nehmen, sie selbst zum Flughafen zu fahren.

„Schön, dass ihr wieder einmal bei uns gewesen seid. Wir würden uns aber noch mehr freuen, wenn ihr uns das nächste Mal gesund und ohne dramatischen Anlass besuchen würdet", sagte Ceciles Mutter, als sie Cecile und Frederic zum Abschied herzlich an sich drückte.

„Wir verstehen ja, dass ihr viel zu tun habt", sagte der Vater ein wenig vorwurfsvoll, „aber zumindest einmal im Jahr könntet ihr euch doch vornehmen, uns zu besuchen."

„Wie wäre es denn, wenn ihr uns mal besuchen kommt. Am besten, wenn Frederic in Kapstadt arbeitet. In der ersten Jahreshälfte sind wir in Kapstadt und in der zweiten

Jahreshälfte leben wir in Pretoria. In Pretoria gibt es sicherlich viel zu sehen, aber in Kapstadt ist das Klima einfach angenehmer", sagte Cecile herzlich. Es tat ihr leid, dass sie in den letzten Jahren kaum an ihre Familie gedacht hatte.

„Wir würden uns wirklich freuen, wenn ihr uns besuchen würdet", schloss sich Frederic lächelnd an.

33. Spanien

Es dauerte nicht lang, bis sie in Alicante landeten. Sie fuhren mit dem Taxi nach Busot. Je näher sie allerdings ihrem Haus kamen, desto aufgeregter wurden sie.

Sie zahlten das Taxi und ließen sich ihr Gepäck noch zum Haus tragen. Frederic öffnete die Tür und sie gingen gemeinsam hinein. Im Wohnzimmer blieb ihnen die Luft weg. Obwohl sie wussten, dass ihr Haus komplett leer geräumt worden war, tat es weh, das mit eigenen Augen zu sehen. Frederic nahm Ceciles Hand und sie gingen durchs ganze Haus.

„Am besten fahren wir jetzt erst einmal zu Annabella. Bevor wir unsere Möbel wiederholen, möchte ich wissen, wie es Caroline und Natalie geht", meinte Frederic schließlich. Ihm war deutlich anzumerken, dass er sich im Haus unwohl fühlte und einen Grund suchte, das Haus zu verlassen.

Cecile nickte stumm. Auch wenn sie ihre gestohlenen Sachen zurückbekommen würde, war der Einbruch für sie sehr viel schlimmer als für Frederic. Aber natürlich wollte auch sie zuerst nach ihrer Nichte sehen.

Als sie die Garage öffneten, wunderte sich Frederic, dass die Einbrecher ihre Limousine stehen gelassen hatten.

„Vielleicht war den Einbrechern unser Auto zu alt", sagte er augenzwinkernd zu Cecile.

* * *

Annabella hatte sie schon die Auffahrt hochfahren sehen und öffnete die Tür. Cecile war über Annabellas Aussehen geschockt. Sie war noch dünner als sonst und hatte tiefe, dunkle Augenringe. Sie trug Jeans und ein T-Shirt. Eine Strickjacke hatte sie sich einfach über die Schultern gelegt. So nachlässig gestylt hatte Cecile ihre Freundin noch nie gesehen.

Cecile nahm ihre Freundin wortlos in den Arm und Annabella fing gleich an zu weinen. Sie konnte gar nicht aufhören. Cecile fühlte, wie der dünne Körper ihrer Freundin von den Schluchzern geschüttelt wurde. Sie hatte großes Mitleid mit ihr. So hatte sie ihre sonst so toughe Freundin noch nie erlebt.

Cecile führte sie langsam ins Wohnzimmer und bat Frederic, ihr ein Glas Wasser zu bringen. Langsam beruhigte Annabella sich wieder. Es tat ihr so gut, endlich jemanden bei sich zu haben, der ihr gutgesinnt war. Zwar waren die Eltern von Natalie sehr freundlich zu ihr, aber es schwang doch häufiger etwas Vorwurfsvolles in der Stimme mit.

„Es tut mir leid, dass ich euch so begrüße. Aber was ich in letzter Zeit erlebt habe, geht über meine Kräfte."

„Das ist schon in Ordnung, Annabella. Mach Dir keine Gedanken deswegen. Wie geht es Caroline und Natalie? Wir haben vor unserer Abreise nur noch mitbekommen, dass ihr sie gefunden habt."

„Natalie und Moarito geht es gut. Sie werden demnächst das Krankenhaus verlassen können, aber Caroline geht es sehr schlecht. Ihre Nieren haben es nicht verkraftet und vermutlich werden sie ihr eine Niere entfernen müssen." Annabella fing wieder an zu weinen.

„Jetzt weine doch nicht, Annabella. Dich trifft doch keine Schuld. Du hast alles getan, was du tun konntest." Cecile streichelte ihrer Freundin übers Haar. „Es wird schon alles gut werden."

Annabella richtete sich plötzlich auf und schrie: „Nichts wird jemals wieder gut werden! Weißt Du, wie ich mich als Schwester von einem Einbrecher, Entführer und Mörder fühle? Wie sie mich alle ansehen? Unsere Freunde werden sich hüten, mich jemals wieder in ihr Haus einzuladen. Man kann ja nicht wissen, ob ich meine Finger nicht auch im Spiel gehabt habe. Ich habe meinen Bruder ja überall hin mitgenommen und allen wichtigen Freunden vorgestellt." Annabellas Stimme überschlug sich fast.

Frederic, der bislang etwas abseits gestanden hatte, kam zu ihr an die Couch. „Niemand kann Dich für die Taten Deines Bruders verantwortlich machen. Es wird Gras über die Sache wachsen. Wenn die Leute ihre gestohlenen Sachen wieder zurückbekommen, denken sie nicht mehr lange darüber nach. Wenn Alexander wieder da ist, wird sich die Stimmung Dir gegenüber wieder normalisieren. Alexander wird von allen respektiert. Sie werden euch nicht aus der Gesellschaft ausschließen. Wann kommt Alexander denn wieder?"

„Ich weiß es nicht. Es kommt darauf an, wie schnell er seine Verhandlungen abwickeln kann. Wenn er da wäre, würde ich mich wenigstens nicht so einsam und verlassen fühlen." Annabella liefen die Tränen über ihre mageren Wangen. Cecile wusste nicht, wie sie ihre Freundin trösten sollte.

„Ich würde gern in die Klinik fahren, um nach den Mädchen und Moarito zu sehen", sagte Frederic leise, aber bestimmt. „Du könntest uns doch begleiten, Annabella."

Annabella nickte und trocknete ihre Tränen.

„Ich brauche nur ein paar Minuten", antwortete sie und ging nach oben.

Cecile sah dankbar zu Frederic, der sich zu ihr auf die Couch setzte und sie in den Arm nahm.

* * *

Eine halbe Stunde später saßen sie im Auto und fuhren zum Krankenhaus.

Franziska und Wilhelm Niedermayer saßen im Wartebereich. Als Franziska ihre Schwester sah, stand sie auf, kam ihr entgegen und umarmte sie.

„Caroline wird gerade operiert. Ihr muss eine Niere entfernt werden", sagte Franziska traurig. „Aber ich bin mir sicher, dass sie es schaffen wird."

Cecile blieb bei ihrer Schwester und ihrem Schwager sitzen, während Annabella Frederic zu Moarito brachte. Moarito und Annabella hatten sich mittlerweile angefreundet. Moarito freute sich über jeden Besuch von Annabella, war es doch sein einziger Besuch.

Als er Frederic erkannte, lachte er übers ganze Gesicht, so dass sein Mund eine Reihe weißer Zähne freigab.

„Moarito! Was machst Du denn für Sachen?", sagte Frederic von Minnehagen vorwurfsvoll, umarmte ihn jedoch herzlich.

„Es tut mir so leid, Herr Botschafter, aber glauben Sie mir, ich musste es tun."

Annabella verließ leise das Krankenzimmer.

Moarito erzählte dem Botschafter ungeschönt alles, was er getan und erlebt hatte. „Es tut mir sehr leid, dass ich so viel Unrechtes getan habe und dass meinetwegen so viele

Menschen Leid erfahren haben. Aber am meisten bereue ich, dass ich Sie bestohlen habe. Ich werde ganz sicher alles zurückzahlen. Das verspreche ich Ihnen."

„Lass gut sein, Moarito. Hauptsache ist doch, dass Du heil aus dieser Geschichte wieder herausgekommen bist. Außerdem ist es auch meine Schuld. Wenn ich Dir gleich nach Randos Tod die Filmdose gebracht hätte, dann hättest Du nicht um die halbe Welt reisen müssen, um sie zu suchen. Leider weiß ich nicht mehr, wo sie sich befindet."

Moarito wollte Natalies Geheimnis nicht verraten, daher zuckte er nur mit den Schultern.

„Jetzt müssen wir Dich nach Hause zu Deiner Familie bringen. Deine Frau vermisst Dich sicher schon sehr."

„Ja, ich vermisse sie auch. Aber der Kommissar lässt mich noch nicht fahren und ich weiß auch nicht, ob ich genug Geld für die Rückreise habe."

„Ich werde mich schon um Dein Ticket kümmern, Moarito. Jetzt müssen wir nur noch den Arzt fragen, ob Du die lange Rückreise gesundheitlich überstehst und den Kommissar, ob er noch Fragen an Dich hat."

„Danke, Herr Botschafter", sagte Moarito mit Tränen in den Augen.

„Ich komme wieder, wenn ich mehr weiß."

Als Frederic den Wartebereich erreichte, wurden Carolines Eltern gerade ins Arztzimmer gebeten.

Der Gesichtsausdruck des Arztes war ernst. Franziska und Wilhelm Niedermayer krampfte sich der Magen zusammen. Franziska setzte sich nur auf die Stuhlkante. Am liebsten wäre sie stehen geblieben. Sie hielt das Warten nicht mehr aus und hielt die Luft an, als der Arzt endlich zu reden begann.

„Wie wir es vermutet hatten, mussten wir ihrer Tochter die linke Niere entfernen. Sie hat die Operation gut überstanden. Ihr Zustand ist stabil. Sobald sie aufwacht, dürfen Sie zu ihr." Er warf einen Blick auf seine Uhr.

„Das wird so in ungefähr einer halben Stunde der Fall sein. Sie müssen sich jetzt keine Sorgen mehr machen, ihre Tochter hat das Schlimmste überstanden. In Zukunft sollten Sie darauf achten, dass ihre Tochter viel trinkt, dann wird sie mit einer Niere genauso weiterleben können wie bisher."

„Wann können wir sie mit nach Hause nehmen?", fragte Wilhelm, während Franziska noch um Fassung rang.

„Wenn alles gut geht, in zwei Wochen. Wir müssen sie auf jeden Fall noch eine Weile beobachten, um im Notfall sofort Maßnahmen ergreifen können."

Obwohl Franziska und Wilhelm Caroline am liebsten gleich mitgenommen hätten, war es für sie einleuchtend. Sie wollten nur das Beste für ihre Tochter.

* * *

Frederic und Cecile brachten Annabella heim und fuhren anschließend zur Polizeidienststelle. Kommissar Gonzalez befand sich gerade in einer wichtigen Besprechung, veranlasste jedoch, dass die von Minnehagens zum Lager begleitet wurden, um die Herausgabe ihrer Sachen abzuwickeln.

Im Lager waren bis auf ein paar Kleinigkeiten nur noch Frederics und Ceciles Sachen. Als erstes suchte Cecile nach dem Chanelkostüm, um die Filmdose an sich zu nehmen. Sie fand das Kostüm, aber die Taschen waren leer. Enttäuscht suchte sie möglichst unauffällig den Boden danach ab, konnte sie aber nicht finden. Ein junger Polizist notierte sich die von Frederic und Cecile identifizierten Gegenstände und rief ein Transportunternehmen an, um alles zurück in das Haus der von Minnehagens bringen zu lassen.

Cecile rief ihre Haushälterin in Busot an, um sie über die neuesten Vorkommnisse zu unterrichten und bat sie, ein paar zusätzliche Hilfskräfte zu organisieren. Anschließend fuhren sie zu Annabella.

Annabella ging es merklich besser. Sie fühlte sich nicht mehr so allein gelassen und freute sich, Cecile und Frederic in ihrer Nähe zu haben.

Cecile und Frederic hörten einfach nur zu und ließen Annabella reden. Zum ersten Mal in ihrem Leben redete sich Annabella allen Kummer von der Seele. Irgendwann war sie so erschöpft, dass sie sich ins Bett legen wollte. Cecile blieb bei ihr, während Frederic sich einen Termin bei Kommissar Gonzalez geben ließ.

Kommissar Gonzales versuchte alles über Moarito zu erfahren.

„Das Einzige, was ich aus ihm herausgebracht habe, ist, dass er einer Filmdose nachgereist ist, die er bei Ihnen vermutet hat. Er hat sie jedoch immer noch nicht gefunden. Was können Sie mir über diese Filmdose sagen, Herr von Minnehagen?"

Frederic hatte diese Frage schon erwartet und antwortete freundlich: „In Kimberley waren Unruhen. Ein Fotojournalist aus London war vor Ort und hatte in vorderster Linie Aufnahmen gemacht. Moarito war einer der Anführer. Sein Freund Rando hatte die Filmdose, die das Belastungsmaterial enthielt, eingesteckt. Ich fand Rando schwerverletzt am Straßenrand. Bevor er starb, gab er mir die Filmdose, die ich achtlos in meine Jackentasche steckte. Sie wollten mit dem Aufstand auf sich aufmerksam machen, da sie alle unter unmenschlichen Bedingungen leben und arbeiten. Da Moarito zu den Aufrührern gehörte, hätte er in der Diamantenmine nicht mehr arbeiten dürfen. Um das zu verhindern, hat er sich lieber auf das Abenteuer eingelassen und ist mir hinterher gereist. Er hatte ja nicht wissen können, dass ich nicht mehr hier war. Mittlerweile hat er es schwer bereut, hierher gereist zu sein. Wenn er nun in dem Keller gestorben wäre, hätte sich seine Frau mit fünf Kindern allein durchschlagen müssen."

Kommissar Gonzalez legte den Kopf nachdenklich auf die Seite, während er Frederic von Minnehagen aufmerksam beobachtete.

„Und wo ist diese wichtige Filmdose jetzt?"

Frederic erzählte dem Kommissar von der Begrüßung mit dem Schürhaken und seiner nachfolgenden Zeit im Krankenhaus und in Deutschland.

„Meine Frau hatte gehofft, die Filmdose bei unseren Sachen in der Lagerhalle wieder zu finden, aber leider ist sie bisher nicht aufgetaucht."

„Was machen wir denn nun mit Moarito?", fragte der Kommissar ratlos. Ihm fehlten immer noch ein paar Puzzleteile in der Geschichte um Moarito. Allerdings war er sich sicher, dass Moarito nicht gefährlich war, daher wollte er nicht weiter bohren. Außerdem hatte er gerade einen neuen Mordfall zu bearbeiten, der ihm Magenschmerzen bereitete.

„Sobald er aus dem Krankenhaus entlassen wird, besorgen wir ihm ein Rückflugticket nach Johannesburg. Wir fliegen Ende des Monats nach Pretoria. Sollten wir in der Zwischenzeit die Filmdose finden, werden wir sie ihm natürlich wieder zukommen lassen. Ansonsten werde ich vor Ort überprüfen lassen, inwieweit man ihm zu einer anderen Arbeit verhelfen kann."

„Gut, dann kann er meinetwegen wieder heimreisen."

„Das wird ihn freuen. Ich werde es ihm gleich mitteilen."

„Vielen Dank, dass Sie sich um ihn kümmern."

„Das ist doch selbstverständlich."

Sie gaben sich zum Abschied die Hand. Frederic war froh, als er wieder an der frischen Luft war. Er log ungern, aber bevor wieder die Jagd nach den Diamanten losging und es weitere Opfer gab, hatte er sich zu dieser Geschichte entschlossen. Er hoffte nur, seine Frau würde die Filmdose noch finden. Er würde sie Moarito aushändigen. Da war er sich sicher.

34. London

Henry Hayes hielt glücklich seinen winzigen Sohn in den Armen. Seine Frau lag erschöpft, aber glücklich lächelnd im Bett und sah zärtlich zu ihrem Mann und ihrem Sohn, der nun leise Geräusche von sich gab.

„Du hast mir mit unserem Sohn ein unglaublich schönes Geschenk gemacht, Maggy. Ich hätte mich auch über ein Mädchen gefreut, aber ein Sohn ist ein ganz besonderes Geschenk." Er setzte sich vorsichtig auf die Bettkante und er legte das Baby behutsam an ihre Brust. Der Kleine fing sofort an zu suchen und gluckste und schmatzte zufrieden, als er die Brust fand.

„Er hat einen ordentlichen Zug drauf, Dein Sohn", sagte Maggy lachend, obwohl es für sie ein wenig schmerzhaft war.

„Er heißt ja auch Leon. Ein starker Name für ein kräftiges Kind", erwiderte Henry stolz.

* * *

Henry hatte seiner Frau versprochen, die ersten zwei Wochen nur für sie und Leon da zu sein. Trotzdem konnte er nicht ganz von seiner Arbeit lassen und ging an einem Abend heimlich ins Büro. Als ob er auf ihn gewartet hätte, lief ihm sein Chef Richard Piquet über den Weg, der ihn gleich in sein Büro bat.

„Dein Bericht über Kimberley hat wie eine Bombe eingeschlagen. Es sind über 500 000 Pfund gespendet worden!"

Zufrieden lächelnd lehnte Richard sich in seinem Sessel zurück und schmunzelte über das ungläubig dreinblickende Gesicht seines besten Mitarbeiters. Henry wartete bis Richard weitersprach. Irgendwie hatte er das Gefühl, dass sein Chef ihm schon wieder eine Idee verkaufen wollte. Nicht, dass es ihm unangenehm war, von den Ideen seines Chefs als Erster in Kenntnis gesetzt zu werden, vielmehr ahnte er, dass er für diese Idee seinen Urlaub schon wieder unterbrechen musste.

„Nun schau nicht so sparsam. Freu Dich über Deinen Erfolg. Du wolltest die Unterstützung der Leser für Kimberley gewinnen und jetzt freust Du Dich noch nicht einmal."

„Doch, Richard, ich freue mich sehr. Ich warte nur gespannt, was Du mir noch sagen willst. Du hast doch sicher schon eine Idee, wie wir das Geld dort einsetzen, oder?"

Richard brach in schallendes Gelächter aus.

„Ja, mein Freund. Du kennst mich tatsächlich sehr gut." Anerkennend nickte er Henry zu.

„Es wäre doch eine tolle Idee, das Geld direkt den Einheimischen zur Verfügung zu stellen und sie selbst entscheiden zu lassen, wie es verwendet werden soll, was sie am nötigsten brauchen. Gibt es dort vielleicht eine Person, der die meisten vertrauen und die auch intellektuell in der Lage ist, die Entwicklung dort voranzutreiben? Du könntest ein paar Wochen mit Maggy Urlaub machen und für unsere Leser gleich ein paar

Beweisaufnahmen von den neuen Projekten machen, damit sie ihr Geld gut angelegt wissen."

„Eine wirklich gute Idee, aber ich habe Maggy zwei Wochen absolute Ruhe versprochen." Henry fühlte sich unwohl bei dem Gedanken, Maggy von diesem Vorschlag zu erzählen.

„Natürlich. Dafür habe ich ja auch größtes Verständnis. Ihr könnt doch eine Woche gemütlich zu Hause verbringen und anschließend seid ihr in dem besten Hotel vor Ort, bis Du Deine Aufnahmen im Kasten hast. Wo liegt das Problem?"

Henry wusste, dass Richard für kein Problem Verständnis hatte, wenn es ums Geschäft ging, aber das verkniff er sich natürlich.

„Ich muss erst mit Maggy reden, und ich bin mir ziemlich sicher, dass sie nicht vor Freude an die Decke springt."

„Du bist mein bester Journalist und ein wirklich guter Freund, aber es nervt mich langsam, dass Du keine Entscheidung mehr selbst treffen kannst. Immer heißt es: Ich muss erst Maggy fragen oder ich muss erst mit Maggy darüber reden. So kannst Du keine Karriere machen. Fang endlich an, Dich durchzusetzen. Wenn Du so weiter machst, bist Du bald ihr Schoßhündchen aber kein weltbekannter Journalist. Also entscheide Dich endlich. Ich habe viel Verständnis für Maggy, aber irgendwann ist es an der Zeit ihr zu zeigen, wer der Herr im Hause ist."

Sein selbstgefälliger Gesichtsausdruck kotzte Henry an. Richards Ehe mit seiner Frau Helen war schon seit Jahren am wackeln. Henry wusste von Maggy, dass Helen Richard am liebsten verlassen würde, aber große Angst hatte, finanziell wieder auf sich selbst gestellt zu sein. Richard hat wirklich keine Ahnung, wie unglücklich er seine Frau mit dieser Härte und Unnachgiebigkeit macht, dachte sich Henry, ließ sich aber nicht weiter provozieren.

„Ich liebe Maggy, und wichtige Entscheidungen treffen wir immer gemeinsam, außer es handelt sich um rein berufliche Dinge, die sie nicht tangieren. Ich werde gleich morgen mit ihr reden." Henry stand auf und verließ das Büro. Er dachte die ganze Nacht darüber nach, wie er es Maggy schonend beibringen konnte. Der Gedanke an Moarito ließ ihn seit seiner Rückkehr nicht mehr los. Er hatte den Eindruck, dass Moarito vor irgendetwas Angst gehabt hatte. Aber alles Grübeln brachte ihn zu keinem Ergebnis.

* * *

Am nächsten Morgen kaufte er einen großen Blumenstrauß, mit langstieligen dunkelroten Rosen. Maggy mochte eigentlich keine Blumensträuße, aber sie liebte Rosen. Vor allem die dunkelroten.

„Ach Henry, wie lieb von Dir, schon wieder so tolle Blumen. Die anderen Rosen sind doch noch gar nicht verblüht." Maggy strahlte vor Glück. Sie liebte Henry so sehr, dass sie sich jeden Tag dachte, wie viel Glück sie doch mit ihrem Mann hatte.

Leon schlummerte mit einem seligen Lächeln auf Maggys Bauch. Das kleine Händchen hielt den Zeigefinger seiner Mutter fest umklammert, die mit ihren Fingerkuppen die Pausbäckchen unentwegt streichelte.

Henry nahm das Bild in sich auf. Er spürte keine Eifersucht, er war von der Wärme und Zuneigung, die dieses Bild von Mutter und Sohn zeigte, fasziniert.

Am Nachmittag fragte Maggy den Oberarzt, wann sie nach Hause könnte.

„Wenn es ihnen gut geht, können Sie morgen entlassen werden", sagte der Arzt freundlich.

Maggy freute sich so sehr, dass Henry es nicht übers Herz brachte, sie mit Richards Idee zu konfrontieren. Morgen ist auch noch ein Tag, dachte er sich. An diesem Abend ging er nicht ins Büro, da er seinem Chef auf keinen Fall über den Weg laufen wollte.

35. Spanien

Frederic und Cecile hatten alle Hände voll zu tun, um ihr Heim wieder schön und gemütlich zu gestalten. Die Haushälterin hatte einige Helfer aus dem Ort mobilisiert, aber sie brauchten konkrete Anweisungen. Nach zwei Tagen fleißigem Zupacken, sah es wieder wohnlich aus.

Marianne und Herbert Huber holten Natalie aus dem Krankenhaus. Cecile bot Annabella an, die Gäste zu sich zu holen, aber Annabella ließ es nicht zu. Sie brauche die Ablenkung und sie wollte wenigstens ein bisschen von dem wieder gutmachen können, was ihr Bruder ihnen angetan hatte.

Natalie fragte immer wieder nach Aurilio, aber alle wichen ihr aus. Eines Abends nahm Annabella all ihren Mut zusammen und erzählte ihr die Wahrheit.

Natalie hatte sich schon gedacht, dass mit Aurilio etwas nicht in Ordnung war, weil er sie im Krankenhaus nicht besucht hatte und der Kommissar seltsame Fragen über Aurilio gestellt hatte. Aber diese Nachricht haute sie doch um. Sie vergrub ihr Gesicht in ihren Händen und weinte. Es tat weh. Aurilios Zorn hatte sie immer wieder erschreckt, aber sie hatte es insgeheim mit seinem spanischen Temperament entschuldigt. Sie ging an diesem Abend früh schlafen, um allein zu sein. Am nächsten Morgen sah sie noch ein wenig blass, aber wieder gefasst aus.

Moarito wurde von Cecile und Frederic aus dem Krankenhaus abgeholt. Bis zu seiner Abreise nach Südafrika holten sie ihn zu sich ins Haus. Cecile kaufte ihm neue Kleidung und man sah Moarito an, dass er sich gut erholte. Allerdings hielt er es vor Sehnsucht nach seiner Familie kaum noch aus. Als Frederic mit dem Flugticket heimkam, freute Moarito sich so sehr, dass ihm die Tränen kamen.

„Ich weiß nicht, wie ich Ihnen das alles jemals vergelten kann. Ich danke Ihnen von Herzen, dass Sie mir nicht böse sind, sondern sich so fürsorglich um mich kümmern."

„Ist schon in Ordnung, Moarito. Du wirst Dich hart durchs Leben kämpfen müssen, wenn Du wieder zu Hause bist. Weder die Dorfbewohner noch die Minenbesitzer werden Dich mit offenen Armen empfangen."

„Ja, ich weiß, aber ich werde mich dem stellen. Allein Safira zuliebe", erwiderte Moarito selbstsicher.

„Wir werden jemanden zu euch schicken, sobald wir wieder in Südafrika sind. Glaub mir, wir werden euch nicht eurem Schicksal überlassen."

Moarito sagte nichts mehr. Sie konnten seine tiefe Dankbarkeit auch so spüren.

* * *

Nach der Nierenoperation erholte sich Caroline sehr schnell. Sie hatte einen großen Appetit und trank brav jeden Tag literweise Tee und Wasser. Bald durfte sie aufstehen und langsam wieder anfangen zu gehen. Es war schwierig, aber Caroline hatte ihren Lebenswillen wiedergefunden und übte so lang, bis sie wieder fit war.

Das Krankenhauspersonal staunte nicht schlecht, als sie nach zehn Tagen fragte, wann sie denn endlich entlassen werden würde.

Franziska und Wilhelm atmeten erleichtert auf und freuten sich über ihre schnellen Fortschritte. Als der Arzt endlich grünes Licht und die letzten Unterweisungen gab, kannte die Freude keine Grenzen. Cecile und Frederic gaben ein Fest im kleinen Rahmen. Caroline und Natalie merkte man das Erlebte an, aber sie konnten wieder fröhlich sein.

* * *

Annabella war die Einzige, die sich traurig zurückzog. Sie hatte so große Sehnsucht nach ihrem Mann, vor allem, wenn sie sah, wie die anderen Paare sich glücklich in die Arme fielen oder einander anstrahlten. Außerdem schämte sie sich immer noch für ihren Bruder und fragte sich, wo er wohl war und ob es ihm inzwischen leid tat.

36. Karibik

Aurilio hatte sich in die Karibik abgesetzt. Von seinen Ersparnissen konnte er sich nun die teuersten Hotels leisten und junge Frauen warfen sich ihm an den Hals. Aber er konnte den Luxus nicht genießen. In jeder Person, die ihm zu nahe kam, vermutete er die Polizei. Er lief ständig vor irgendwelchen Menschen davon, die ihm dubios erschienen. Eines Tages fühlte er sich wieder verfolgt. Als er in aller Eile die Straße überqueren wollte, wurde er von einem Auto erfasst und war auf der Stelle tot.

Seine Schwester Annabella wusste von alledem nichts, da Aurilio seit seiner Flucht unter einem anderen Namen und mit gefälschten Papieren reiste.

37. Spanien

An dem Morgen, als Moarito zurückfliegen sollte, kam Natalie gleich nach dem Frühstück vorbei, um sich von Moarito zu verabschieden.

Sie umarmten sich und konnten beide die Tränen nicht zurückhalten. Die schrecklichen Erlebnisse in ihrem Kellerverlies hatte eine unsichtbare Verbindung zwischen ihnen geknüpft.

Kurz bevor Natalie wieder wegfuhr, gab sie Moarito ihren Glücksbringerteddy aus dem Auto.

„Es ist mein Glücksbringer. Ab jetzt soll er Dir Glück bringen. Vergiss nicht, was Du mir versprochen hast", sagte Natalie und blickte Moarito ernst an.

„Ich werde mein Versprechen halten", erwiderte Moarito leise und es klang wie ein feierlicher Schwur. Daraufhin zeigte Natalie ihm den Inhalt des Glücksbären. Es erfüllte sie mit Freude zu sehen, wie Moaritos Augen beim Anblick der Filmdose immer größer wurden.

38. Südafrika

In Kimberley angekommen, wurde Moarito schon am Flughafen von einem Fahrer erwartet, den der Botschafter für ihn organisiert hatte. Er sah an sich hinunter und dachte sich, wenn er in dieser Kleidung in seinem Dorf ankam, würden sie ihn steinigen. Jeder würde wissen, dass er die Diamanten gestohlen hatte. Und in einem Auto mit Fahrer konnte er sich schon gar nicht blicken lassen.

In sicherer Entfernung vor seinem Dorf bat Moarito den Fahrer anzuhalten. Der Fahrer schaute ihn etwas erstaunt an, als er das Auto an den Straßenrand lenkte. Moarito öffnete schnell die Tür, dankte kurz und verschwand hinter einem nahegelegenen Gebüsch. Ratlos schaute der Fahrer ihm nach. Er wartete noch kurz, bevor er langsam wieder losfuhr.

Moarito zog das Hemd aus und warf es einfach weg. Das T-Shirt, das er darunter trug, beschmutzte er mit Erde. Die Hosenträger brauchte er, sonst würde er die Hose verlieren. Er fand ein Stück verrosteten Draht, mit dem er Löcher in seine Hose bohrte und diese an einigen Stellen mit der Hand noch etwas aufriss. Jetzt fehlte nur noch etwas Dreck auf seiner Hose und seinen Schuhen. Bei den Schuhen zögerte er kurz. Es waren die ersten richtig festen Schuhe, die er in seinem ganzen Leben besessen hatte. Um die Schuhe tat es ihm wirklich leid. Er konnte sie einfach nicht wegwerfen. Mit dem Dreck schauten sie zumindest nicht mehr ganz so elegant aus. Das würde schon gehen, dachte er sich.

Als er fertig war, sah er mit prüfendem Blick an sich hinunter. Er war zufrieden. Jetzt sah er fast wie früher aus.

Moarito hielt es kaum noch aus. Er sehnte sich so sehr nach seiner Frau Safira, dass es beinahe wehtat.

Zügig lief er den Rest des Weges bis in sein Dorf. Safira saß vor der Hütte auf der Bank und flickte einen Rock. Ramoto spielte mit seinem Freund Jamon und Naomi beschäftigte sich mit ihren jüngeren Schwestern Selina und Namira.

Moarito zögerte kurz und sog dieses friedliche Bild in sich auf. Dann stürmte er zur Hütte und rief: „Safira!"

Safira ließ ihr Nähzeug auf den Boden fallen und versuchte sich, so schnell sie mit ihrem dicken Bauch konnte, von der Bank zu erheben.

„Moarito!" Sie lagen sich in den Armen und weinten und jubelten.

Seine Kinder kamen auf ihn zugerannt, klammerten sich an seine Beine und ließen ihn nicht mehr los. Er nahm strahlend ein Kind nach dem anderen auf den Arm und küsste und herzte seine Kinder.

Andere Dorfbewohner kamen aus ihren Hütten und schauten aus sicherer Entfernung zu. Ihre Mienen waren allerdings nicht besonders freundlich. Moarito setzte sich zu Safira auf die Bank und streichelte ihren beachtlichen Bauch. „Schön, dass ich noch rechtzeitig vor der Geburt zurückgekommen bin."

„Wo warst Du denn nur so lange? Ich bin fast verzweifelt, weil so viele Gerüchte entstanden und manchmal war ich schon so weit, dass ich anfing selbst daran zu glauben."

„Ich werde es Dir nachher in Ruhe erzählen, aber ich konnte nicht zurückkommen, weil ich eingesperrt worden war. Ich habe jede Minute an euch gedacht! Nur der Gedanke an euch hat mich am Leben erhalten. Ich habe euch so vermisst."

Moarito liefen die Tränen über die Wangen und er gab es bald auf, sie wegzuwischen. Er drückte und streichelte immer wieder jedes seiner Kinder. Die Kinder standen vor ihm und sahen ihn glücklich aber unsicher an. Der Vater sah irgendwie so verändert aus.

Es war ein turbulenter Abend. Moarito und Safira atmeten müde auf, als alle Kinder endlich schliefen.

„Was ist mit Kalakua? Hat er euch bedroht?"

„Anfangs schon, bis meine Oma hierher kam."

„Deine Oma war hier? In unserer Hütte?", fragte Moarito ungläubig.

„Ja, ich habe meinen Augen auch nicht getraut. Aber sie war hier, um Abschied zu nehmen."

„Um Abschied zu nehmen?"

„Ja, sie hat Abschied genommen, ohne dass ich es gemerkt habe. Sie hat mir ein Leinensäckchen mit Geld gebracht und hat mit Kalakua geredet."

„Was hat Deine Oma ihm denn gesagt?"

„Ich weiss es nicht. Aber seit sie mit ihm geredet hat, ist er nie wieder zu mir gekommen. Und vor Kurzem hat mir jemand erzählt, dass er nur noch in seiner Hütte liegt und vor sich hinstarrt. Ab und an hat er Schreikrämpfe, vermutlich von Albträumen, aber die meiste Zeit liegt er apathisch auf seinem Lager. Die Dorfbewohner haben angefangen, darüber zu reden, dass ich ihn verhext haben muss, weil er immer so böse zu mir war. Dabei hat meine Oma nur mit ihm geredet. Aber mir ist es ganz recht, weil ich seitdem in Ruhe gelassen werde. Angst ist auch ein Schutz. Die anderen haben Dich und Rando übrigens als Schuldige wegen des Diamantenraubes und des Aufstandes angegeben, um wieder arbeiten zu können. Niemand hat geglaubt, dass Du wiederkommst."

Safira sah Moarito tief in die Augen und sagte: „Auch wenn ich manchmal sehr verzweifelt war, habe ich immer an Dich geglaubt. Ich wusste, Du würdest mich nicht im Stich lassen!"

Moarito drückte sie innig an sich. Er konnte nichts sagen, so gerührt war er. Manche Gefühle konnte man auch gar nicht in Worte fassen.

* * *

Am nächsten Morgen ging Moarito zu Kalakua, um sich selbst ein Bild zu machen. Er konnte es kaum glauben, dass Kalakua ihm nun das Leben nicht mehr schwer machen würde.

Kalakua lag auf seinem Lager und rührte sich nicht. Als Moarito sich über ihn beugte, fing er an zu strampeln und schrie mit angstgeweiteten Augen. Moarito trat ein paar Schritte zurück, aber sein Blick heftete weiter an Kalakua. Ihm schossen so viele Gedanken durch den Kopf, die ihn verwirrten. Erleichtert verließ er die Hütte in der Gewissheit, dass Kalakua ihm nun nicht mehr gefährlich werden konnte, und das war das Einzige, was zählte.

Moarito schlenderte zu der Anhöhe hinauf, auf der er so viele Pläne mit Rando geschmiedet hatte. Er setzte sich hin und sah zum Himmel hinauf.

„Danke, lieber Gott, dass ich wieder Zuhause sein darf. Danke, dass Du auf meine Familie aufgepasst hast und

Kalakua daran gehindert hast, Safira Böses anzutun. Nun bitte ich Dich, dass Du Kalakua wieder gesund machst."

Kalakua hatte seine Lehre fürs Leben erhalten.

„Ach ja, und sag Rando, dass ich mich um seine Schwester kümmern werde."

Als Nächstes ging er zu Helia und Papiano. Helia war bei der Arbeit, aber Papiano überredete ihn zu einer Partie Mancala.

„Ich muss unbedingt mit Helia reden", sagte er, als er wieder ging. „Ich schaue morgen Abend noch einmal bei euch vorbei."

„Ich werde es ihr ausrichten. Bis morgen."

39. London

Henry Hayes war klar, dass er jetzt mit Maggy reden musste, sonst kam womöglich Richard Piquet selbst unter einem Vorwand vorbei und sagte es ihr. Das wollte er auf keinen Fall.

Am Abend redete er vorsichtig um den heißen Brei, bis Maggy lachend sagte: „Nun rück schon raus mit der Sprache. Ich kenn Dich doch. Du willst wieder ins Büro, oder?"

Henry schaute auf den Boden. „Schlimmer", sagte er leise.

„Nein! Du wirst doch nicht schon wieder verreisen müssen?"

„Ich weiß, ich weiß, ich habe Dir den Urlaub versprochen, aber mein Bericht hat wie eine Bombe eingeschlagen und die Leser haben die unglaubliche Summe von über 500 000 Pfund gespendet! Richard will nun, dass ich es persönlich hinbringe und gleich Aufnahmen von den Projekten im Anfangsstadium mache."

Maggy sah ihn an. Am liebsten hätte sie einen Weinkrampf bekommen, aber sie sah auch, dass es Henry leidtat, sie zu enttäuschen. Aber wahrscheinlich würde es ihm noch mehr leidtun, wenn jemand anderes diesen Auftrag übernehmen würde. Da war sie sich ganz sicher.

„Ich wollte sowieso zu meinen Eltern fahren, um ihnen unseren Leon zu zeigen. Mama schafft es gesundheitlich nicht, hierher zu kommen. Dann könntest Du ja in der Zeit nach Südafrika fliegen."

Das Strahlen ihres Mannes sagte ihr, dass sie richtig entschieden hatte.

„Du und Leon könntet auch mitkommen, wenn Du magst."

„Nein, das Risiko für Leon ist mir zu groß. Wir bleiben lieber hier. Aber es wäre schön, wenn Du uns zu meinen Eltern bringen würdest und uns wieder abholen könntest, wenn Du zurückkommst."

„Danke, Maggy. Soviel Verständnis habe ich von Dir in dieser Situation gar nicht erwartet."

„Ich liebe Dich, Henry. Und ich will Dich nicht unglücklich sehen."

Henry nahm sie liebevoll in den Arm. „Ich liebe Dich auch. Du bist eine großartige und starke Frau. Und die hübscheste Mutter, die ich je gesehen habe."

„Danke, Du Schmeichler."

Am nächsten Morgen trafen sie die Reisevorbereitungen. Der Abschied von seiner Frau und seinem Kind fiel Henry sehr schwer, aber er freute sich auch, noch einmal nach Kimberley zu kommen. Er wollte den Menschen dort unbedingt helfen.

* * *

Er landete erneut in Kimberley. Schnell erfasste ihn wieder diese besondere Stimmung, die die Landschaft und die schwülwarme Luft Südafrikas in ihm weckten.

40. Südafrika

Moarito ging am nächsten Abend wieder zu Papiano und Helia. Diesmal war Helia zu Hause.

„Würdet ihr bitte mit zu uns in die Hütte kommen? Ich habe euch allen etwas zu sagen und für Safira ist der Weg hierher zu beschwerlich in ihrem Zustand."

„Was willst Du uns denn Wichtiges sagen? Das hört sich ja richtig feierlich an", scherzte Papiano.

„Natürlich gehen wir mit zu Dir." Helia hatte sofort an Moaritos Gesicht gesehen, dass es etwas Ernstes war, was er ihnen mitteilen wollte.

* * *

Safira hatte die Kinder inzwischen ins Bett gebracht und saß vor dem Haus auf der Bank.

„Lasst uns lieber ins Haus gehen", sagte Moarito und ging schon mal in die Hütte. Die anderen schauten sich fragend an.

„Ich habe, bevor ich so lange weg war, zusammen mit Rando und Kalakua Diamanten gestohlen. Leider waren sie verschwunden und ich hätte beinahe mit dem Leben dafür bezahlt, dass ich sie wieder zurück haben wollte. Zum Schluss habe ich sie unter der Bedingung zurückbekommen, dass ich trotz der Diamanten hier in diesem Ort bleibe und mit dem Geld etwas für die Kinder im Ort tue. Ich habe mir gedacht, dass das Wichtigste, was ich den Kindern hier schenken kann, Schulbildung ist. Ich will nun mit dem Geld eine Schule aufbauen.

Papiano, Dich brauche ich für den Bau. Du musst versuchen, möglichst fähige Männer für den Bau der Schule zu finden und diese bei der Arbeit beaufsichtigen. Außerdem musst Du rechtzeitig die Baumaterialien bestellen, damit die Schule schnellstmöglich fertig wird. Dich, liebe Helia, brauchen wir für die Kinder. Du sollst ihnen lesen und schreiben beibringen. Dass Du das hervorragend kannst, hast Du ja ausreichend bewiesen. Du glaubst gar nicht, wie sehr ich auf die Kenntnisse angewiesen war, die Du mir beigebracht hattest. Ja, das war es, was ich euch mitteilen wollte. Ich weiß nur noch nicht, wie ich unseren plötzlichen Reichtum erklären soll. Safira hat zwar einiges Geld von ihrer Oma geerbt, doch das glaubt uns niemand, dass wir dieses Geld für eine Schule ausgeben. Mir wird schon etwas einfallen."

Moarito hatte Safira natürlich schon vorab informiert, aber Papiano und Helia saßen sprachlos da und starrten ihn an.

„Warum gehst Du mit dem ganzen Geld nicht in die Stadt und lässt es Dir gut gehen?", fragte Papiano ungläubig.

„Weil er es versprochen hat." Helia schaute Papiano strafend an.

Papiano schüttelte nur den Kopf. Das konnte und musste er ja nicht verstehen.

„Also gut, wann fangen wir an?" Papiano war jetzt voller Tatendrang.

„Sobald ich die Diamanten in Geld getauscht habe. Der Hehler hat sie sich schon angeschaut und besorgt jetzt das Geld."

„Du hast die Steine hier herumliegen? Bist Du wahnsinnig?" Papiano konnte es immer noch nicht fassen.

„Ich habe sie nicht herumliegen. Sie sind in einem sicheren Versteck. Die Diamanten findet niemand."

Helia strahlte. Das war schon immer ihr ganz geheimer Traum gewesen: Kinder zu unterrichten.

Sie saßen bis spät in die Nacht zusammen und schmiedeten Pläne.

Auch Randos Traum, Janina ein besseres Leben zu schenken, vergaß Moarito nicht. Helia erklärte sich sofort einverstanden, Janina zu sich zu holen. Zuerst unter dem Deckmantel, eine billige Arbeitskraft zu brauchen, damit ihre Stiefmutter sie freigab. Tatsächlich sollte Janina bei Helia keine Dienste verrichten, sondern Lesen und Schreiben lernen, um anschließend ihre Kenntnisse in der Schule einzusetzen.

* * *

Moarito ging jeden Tag zu dem Hehler, der ihm die Diamanten abkaufen wollte. Als er eines Tages freudestrahlend die Nachricht für Moarito hatte, dass es einen Interessenten gab, holte Moarito Natalies Glücksbären aus dem Versteck. Bei der Übergabe war Papiano dabei. Man konnte niemandem vertrauen. Aber es ging alles gut.

Moarito und Papiano kauften ein Stück Land und bestellten die ersten Materialien. Die Baugenehmigung war reine Formsache, da sich Helia sehr gut auskannte und mit ein paar Scheinen zusätzlich für die zuständigen Beamten konnte der Baubeginn zügig erfolgen.

Auch Arende setzte seine volle Überzeugungskraft ein, wenn sich jemand Moarito in den Weg stellte. Moarito hatte ihn aufgesucht, ihm die Wahrheit über die Diamanten erzählt und ihn in seine Pläne eingeweiht. Arende gab ihm sein Einverständnis und sprach mit den anderen Dorfbewohnern. Sein Wort hatte in der Dorfgemeinschaft Gewicht. Moarito wunderte sich immer wieder, wie viele Dorfbewohner mithalfen, die Schule aufzubauen.

Sie kamen auch gut voran, weil Papiano seine Leute gut im Griff hatte. Die Schule war fast fertig, als sich die Ereignisse überschlugen. Naomi kam schreckensbleich und vollkommen außer Atem zum Bau gerannt.

„Papa, Papa, Du musst sofort nach Hause kommen. Mama bekommt ihr Baby, aber irgendetwas stimmt bei ihr nicht. Sie liegt einfach nur da und reagiert nicht. Du musst sofort kommen!"

Naomi, die sonst sehr besonnen und ruhig war, konnte sich kaum beherrschen. Moarito ließ alles stehen und liegen und lief zur Hütte. Als er ankam, sah er, dass Safira unnatürlich blass war und nicht wie bei den anderen Geburten alles selbst in die Hand nahm. Moarito war, so gern er seiner Frau geholfen hätte, vollkommen überfordert.

„Sucht Tante Helia! Sie ist entweder zu Hause oder aber im Hotel beim putzen. Schnell! Sie muss mir helfen."

Ramoto und Naomi liefen los. Moarito setzte sich neben Safira, streichelte sie zärtlich und redete auf sie ein, aber sie reagierte nicht.

„Safira, halte durch. Du darfst nicht so kurz vor dem Ziel aufgeben. Ich brauche Dich doch! Bitte, bitte, tu was oder sag mir, was ich tun soll!" Moarito war den Tränen nahe.

In diesem Moment klopfte es scheppernd an der wackeligen Hüttentür.

„Helia, bist Du es?", rief Moarito, völlig fertig mit den Nerven.

„Nein, sind Sie Moarito?", fragte ein Uniformierter streng.

„Ja, der bin ich. Was wollen Sie denn von mir?"

„Wir müssen Sie leider festnehmen. Sie stehen unter Verdacht, Diamanten entwendet zu haben."

„Ich soll was?", schrie Moarito. „Meine Frau bekommt ein Baby und liegt hier gerade im Sterben. Ausgerechnet in diesem Moment wollen Sie mich mitnehmen? Dann müssen Sie mich schon erschießen, wenn Sie mich jetzt von meiner Frau trennen wollen."

Der Uniformierte sah erst jetzt zu Safira, blieb aber hart.

„Ich gehe für zehn Minuten aus der Hütte, bis dahin müssen Sie das hier geregelt haben."

Moarito nahm sofort wieder die Hand seiner Frau. Er war vollkommen hilflos und unfähig ihr zu helfen. Er hoffte inständig, dass Helia rechtzeitig kommen und alles gut werden würde. Nach zehn Minuten trat der Uniformierte wieder in die Hütte.

„Ich muss Sie jetzt leider mitnehmen."

Er kam auf Moarito zu und packte ihn am Handgelenk. Moarito versuchte sich gewaltsam frei zu machen, als Helia in die Hütte kam. Sie sah auf den ersten Blick, dass Safira zu viel Blut verloren hatte und viel zu schwach war, das Baby aus eigener Kraft auf die Welt zu bringen.

Zu dem Uniformierten gewandt sagte sie ruhig, aber sehr bestimmt:

„Sie gehen augenblicklich aus der Hütte. Sie wollen doch sicher nicht, dass die Frau hier stirbt. Ich brauche den Mann noch, weil er mir helfen muss, das Kind auf die Welt zu bringen."

Der Uniformierte schaute etwas irritiert, dann folgte er unsicher Helias Anweisung und verließ zögernd die Hütte.

Helia breitete die von Safira vorbereiteten sauberen Tücher unter ihr aus. Sie kochte Safira aus starken Kräutern einen Tee, den sie ihr schluckweise einflößte. Dann setzte sie sich auf die eine Seite von Safira und bat Moarito sich auf die andere Seite zu setzen.

„Wir müssen Safira helfen, das Kind herauszupressen! Wenn ich ‚jetzt' sage, musst Du Dich mit Deinem ganzen Gewicht auf Safiras Bauch legen und versuchen den Bauch ganz fest nach unten zu massieren."

Moarito wurde ganz übel und er wäre am liebsten aus der Hütte gerannt. Helia untersuchte Safira und sah, dass sich der Muttermund schon komplett geöffnet hatte. Was ihr nur Sorgen bereitete, war das viele Blut. Sie war schon bei vielen Geburten dabei gewesen, aber so viel Blut verhieß nichts Gutes. Safira reagierte auf die Wehen nur mit einem leisen Stöhnen.

„Jetzt!", rief Helia bei einer starken Wehe. Moarito streichelte eher den Bauch, als dass er ihn hinuntermassierte.

Als wieder ein Blutsturz kam, setzte sich Helia voller Panik selbst auf Safiras Bauch und rief: „So musst Du es machen, wenn wir Safira retten wollen!"

Safira wurde immer schwächer, ihr Stöhnen wurde mit jeder Wehe leiser.

„Halt durch, Safira! Bitte halt durch! Du musst mithelfen!", rief Moarito.

„Jetzt!" „Jetzt, Moarito!" „Los!" „Jetzt!" Immer wieder schrie Helia Moarito an. Irgendwann war sich Moarito bewusst, wenn er jetzt nichts tat, würde seine geliebte Frau sterben. Da kam Leben in ihn. Kraftvoll drückte er Safiras Bauch nach unten, wenn Helia schrie. Panisch arbeiteten sie Hand in Hand.

Plötzlich kreischte Helia glücklich: „Mach weiter, Moarito! Ich sehe das Köpfchen!"

Als das Köpfchen draußen war, bat Helia Moarito, den Bauch nun etwas sanfter nach unten zu massieren. Mit einem schmatzenden Geräusch kam ein kleiner Junge auf die Welt. Helia beatmete ihn gleich und es kam ein kräftiges Schreien als Antwort. Glücklich legte Helia den Jungen auf Safiras Bauch.

„Schau, was Du für einen Prachtkerl geboren hast", sagte Helia aufmunternd zu Safira. Aber Safira reagierte nicht mehr.

„Sie braucht einen Arzt", rief Moarito unter Tränen. Helia war mit dieser Situation überfordert. Sie säuberte Safira, nachdem sie auch den Mutterkuchen herausgezogen und untersucht hatte. Sie konnte sich die Ohnmacht von Safira nicht erklären.

Sie nahm den Jungen von Safiras Bauch, wickelte ihn in ein sauberes Tuch und gab ihn Moarito. Moarito hielt ihn fest und küsste ihn vorsichtig auf die Stirn.

Helia suchte bei den Kräutern nach der richtigen Mischung, die Safira kräftiger machen sollte. Endlich fand sie etwas Geeignetes und brühte einen Tee auf.

Wieder klopfte es an die Tür. Der Uniformierte hatte Verstärkung geholt und ließ sich jetzt nicht mehr erweichen. Moarito wurde festgenommen.

Helia rief Naomi in die Hütte und gab ihr das kleine Bündel, in dem ihr kleiner Bruder eingewickelt war. Naomi war ganz gerührt, blickte jedoch ängstlich zu ihrer Mutter, die aussah, als würde sie schlafen.

Helia dachte sich, dass jetzt nur ein Wunder helfen könnte. Sie flößte Safira den Tee ein, aber auch diesmal kam keine Reaktion von ihr.

Leise fing sie an, für Safira zu beten. Naomi nahm die Hand ihrer Mutter und fing leise an zu singen. Es waren die Lieder, die Safira Naomis kleinen Geschwistern immer zur Beruhigung sang. Es war das Einzige, was ihr in dieser Situation einfiel.

Helia ließ Ramoto zum Bau laufen, damit er Papiano holte. Vielleicht wusste Papiano, wie sie Moarito helfen konnten.

Aber Papiano war ratlos. Er setzte sich auf die Bank und begann nachzudenken. Wen könnte er schmieren, damit er Moarito freibekam? Würde Arende ihm helfen können? Er bezweifelte es. Auf Arendes Rat hörten die Schwarzen, aber ganz sicher nicht die Uniformierten.

Er sah den Fremden erst, als dieser direkt vor ihm stand und freundlich „Hallo" sagte.

Papiano schaute ihn argwöhnisch an.

„Mein Name ist Henry Hayes und ich hätte gern Moarito gesprochen."

Die freundliche Art überzeugte Papiano sehr schnell, außerdem hatte er keine Wahl.

„Moarito wurde gerade festgenommen. Uniformierte haben ihn abgeholt."

„Und aus welchem Grund?"

„Er soll die Diamanten damals gestohlen haben."

„Woher wollen die das wissen und wie wollen sie es ihm beweisen?"

„Das weiß ich nicht, aber Moarito lässt gerade eine Schule bauen. Es ist schon sehr ungewöhnlich, dass es sich jemand von uns leisten kann, eine Schule zu bauen. Sie werden keine Beweise finden, aber die Schule ist doch Beweis genug, oder?"

In diesem Moment kam Helia aus der Hütte. Henry Hayes stellte sich auch ihr vor, aber Helia erkannte ihn als den Mann, dessen Adressbuch Moarito damals unbedingt haben wollte. Sie fand ihn sehr sympathisch und sie wusste, er war ihre einzige Chance, dass Safira einen Arzt bekam und Moarito einen weißhäutigen Beistand.

„Safira, Moaritos Frau, hat soeben einen Sohn geboren. Es geht ihr sehr schlecht. Sie wacht nicht auf."

„Darf ich zu ihr hinein?"

„Normalerweise nicht, aber wenn Sie ihr helfen können?"

Henry ging in die Hütte und sah dort Safira liegen und das junge Mädchen, das ängstlich zu ihm aufsah. Er strich Naomi kurz über den Kopf und verließ die Hütte.

„Ich werde einen Arzt besorgen", sagte er im Weggehen.

Kurz darauf kam er mit einem weißhäutigen Arzt wieder. Für jeden Anwesenden war es unerklärlich, wie Henry ihn so schnell hatte auftreiben können. Der Arzt untersuchte Safira und gab ihr eine Spritze.

Zu Helia gewand sagte er: „Es ist ernst, aber sie kann es schaffen. Ich schaue morgen noch einmal vorbei, dann kann ich mehr sagen."

„Danke", war das Einzige, was Helia in diesem Augenblick einfiel.

Der Arzt verließ eilig das Dorf und Henry versprach, am nächsten Morgen auch wieder zu kommen. Er musste über eine Lösung nachdenken, wie er Moarito aus dem Gefängnis herausholen konnte.

Bald hatte Henry eine Idee. Aber er musste schnell sein. Moarito durfte noch nichts zugegeben haben. Er wusste nicht, wie die Schwarzafrikaner in den Gefängnissen behandelt wurden, aber sicher nicht mit Samthandschuhen. Henry machte sich sofort auf die Suche nach Moarito. Er musste mehrere Uniformierte bestechen, bis er ihn gefunden hatte. Sein Gesicht war übel zugerichtet worden.

„Moarito, was hast Du bisher zugegeben?", fragte Henry Hayes leise.

Da erst erkannte Moarito ihn. Er strahlte ihn aus dick geschwollenen Augen an. „Nichts", erwiderte er genauso leise.

„Ich habe mit meinem damaligen Bericht über eure Lebensbedingungen sehr viele Spenden für euer Dorf sammeln können. Du hast von mir bereits einen Vorschuss erhalten und ich bringe Dir jetzt den Rest. Mit dem Vorschuss hast Du mit dem Bau der Schule anfangen können. Ich hole Dich hier raus. Du musst nur genau das Gleiche erzählen."

Moarito nickte unmerklich.

„Ich will euren Chef sprechen", sagte Henry freundlich zu einem der Wärter.

Auch er hielt die Hand auf, bevor er sich bemühte, Henry in die richtige Richtung zu schicken. Henry Hayes erzählte dem Polizeichef seine Geschichte, der ihm allerdings kein Wort glaubte. Er grinste nur unverschämt und zuckte mit den Schultern. „Das müssen Sie den Minenbesitzern erzählen. Sie sind fest davon überzeugt, dass Moarito die Diamanten hat."

„Meinen Sie nicht, dass Moarito schon längst über alle Berge wäre, wenn er die Diamanten tatsächlich hätte? Und unsere Gelder erhält er nur für soziale Einrichtungen. Wir schauen ihm schon ordentlich auf die Finger."

Der Polzist sah ihn verunsichert an. Das klang logisch. Wer würde freiwillig in diesem Dorf bleiben, wenn er ein paar Diamanten hätte. Er hätte überall ein neues Leben anfangen können.

Henry sah, dass er den Polizeichef bereits umgestimmt hatte, trotzdem setzte er sicherheitshalber noch eins oben drauf: „Ich weiß nicht, wie der deutsche Botschafter, Frederic von Minnehagen, darauf reagieren wird, wenn er erfährt, dass uns von Ihnen Steine in den Weg gelegt werden, eine bessere Versorgung in diesem Dorf zu gewährleisten. Der Botschafter ist übrigens ein guter Freund von Dr. Louis Blyed."

Jetzt wurde der Polizeichef eine Spur blasser und versuchte einzulenken.

„Wir werden ihn nochmals verhören und wenn er tatsächlich nichts mit dem Diamantenraub zu tun hatte, wird der Ermittlungsrichter morgen über seine Freilassung entscheiden. Mehr kann ich nicht tun."

„Danke. Ich bin mir sicher, Sie werden zum richtigen Ergebnis kommen. Und übrigens wird Moarito morgen für die Nachrichtenagenturen in aller Welt von mir fotografiert. Ich halte es für sinnvoll, ihn nicht so ausschauen zu lassen, als wäre er von Ihnen gefoltert worden. Das würde sich auf den Fotos sicher nicht so gut machen und eine Menge Fragen zu Ihrer Auffassung der Menschenrechte aufwerfen. Ich glaube nicht, dass Sie sich und Ihrem Land damit einen Gefallen täten." Henry grüßte freundlich und verließ das Gefängnis.

Am nächsten Tag kam Moarito tatsächlich wieder zurück nach Hause. Helia versorgte ihn mit Kräuterumschlägen und auch der Arzt, der noch einmal kam, um nach Safira zu sehen, untersuchte seine Wunden, die er am ganzen Körper hatte. Safira machte ihm jedoch deutlich mehr Sorgen, weil sie hohes Fieber hatte.

„Wenn sie diese Nacht übersteht, wird sie wieder gesund werden. Aber ihr Zustand ist kritisch. Mehr kann ich momentan nicht für sie tun, wir müssen jetzt abwarten."

Der Arzt verabschiedete sich und versprach, am nächsten Morgen erneut vorbeizuschauen. Moarito wich nicht von Safiras Bett. Er redete mit ihr, streichelte sie sanft und sang ihr Lieder. Er schlief in dieser Nacht keine Minute. „Lieber Gott, Du hast für mich damals Unmögliches möglich werden lassen, daher weiß ich, dass Du Safira helfen kannst. Bitte, bitte hilf ihr", betete er voller Inbrunst.

In den frühen Morgenstunden wälzte sich Safira auf ihrem Lager hin und her. Dicke Schweißtropfen standen auf ihrer Stirn. Moarito kühlte ihre Stirn mit nassen kalten Lappen und redete beruhigend auf sie ein. Als die Sonne aufging, fiel Safira in einen ruhigen Schlaf. Helia löste Moarito an Safiras Lager ab. Sie musste ihn förmlich wegziehen, aber vor lauter Müdigkeit gab er nach und legte sich schlafen.

Safira schlief zwanzig Stunden lang. Als sie endlich aufwachte, bat sie um eine heiße Kräutersuppe. Ab diesem

Zeitpunkt ging es wieder bergauf und sie gesundete sehr schnell.

Moarito bat Henry um Tips, um das eine oder andere an der Schule zu optimieren. Henry war begeistert, wie engagiert Moarito und Papiano bei der Sache waren. Er kümmerte sich vor Ort darum, dass von den Spendengeldern auch eine Sozialstation mit freier ärztlicher Betreuung für die Schwarzen aufgebaut werden konnte.

Kurz vor Henrys Abreise, wurde die Schule fertig. Henry Hayes machte viele Fotoserien von den glücklichen Dorfbewohnern vor ihrer neuen Schule.

Moarito bat Henry, ein Foto von ihm vor der Schule zu machen. Dieses Foto gab er dem Botschafter, verbunden mit der Bitte um Weiterleitung … mit lieben Grüßen an eine gewisse Natalie.

DANKE

Herzlichen Dank an alle, die mich ermutigt und unterstützt haben, dieses Buch zu schreiben:

Oliver Lang, der mich zum Schreiben ermutigte und sich Urlaub nahm, um Korrektur zu lesen.

Katja Delago und Daniel Freiwald, die meine Vorstellungen vom Cover unermüdlich umsetzten.

Meiner „SchreibWasTruppe" Angelika Mühleck, Christina Teuthorn und Katja Delago, die sich kritisch, aber immer inspirierend mit meinem Text auseinandersetzen.

Meinen Schwestern Erika, Maria, Agathe und Luise, die mir zuhören und mich unterstützen.

Meinem Papa, der für meinen Erfolg betet.

Meiner verstorbenen Mama, die durch viele Geschichten meine Phantasie zum Blühen gebracht hat.

Unseren lieben Kindern, die mir die Daumen drücken.

Meinem Mann Michael, der an mich glaubt und mich mit wertvollen Hinweisen beim Schreiben intensiv unterstützt. Ich liebe Dich so sehr!

Von ganzem Herzen danke ich Gott für das Talent, Phantasien und Gefühle in Worte fassen zu können.

LUST AUF SELFPUBLISHING?

Sie müssen es nicht alleine schaffen!

Sie träumen davon, mit Ihrem Werk nicht nur ihren
Computer, sondern echte LeserInnen glücklich zu machen?
Doch bisher war ein »*Nein, danke!*« das Einzige, was Verlage
zu Ihrem Manuskript zu sagen hatten?

Sie denken darüber nach, ob Self Publishing für Sie in Frage
kommt? Doch allein bei dem Gedanken daran, fühlen Sie sich
überfordert, weil eine leise Stimme ihnen zuflüstert: »*Wie
willst du das denn ganz alleine schaffen?*«
Insgeheim wissen Sie: *Es stimmt! Ich schaff das nicht allein!*

Gemeinsam machen wir Ihren Traum vom eigenen Buch
möglich!

Egal, ob bei der Entwicklung von Vision und Marketingstra-
tegie, bei der grafischen Umsetzung von Cover und Satzfahne
oder aber beim Programmieren Ihrer persönlichen Autoren
Webseite, stehe ich Ihnen kompetent, souverän und ganz-
heitlich zur Seite.

Wollen Sie also nicht länger nur von Ihrem Erfolg träumen,
sondern ihn in Händen halten, dann lassen Sie es mich wissen und uns unverbindlich ins Gespräch kommen!

Ihr Daniel Freiwald

daniel@freiwald.de // www.freiwald.de

Weitere Bücher von Nelli Novell

SEX, SEX, SEX .... nach ihrer Scheidung hat Priscilla nichts als nur das Eine im Kopf. Mit Sex-Eskapaden, Wahrsagerei und Online-Partnersuche begibt sie sich in eine Spirale, die unweigerlich nach unten führt. Erst als sie auf dem Asphalt der Wirklichkeit aufschlägt, merkt sie, was ihr wirklich fehlt. Als sie David begegnet, läuft dann aber doch alles anders, als sie erwartet hat.